KB265579

윤대리의 '酒' 나라

<밤의 재담꾼 웨이터 윤민호>

윤민호 지음

윤대리의 酒 사와

1판 1쇄 인쇄 2003년 5월 10일
1판 1쇄 발행 2002년 5월 20일

지은이 윤민호
펴낸곳 도서출판 선영사
서울시 마포구 성산동 254-10 2층
TEL (02)338-8231, (02)338-8232 FAX (02)338-8233
E-MALE sunyoungsa@hanmail.net
WEB SITE http://sunyoung.co.kr
편집 주간 장상태
펴낸이 김영길
제작·편집 김범석
본문 일러스트 이용인
표지·재킷 선영 디자인(SUNYOUNG DESIGN)·김영수
등록 1983년 6월 29일 제 카1-51호

ⓒ Korea Sun-Young Publishing Co., 2003
잘못된 책은 바꾸어 드립니다.

ISBN 89-7558-107-1 03810

·잘못된 책은 바꾸어 드립니다.
·홈페이지를 이용하시면 선영출판사에 관한 모든 정보를 보실 수 있습니다.

머리말

최근에 사회 단체에서 공창제를 허용해야 하느니, 그러면 안 된다느니 하는 문제가 많이 대두되고 있지만, 내가 보기에는 많은 대한민국의 유흥업소에서는 사법계 공무원들에게 고개를 숙여야 하는 이유가 한 가지 있는데, 그것은 바로 윤락이다.

이 윤락이 어느 시점을 두고서 공론화가 될 것인가에 중대한 관심과 초점이 맞추어져 있는 게 사실이다. 그런데 룸살롱에서는 대부분 2차 애프터를 나가는 것이 기정 사실이다. 이런 점에서 사회에 대한 일말의 양심을 느끼는 업주들이 많을 것이다.

그러나 관례상 2차가 없다면 우리 사회의 접대 문화나 비즈니스가 얼마나 원만하게 이루어질 것인가? 나는 이것이 우리의 현실이라는 것을 주저없이 말한다. 이 점, 독자들이 잘 판단해 주길 바란다.

그리고 지금 우리 주변에서 유흥업소에 드나드는 사람 중에 약 30퍼센트는 절대 이런 곳에서 술을 마실 입장이 못 되는 사람들이다. 아니 드나들어서는 안 되는 사람들이다.

그런데 사실 유흥업소 '중독자'들이 우리 주변에 부지기수라고 단언할 수 있다. 이들은 자기의 신분은 밝히지 않고 별 볼일 없는 명함 한 장 파가지고 다니면서, 어디서 몇 십만 원이라도 생기면 이런 곳에 와서 일단은 보조 웨이터나 아가씨들에게 공식 봉사료 외의 팁을 남발한다. 이것은 처음 거래를 잘 트기 위한 목적이다.

그 명함이란 모 물산이나 모 컨설팅 대표로 되어 일으며, 사무실 역시 큰 건물 아니면 강남의 역삼동이나 논현동·서초동 같은 곳에 두고 있는 걸로 되어 있다. 실제로 이런 상황에서는 유흥업소 종사자들이 대부분 다 넘어가게 되어 있다.

나의 경험으로 미루어볼 때, 유흥업소를 자주 찾는 사람들의 70~80퍼센트는 수년 내 부도나 사무실 철거, 또는 야반 도주라고 보면 된다. 이들은 한두 번 자의나 타의로 드나들던 룸살롱이나 유흥업소의 출입이 중독으로 이어지는 것이다. 마치 마약과도 같아서 돈이 없고 회사가 어려워도 웨이터팁 몇만 원만 생겨도 룸에서 술을 마시고 싶어하는 사람들이 바로 이들인 것이다.

제대로 된 음주문화가 없는 우리 나라에서 술 때문에 가산을 탕진하고, 가정이 파괴되고, 나아가 패가 망신, 이윽고 자살에 이르기까지 실로 그 폐해가 이루 말할 수 없을 정도라고 본다. 그것을 미연에 예방하려면 '법'으로써 규제해야 한다고 생각한다. 일단 술로 인해 남에게 피해를 주는 사람은 벌금이나 구류를 살게 하는 것이다. 고성 방가·노상 방뇨·무전 취식 등 술을 마시고서 조금이라도 사회를 오염시키는 사람은 법으로써 다스리고 이끌어야 한다고 본다.

수많은 중증 알코올 중독자를 치료할 수 있는 기관과 병상은 아마 천여 개도 못 될 것이다. 그들은 대개 자기가 중증 알코올 중독자인 줄도 모르고 있는 경우가 태반이다. 적당히 먹고 적당히 즐기는 한국인의 여유 있는 관습이 필요한데도, 현대 사회는 바삐 돌아가는 세상이고, 그로 인한 스트레스가 많아서인지 몰라도 모든 것을 술로 풀려고 하는 세태가 안타깝기 그지없다.

내가 목격한 바로는 요즘은 여자들도 남자 못지않게 술을 마시고 있다. 그것도 양주를 물 마시듯 하고 있는 것이다. 위스키에 절어 있는 이 사람들, 세상 고민은 다 하고 있는 듯이 매사 고민에 빠져 지내지만, 술이란 적당히 마시고 즐거운 마음으로 지내라는 하나의 도구가 아니겠는가.

1주일에 한두 번 술집에 드나들지 않으면 못 배기는 속성을 가진 사람들이 무슨 사회 생활을 정상적으로 할 수 있겠는가.

지금 우리 음주 문화는 어떤가. 회식 자리다, 동창회다, 비즈니스다, 동아리다, 참으로 많은 만남이 술을 매개로 이루어지고 있지만, 꼭 술로써만 정다운 분위기가 연출되는지 생각해 볼 일이다. 또한 술좌석에서 잔 돌리기와 건배 등의 나쁜 술버릇도 우리 사회와 건강을 병들게 하는 요인이라고 생각한다. 거기에다 술만 마시면 안 피우던 담배까지 꺼내 드는 것이 습관적인 술 관행인 것이다.

이렇게 여러 가지 병폐를 안고 있는 우리의 술문화를 이제부터는 고쳐 나가야 하지 않을까.

우리 나라 최초로 유흥에 관련된 내용을 책으로 쓴 사람으로서 나는 우리 술문화에 대해 참으로 안타까운 현실을 가슴 깊이 느끼고 있다. 내가 이 책을 쓴 이유도 이런 현실적인 내용을 우리 독자들이 직접 읽어봄으로써 필요악과도 같은 이 술문화에 대해 현실을 바로 알고 느끼고 이해해 주었으면 하는 바람에서 비롯된 것이다.

술을 마시는 사람은 남이 아니라 실제 나의 남편·아버지·오빠·삼촌이 아닌가. 그들이 과연 어디에 가서 어떤 모습으로 술을 마시는가 생각해 본 적 있는가.

부정적인 뜻으로가 아니라 기왕 접하는 술이라면 바로 알고 정신 똑바로 차리고 술을 마시자는 얘기다.

그런 의미에서 이 책은 유흥 문화에 미화도 아니고 왜곡도 아닌 진실 그 자체이며, 다만 술문화에 대한 하나의 참고서가 되었으면 한다.

요즘 나에게는 하나의 소망이 생겼다. 대학에 유흥 문화에 대한 학과가 신설되었으면 하는 바람이다. 또한 이 직업 역시 창업 컨설팅을 통해서 일반인들도 떳떳이 이 직업에 동참할 수 있도록 했으면 한다.

현재 이 분야에 종사하는 사람들이 얼마나 많은가. 유흥업소의 업주·마담·웨이터·아가씨 들을 상상해 보라. 아마도 우리 나라 전체 인구의 상당히 큰 비율을 차지할 것이다. 그런데도 언제까지 음성적로만 이 세계를 접할 것인가. 모 대학에 딜러과가 있다는 얘길 들었다. 유흥으로 관광 수입을 벌어들이고 있는 현실을 감안해서 이제는 제대로 된 코스를 밟은 사람들이 이 분야에 진출하길 바란다. 그래야 잘못된 술문화도 제대로 잡힐 것 같다. 어차피 인생에서 술을 빼놓을 수 없는 것이라면 하나의 산업으로서 인정하여 정부 차원의 새로운 인식과 정비가 필요하지 않을까.

뭐든지 전문화가 필요한 시대에 술에 대해서는 왜 전문화를 요구하지 않는지… 여행을 가서 남의 나라에서 흥청망청 쓰고 돌아오게 하지 말고 우리 나라에서 떳떳히 서비스 향락을 즐길 수 있도록 해 주는 것도 좋을 것 같다. 단 윤리적인 면만을 고려한다면 말이다.

나는 이 책에서 유흥업소 업주나 종사자들에게 누가 되는 일을 자처하려는 것이 아니라, 단지 대다수 국민들에게 술문화의 현장을 그대로 전하고 싶었을 뿐이다. 오로지 22년을 웨이터로서 외길 인생을 살아온 사람으로서 내가 현장에서 보고 듣고 느낀 점을 한 마디도 가감 없이 묘사했을 뿐이다. 작으나마 이 책을 통해 국민들이 내 가족과 이웃이 어울리는 유흥업소라는 장소가 어떤 곳이고, 어떻게 돌아가고 있다는 현실을 알기 바란다.

끝으로 나의 원고에 관심을 쏟으시고 "웨이터 윤민호(소설 웨이터)"와 같이 이 책을 출판해 주신 선영사 사장님께 고개 숙여 감사를 전한다.

2003년 3월
저자

윤대리의 酒나라

　내가 나의 첫 작품 《소설 웨이터》를 출간했을 때 나는 각 언론 매체와 학교, 그리고 기업체들로부터 꽤 많은 러브콜을 받았었다. 지금 생각해 보건대, 내가 그렇게 주목을 받을 수 있었던 것은 단순히 이 책의 내용이 전부가 아니라, '웨이터가 말하는 술 문화에 대한 이야기'라는 사실 때문인 것 같다.

　이유야 어떻든, 나에게 쏟아지는 관심들이 싫지 않았다. 내 개인 유명세를 생각해서가 아니었다. 좀더 많은 사회인들, 그리고 학생들에게 우리나라의 음주 문화에 대해 알리고, 또 나의 경험에서 우러난 '올바른 음주 습관'에 대해 말하고 싶었기 때문이다. 문득, 내가 모 대학에서 첫강의를 했을 때의 일이 생각난다. 강단에 오르기 전, 나는 교수님에게 살짝 이런 말을 했었다.

　"교수님, 제 강의는 유명 교수님들의 품위 있고 짜임새 있는 강의는 아닙니다. 술자리 얘기를 하다 보면 가끔 쌍시옷 발음이 들어갈 수도 있습니다."

　그랬더니 그 교수님께서 하시는 말씀이,

2002년 11월 "바른 음주 문화"에 대하여 중앙대에서 강의

"아, 그야 당연하죠. 유흥 주점인데요. 괜히 고상하게 하실 필요 없습니다. 그냥 있는 그대로 얘기해 주세요. 그리고 사실 요즘 학생들은 유흥 문화에 있어서는 우리 교수들보다도 더 해박하답니다."

유흥 문화에 있어서는 자타가 공인하는 '박사'라 자부하는 요즘의 대학생들. 그러나 과연 그들이 가진 '유흥 지식'이란 도대체 무엇을 말하는 것인지? 대학생이 되면 일단 양재 기술과 바가지술을 마실 줄 알아야 하고, 정신을 잃도록 술을 마셔봐야만 인생을 배우는 것이라 생각하는 그들을 과연 유흥 문화의 '박사급'들이라 할 수 있는 건지?

20년간 유흥업소 웨이터 생활을 해 온 나의 주무대가 바로 신촌과 명동이다. 지금은 자리를 옮겨 벌써 10여 년째 명동에서 일을 하고 있지만, 그전에 나는 우리 나라의 대표적 대학가인 신촌에 있었다.

신촌은 우리 나라 4개 일류대를 비롯해 각 대학들이 밀집해 있는 거대 학군이다. 그 곳에서 대형 나이트에서부터 초대형 룸살롱까지 두루 경영을 해 보며 내가 느낀 것은 바로 우리 나라 대학생들의 잘못된 음주 습관이었다.

학교다, 학원이다, 잘 것 안 자고 놀 것 안 놀고 코피 쏟아 가며 공부해 어렵게 대학 정문을 통과한 그들. 죽자 살자 공부에 매달려 그 '대학'이란 곳에 들어왔건만, 갓 입학한 그들이 빠지는 곳은 대학 물이 아닌 '술독'이었다. 신입생 환영회다, 오리엔테이션이다 해서 양재 기술, 바가지술을 마시고는 한 해에 얼마나 많은 학생들이 저세상으로 가는 것인지. 언론에 보도되지 않은 이들까지 합친다면 정말 많은 학생들이 꽃다운 청춘에 세상을 뜨는 것이다. 대학에 진학하기 위해 그렇게 피땀을 흘렸건만 정작 대학 생활은 해 보지도 못한 채 '술'

과 목숨을 맞바꾸는 것이다.

신입생 환영회를 무사히 치른 학생들도 예외는 아니다. 대학에 입학해 한 1, 2년간은 그 동안 쌓인 스트레스를 해소한다 치고 매일매일을 술에 절어 사는 것이 보통이다.

초저녁부터 새벽까지 꼬박 12시간 동안을 소주다 맥주다 양주다 종류도 갖가지로 바꿔 마시는 학생들이 있는가 하면, 이기지도 못할 술을 꾸역꾸역 마시다 결국 거리를 안방 삼아 뻗어 버린 학생들도 허다하다. 새벽이 되면 신촌거리는 그들이 남기고 간 갖가지 쓰레기와 오물들로 전쟁터를 방불케 한다.

언제나 끙끙 앓는 것은 신촌 거리요, 날마다 죽어나는 것은 신촌 거리의 환경 미화원들이다. 너무나 어처구니없는 술문화에 우리의 학원가는 이렇게 병들어가고 있는 것이다.

그런가 하면 명동 거리는 또 어떠한가. 신촌이 우리 나라 대학생들을 대표한다면, 명동은 우리 나라 회사원들을 대표한다. 거대 학군이 밀집한 유흥가가 신촌이라면, 거대 상권이 몰려 있는 번화가가 바로 명동인 것이다.

화이트칼라들이 술을 마시는 이유 중 하나는 바로 비즈니스를 위한 '접대'다.

사실 우리 나라에서 향응 제공을 한다고 해서 어떤 법적인 문제가 발생하는 경우는 드물다. 만약 공무원이나 회사원이 남에게 수백 수천억 원대의 현금이나 유가 증권 등의 금품을 주거나 받은 것이 적발되면 그는 그 날로 직장 생활을 접어야 한다.

그러나 유흥업소에서 수백만 원대에 이르는 접대를 하거나

받은 경우라면 그렇게 큰 법적 제지가 따르지 않는다. 대부분 '술접대야 있을 수 있는 것 아니냐'하고 넘어가는 것이다.

문제는 이렇듯 술접대 문화가 공공연히 묵인되어지다 보니 '유흥 문화의 저급화'가 이루어졌다는 것이다. 아, 물론 여기서의 '저급화'란 돈이 아닌 질적인 면에서의 얘기다. 내 돈이 아닌 회사돈·나라돈이니, 당연히 본인에게는 문제될 것이 없다. 수백만 원, 아니 수천만 원을 쓴들 좋은 성과만 올릴 수 있다면 상관없는 것이다. 오히려 이런 술접대를 하지 않아 성사를 못 시킨 사람에게 문책이 돌아가는 시대인 것이다.

물론 이러한 접대 문화가 무조건 나쁘다는 것만은 아니다. 밥 한 끼를 대접해도 상다리가 부러지도록 푸짐하게 내어놓는 우리네 민족성을 생각한다면, 거한 술대접 역시 어느 정도 이해가 가는 것도 사실이다.

중요한 것은, 푸짐하되 '도'를 넘지는 말아야 한다는 얘기다. 실제로 내 주위에는 절도 있는 술접대를 통해 회사에 많은 공적을 남기고 일약 스타로 발돋움한 사람들도 많다. 한국에서 성공적인 사회생활을 하기 위해서는 어느 정도 접대 문화에 익숙해져야 한다는 것은 나도 인정하는 사실이다. 다만, 성공적인 비즈니스는 반드시 수백만 원짜리 룸살롱에서 이루어져야 한다는 고정 관념만은 제발 버리자는 얘기다.

이런 '룸살롱' 중독은 꼭 비즈니스에만 해당되는 얘기는 아니다. 중요한 접대의 자리가 아님에도 불구하고 제 집 드나들듯 룸살롱 출입을 하는 회사원들도 꽤 많다. 주머니 사정을 생각한다면 호프집에서 먹어야 하건만, 어느 날 상사를 따라, 혹은 술김에 들어와 보고는 '룸살롱 중독'에 빠지고 마는 것이다. 이태리제 대리석이 깔린 룸에서 쭉쭉빵빵한 아가씨들이 따라주는 술맛을 잊을 수가 없는 것이다.

그러나 일개 샐러리맨이 한 달에 벌어야 얼마나 벌겠는가. 한 달치 월급을 하룻밤에 다 날리고도 정신을 차리지 못해 카드빚을 내고, 그래도 안 되면 결국 회사 공금에 손을 대는 일도 있다. 대학 학창 시절에조차 공부 이외에는 한눈을 팔지 않아 당당히 대기업에 입사했고, 진급도 빨라 과장 진급을 눈앞에 두고 있던 사람이 그놈의 '룸살롱'에 빠져 권고 사직을 당하고 마는 것이다.

우리 나라 화이트칼라들의 잘못된 음주 문화를 개선하기 위해서는 우선 대학생들을 비롯한 청년들, 나아가 청소년들부터 바로잡아야 한다는 것이 나의 지론이다. 우리의 청소년들이 고등학교를 졸업하면 '신촌'으로 가는 것이고, 또 대학교를 졸업하면 '명동'으로 향하게 되는 것이니 말이다.

명동 거리의 음주 문화를 고치기 위해서는 먼저 신촌의 대학 강의실을 찾아야 하고, 신촌 거리의 음주 문화를 고치기 위해서는 우선 중고등학교 교실을 찾아가야 한다는 얘기다.

책을 쓰는 내내, 나는 '어떻게 하면 이 책이 좀더 많은 국민들에게 읽혀질 수 있을까'를 고민해 왔다.

내 개인적인 영달 때문이 아니었다. 어떻게 보면 나의 개인적인 일기에 지나지 않을 정도로 재미없는 이야기이긴 하지만, 이것이나마 우리나라 국민들의 음주 문화를 개선하는 데 조금이나마 도움이 될 수 있다면 더 이상 바랄 것이 없기 때문이었다. 잘못된 음주 습관에서 헤어나지 못하는 사회인들이나, 이제 곧 음주 사회에 발을 들여놓을 예비 사회인들에게 '음주 참고서'와 같은 책이 될 수만 있다면 이 이상 무엇을 더 바라겠는가.

내가 시간이 날 때마다 각 유명 출판사의 문을 두드려 본 이유도 바로 이 때문이었다. 이름이 알려진 출판사와 일을 하게 되면 아무래도 사람들에게 좀더 쉽게 다가갈 수 있을 것이라는 생각에서였다. 그러나 책이 반 정도 씌어졌을 즈음 몇 군데의 출판사를 찾아가 선을 보인 결과, 나는 번번이 원고를 안고 되돌아올 수밖에 없었다.

이유인즉, '상업적인 면'에서 뒤떨어진다는 것이었다. 책이란 독자가 흥미를 느껴 사서 볼 수 있게끔 만들어야 하는데, 나의 책은 그 면이 부족하다는 것이었다. 사실 이번 책은 앞서 쓴 《소설 웨이터》와는 많이 다르다. 사람들이 '유흥업소'라고 하면 떠올리는 자극적이고 쇼킹한 내용들이 이번 책에는 거의 들어가 있지 않다. 내가 유흥업소에서 보고 겪은 일들을 비교적 여과 없이 쓴 전 권 '소설 웨이터'와는 차이가 있다는 얘기다.

그래서 그런지 출판사들의 반응은 대체로 냉담했다. 자신들의 출판 스타일에 어울리지 않는다는 것이다. 물론 그들 출판사의 방침대로 내 원고에 첨삭을 할 수도 있었다. 그러나 나는 나의 초심을 밀고 나가기로 했다. 독자들의 눈을 현혹시키기 위해 자극적인 내용을 담고, 인위적으로 깎고 다듬기보다는 '일기'식으로나마 그냥 순수하게 내 생각을 표현하고 싶었다.

전문 대필가가 손을 대면 출판사들의 입에 맞는 작품이 나올 수도 있겠지만, 그렇게까지 해가면서 책을 팔 생각은 없었다. 이 책은 한 국문과 재학생의 도움으로 출간될 예정이다. 솔직 담백한 내 글을 맞춤법에나 맞게 고쳐 다듬는 것으로 만족할 생각이다.

이 책이 무사히 출간될 수 있을는지는 아직 확신할 수 없지만, 미래의 독자들에게 바라는 것이 있다면, 나의 책에서 재미나 흥미만을 찾으려 하지 말아 달라는 것이다. 내가 가장 바라는 것은 이 책이 우리 국민들, 특히 중고등학교나 대학교

학생들에게 '올바른 음주 문화'를 가르치기 위한 한 권의 참고
서가 되는 것이다.

전 권이 나온 이래, 나는 각 학교와 기업체, 그리고 관공서
를 돌며 여러 차례 강의를 해 왔다. 수백 명이 모인 대강당에
서 직접 술병을 앞에 놓고 나의 경험담을 비롯하여 각종 유흥
업소에 관한 이야기와 술의 종류, 술을 먹는 사람들의 부류
등을 이야기해 주었다.

그런데 내가 강의를 다니는 동안 절실히 느낀 것은, '음주'에
관한 전문가나 전문 기구가 너무 부족하다는 점이었다.

나 역시 강의를 하기 위해서는 어느 정도 공부를 해야 한다.
내가 알고 있는 현장 지식 이외에도 '우리 나라 술의 역사'라
든지 '세계의 음주 문화', '술의 제조 과정'이나 '숙취 해소', '각
술의 알코올 농도' 등 이론적인 지식 정도는 알고 있어야 하기
때문이다.

그래서 강의를 하기 전 몇몇 전문가나 교수님의 도움을 받
곤 했었는데, 물론 그분들은 이론적인 면에서는 해박하셨지만
한편 '현장'에 있어서는 너무 문외한이셨던 것이다. 그럴 때마
다 나는 체계적인 음주 교육의 필요성을 뼈저리게 느꼈던 것
이다. '음주'에 관해 이론적인 면은 물론, 현장에 관한 것도 가
르칠 수 있는 '교육 체계' 말이다.

강의를 다니다 알게 된 것인데, 우리 나라에도 '음주문화센
터'라는 것이 있다. 노량진에 자리잡은 지 벌써 수년 째 되었
다는데, 아직 홍보는 잘 되지 않은 것 같다. 술집에만 20년을

종사한 나도 몰랐을뿐더러 일반인들도 아는 사람이 거의 없으니 말이다.

그 곳의 담당자 분과 면담을 해 보니 현재 학생들을 대상으로 교육을 하고 있다고 한다. 그러나 정작 술을 마시는 대학생이나 사회인들 중 일부러 시간을 내어 그 곳을 찾아갈 사람이 얼마나 될까가 의문이다. 또한 '현장'은 배재된 이론적인 교육이 얼마나 큰 효과를 낼 수 있을지도 걱정스럽다.

얼마 안 있으면 일산에 수천 평짜리 음주문화센터가 설립된다고 한다. 늦은 감이 없지 않아 있지만 그래도 다행이라고 생각한다. 그러나 건물의 규모보다 더 중요한 것이 사람들, 특히 자라나는 청소년들을 대상으로 한 '홍보와 교육'일 것이다. 그리고 그 교육이란 것은 이론과 현장을 아우르는 '진짜 교육'이어야 할 것이다. 막 성인이 된 학생들을 직접 술집으로 데려가 함께 술잔을 기울여가며 주도를 가르치는 것만큼 효과적인 교육은 없을 것이다.

배운 것이 없는 내가 그런 강단에 설 수 있을지는 모르겠다. 대신 나는 앞으로도 이와 같은 책을 꾸준히 출판할 생각이다. 단 한 사람이라도 내 책을 읽고 공감대를 형성해 잘못된 음주 문화를 바로잡을 수만 있다면 사비를 털어서라도 그렇게 할 생각이다. 한국인의 올바른 음주 문화 형성에 조금이나마 일조할 수 있다면 나는 그렇게 할 것이다.

서울대 교직원들과 음주문화에 관한 강의중

술집에도 등급이 있다

　술 소비량으로 볼 때 한국이 세계 1위를 차지한다는 것은 누구나 아는 사실. 많은 사람들은 이제 그 오명에서 벗어나야 한다는 것에 입을 모으고 있다. 그러나 중요한 것은 '양'보다 '질'이다. '양'을 가지고 문제삼기 전, 세계 제일의 술 소비국답게 그 '질'면에서도 세계 1위인지를 돌이켜봐야 한다는 것이다.

　흥을 좋아하는 우리 민족의 특성상, 술 많이 마시는 것이 죄는 아니다. 그 많은 술을 어떻게 잘 마시느냐가 문제다. 마시는 사람 즐겁고 파는 사람 보람 있는 '행복한 술자리'를 만드는 데에 내가 가진 20년 웨이터 경력이 조금이라도 보탬이 될 수 있다면 더 이상 바랄 것이 없겠다.

　장차 술 권하는 사회에 입문하게 될 그대들, 혹은 오늘도 한잔 술에 피곤함을 달래며 힘든 하루를 마감하는 그대들에게 감히 일러주고 싶은 말이 있다.

　"성공하려면 먼저 술집 문패를 확인하라!"

음식점에 등급이 있는 것처럼 술집에도 급수가 있고 등급이 있다. 허름한 외양을 보고 들어갔다 바가지 아닌 바가지를 쓰는 경우도 있고, 종업원들의 손에 이끌려 들어간 술집에서 심하면 한 달 월급을 날리는 일도 있는 것이다.

술값이 너무 비싸다 싶으면 과감히 떨치고 나오면 되는 것 아니냐고? 물론 다시 나가려는 손님 바짓가랑이 붙잡고 늘어지는 술집은 없다. 그러나 일부 단란주점이나 룸살롱의 경우, 일단 들어가기만 하면 손님은 종업원들로부터 '왕에 버금가는' 극진한 대접을 받게 된다. 따라서 웬만큼 얼굴이 두껍지 않은 이상, 자신을 왕처럼 떠받드는 그들을 뿌리치고 나오기란 여간 어려운 일이 아니다.

비즈니스를 위한 접대의 자리는 물론, 꼭 접대의 자리가 아니라 해도 마찬가지다. 체면에 죽고 체면에 사는 것이 바로 한국인, 특히 한국 남자들 아닌가. 한 달 월급을 하룻밤에 날리는 한이 있을망정 순간의 자존심은 일단 세우고 보는 것이 바로 그들이다(그렇다고 해서 모든 한국 남자들을 비난하는 것은 아니다. 나도 한국 남자이니까. 다만, 내가 술집에서만 20년을 보내며 겪은 바에 의하면 그렇다는 것이다).

문제는 이렇게 마지못해 눌러앉은 사람 치고 곱게 술 먹는 이도 드물다는 것이다. 이왕 빼도 박도 못 하게 된 것, 확실하게 본전이라도 뽑아야겠다는 나름대로의 계산인가 보다. '서비스의 질'을 꼬투리 잡아 종업원들에게 시비를 거는 일은 그나마 낫다.

접대하는 아가씨들에게 말이나 행동으로 모욕을 주는 경우도 허다하며, 아예 작당을 하고 트집을 잡아 술값을 깎아보려는 사람들도 있다. 그러나 어디 하루 이틀 장사하는 것도 아닌 업소 측에서 그런 그들의 빤한 속을 모를 리 있겠는가. 기분 좋아야 할 술자리가 결국 지저분한 시비로 끝나고 마는 것이다.

값비싼 룸살롱에서 같은 돈을 내고 마셨다 해도, 알고 들어가 즐겁게 마신 사람과 모르는 채 들어가 어쩔 수 없이 마신 사람의 술맛은 천지차이다. 술집에도 등급이 있다. 술을 즐겁게 마시려면, 우선 '술집의 등급'을 알아야 한다. 이는 비단 개인의 주머니 사정을 위한 것만은 아니다.

한국처럼 술접대 문화가 발달한 나라에서 술집의 문패를 확인하는 일은 사회적 성공을 위해서도 반드시 필요한 작업이다. 술집의 등급도 모른 채 남에게 술접대를 하려는 것은 적을 모른 채 싸움터로 나가는 것과 마찬가지다.

지금부터 우리 나라에 존재하는 다양한 술집들을 낮은 등급부터 차례차례 돌아볼 생각이다. 포장마차에서 룸살롱까지 등급에 따른 다양한 술집을 소개하면서 올바른 이용법과 더불어 '술 100배 즐기기'의 노하우를 살짝 공개할까 한다. 1차는 포장마차다.

삶을 싣고 사랑을 싣고(포장마차)

말(馬)이 없는 저 마차, 무엇에 쓰는 물건인고? 주황색 천막을 둘러친 정체 불명의 간이 술집 —— 포장마차. 포장마차의 출현이 정확히 언제인지는 알 수 없으나 근 수십 년간 우리네 삶의 애환을 싣고 달려온 '삶의 마차'였다는 것만은 분명하다.

일용직 노동자의 거친 욕설이 있고, 뿌듯한 하루를 보낸 일꾼들의 진한 농담이 있는 곳. 실업자의 좌절이 있고, 소박한 샐러리맨들의 꿈이 있는 곳. 채무자와 채권자간 협상이 벌어지는가 하면, 몇 년 전 돈 떼어먹고 도망간 동업자와의 극적인 대면이 이루어지는 곳.

어디 그뿐인가. 사소한 오해로 서로 죽일 둥 살릴 둥 으르렁거리던 친구를 만나 소주 한 잔에 풀어 버리는 곳인가 하면, 도대체 그놈의 성질이 뭔지 끝내 말이 안 통한다 싶으면 술김에 치고받고 싸우며 '마차 혈투'를 벌이는 곳이기도 하다. 삶의 희로애락이 뒤엉킨 나무로 기둥을 세우고, 눈물에 젖은 천으로 포장을 두른 곳이 바로 포장마차인 것이다.

문턱 없는 술집이기에 남녀 누구나 부담 없이 드나들며 추

억을 만들고, 또 그 향수에 젖는 서민의 공간, 포장마차. 이렇
듯 편안하고 거리감 없는 술집이지만, 포장마차에도 등급이
있다는 사실을 알아야 한다.

　포장마차에 들어가기 전, 일단 몇 가지 기본 사항부터 알고
가자. 포장마차라고 하면 대개 '무허가 노점상'을 떠올리기 마
련. 사실 우리 주위에서 쉽게 볼 수 있는 대부분의 포장마차
가 이에 속한다.

　그러나 개중에는 당당히 허가를 받은 포장마차들도 있으니,
바로 지역 행사에서 볼 수 있는 포장마차들이다. 예를 들어
'강릉 단오제'나 '청도 소싸움 축제'와 같은 지역 행사가 열리
거나, 피서지에 휴가철이 다가오면 정부에서는 공개 입찰을
통해 포장마차를 분양하는데, 이것이 바로 '선택받은' 마차들
인 것이다. 이럴 경우, 아무리 '포장마차'라 해도 이에 대한 관
리비와 점포세를 내야 한다. 그러나 이렇게 허가받은 포장마

차들은 극소수이며, 대개는 무허가다. 즉, 어느 곳이건 자리를 잡고 앉아 메뉴를 선택하고 마차를 열면 되는 것이다.

그러나 무허가 포장마차라고 해서 마냥 편한 것만은 아니다. 일단 자리 싸움부터가 만만치 않아 골목 한 구석 차지하고 앉으려 해도 나름대로 어깨에 힘이 있어야 하며, 그런 힘이 없을 경우 힘있는 사람의 도움이 필요한 것이다.

또한 세금이 없는 대신 이리저리 돈을 대야 할 곳이 많다. 하다못해 관 파출소에 정기적인 상납은 아니더라도 야식거리라도 들여가며 눈 도장을 찍어야 하고, 목이 좋은 곳에서는 언제 뜰지 모르는 단속반에 온 신경을 기울이고 있어야 한다.

그나마 요즘은 인간적으로 미리 경고를 해 주는 곳들이 많지만, 간혹 인정 사정 봐주지 않고 바로 마차를 실어 가는 경우도 있다. 이럴 경우 일수 돈 겨우 빌려 어렵게 장만한 생계 수단이 한 순간에 날아가고 마는 것이다. 안주 한 접시, 소주 한 잔을 팔기 위해 우리의 마차 주인들은 밤이면 밤마다 이렇듯 소리 없는 전쟁을 치르고 있는 것이다.

그럼 이제 포장마차 안으로 들어가 볼까. 포장마차는 그 메뉴에 따라 ‘분식 마차’와 ‘주류 마차’로 나뉜다. 떡볶이와 각종 튀김류, 도넛 같은 밀가루 음식과 술을 같이 파는 ‘분식 마차’는 주로 종로 일대에 가면 볼 수 있는 것으로 그다지 많은 편은 아니다.

‘주류 마차’란 우리가 쉽게 접할 수 있는 포장마차를 말하는 것으로, 대개 꼼장어와 닭발·꽁치·오징어 무침 등의 안주와

술을 판다. 여기서 문제는, 분식만 파는 마차와 분식 위주의 마차를 구분하는 일이다. 전자는 대학로나 신촌·이대 등 학교 근처에 자리잡은 포장마차들로, 학생들을 상대로 음식 장사를 하는 곳이다 보니 보통 술은 취급하지 않는다. 후자는 위에서 말한 (술을 파는)'분식 마차'다.

그런데 일부 몰지각한 주당들이 포장만 두르면 무조건 술이 있는 줄 안다는 것이다. 분식만 파는 마차에 가서 다짜고짜 술 내놓아라 하는 경우가 있지만, 이런 식으로 떼를 쓴다면 술 한 방울 얻어먹을 수 없다. 술을 팔지 않는 포장마차에서 분식류를 먹다가 정 술 한잔이 생각난다면, 다음과 같은 멘트를 권한다.

"저, 아주머니. 여기 종이컵에 따라서 한 잔만 금방 마시고 갈게요."

술을 팔지 않는 포장마차라 해도 주인들은 비상시를 대비해 소주 몇 병쯤은 가지고 있는 것이 보통이다. 손님이 한쪽 눈을 찡긋하며 이 같은 사인을 보내는데, 끝까지 술 없다고 잡아떼는 주인은 드물다. '지혜롭게' 두드리면 열리는 것이다.

자, 다시 포장마차로 돌아가서. 우리가 보통 말하는 주류 위주의 포장마차의 경우 안주는 주로 해산물이나 볶음 안주로 가격대는 6천 원에서 8천 원이 보통이다. 그 밖에 마차에 따라 당근·오이 등의 채소와 어묵 국물·대합 국물 등이 기본 안주로 나오는 곳이 있으니, 다시 말해 포장마차의 생명은 바로 '서비스 안주'에 있다. 저렴하게 즐길 수 있다는 것이 마차의 매력인 셈이니, 가능하면 서비스 안주를 많이 주는 곳으로 가야 성공한 셈.

가장 좋은 방법은 자주 가는 단골집을 계속 이용하는 것이다. 마차 주인들은 대개 인심이 후해 드나들며 나누는 눈웃음 한 번, 인사 한 마디에 때로는 라면이 서비스로 나오기도 하고 금방 부쳐낸 뜨끈뜨끈한 파전 한 장이 덤으로 나오기도 한다.

만약 단골집이 없거나, 처음 가는 포장마차라면? 방법은 간단하다. 그 자리에서 '단골'이 되는 것이다.

"어휴 아주머니, 오랜만이죠? 그 동안 통 못 왔어요."

"지난번 먹은 우동에 꼼장어가 얼마나 맛있던지…"

꼭 서비스 안주 하나 더 얻어먹으려고 이렇게까지 할 필요 있냐고 물을지 모른다. 그러나 만약 뜨내기손님으로 비칠 경우, 자칫 잘못하면 오래 된 '안주 처리반'으로 전락할 우려가 있다.

해물 안주가 많은 포장마차의 특성상, 손님들은 으레 주문을 하기 전 주인에게 조언을 구하고, 이때 주인이 추천해 주는 것으로 택하는 경우가 많다. 물론 다 그런 것은 아니지만, 개중에는 처음 오는 손님들을 통해 오래 묵은 안주를 소화시키려는 주인들도 있기 때문이다. 따라서 무조건 아는 척을 해두는 것이 도움이 된다.

거리의 포장마차, 그보다 한 등급 위에 있는 것이 바로 '실내 포장마차'다. 마차가 주황색 포장을 벗고 컨테이너 박스 등 고정된 간이 시설물 안으로 들어온 것이 실내 포장마차의 원조. 가격은 일반 포장마차와 비슷한 편이다.

그러나 요즘은 일반 술집의 경우도 '실내 포장마차'라는 이름으로 장사를 하는 경우가 많다. 이는 '포장마차'라는 간판을 통해 일반 서민들이나 샐러리맨들이 부담 없이 자연스럽게 드나들 수 있도록 한 것.

하지만 아무리 '포장마차'의 간판을 내걸었다고 해서 가격까지 일반 포장마차와 같을 거라 생각해서는 안 된다. 건물 한쪽에 자리잡은 가게라면 점포세를 비롯한 각종 세금이 부과되기 마련. 어느 정도 술값이 오르는 건 당연한 일이다.

기존 포장마차의 영세성에 반기를 들고 등장한 것이 있으니 바로 '기업형' 포장마차다. 지난 98년 모 개그맨이 논현동 뒷골목에 18평 규모의 포장마차를 낸 것이 그 시초. 주인이 연예인이다 보니 자연히 연예계 사람들로 넘쳐나 '방송국 대기실'을 방불케 했고, 이른바 '연예인 포장마차'로 불리기도 했다고 한다.

이를 시작으로 2001년 이후에는 강남 일대에서 규모가 큰 포장마차들이 생기기 시작했고, 급기야 50개의 테이블과 15명 남짓한 직원들을 갖춘 '기업형 포장마차'가 생겨난 것이다. 아무리 규모가 크다 한들, 카센터와 주차장·공터 등을 이용해 밤에만 반짝 문을 여는 것이니 엄연한 포장마차인 셈.

포장마차 측에서 본다면 단연 '1등급'인 셈이니 술값도 당연히 비쌀 수밖에 없다. 각종 해산물을 중심으로 퓨전식 안주가 많은 것이 특징이며, 가격은 보통 8천 원에서 2만 원 사이로, 웬만한 호프집에 버금간다. 최근 등장한 청담동의 명품 포장마차의 경우, 가격은 1만 2천 원에서 2만 5천 원을 호가하니, '포장마차'란 이름만 믿고 들어갔다간 그야말로 큰코다치는 셈이다.

딱딱한 간이 의자에 앉아 술 한잔씩 걸친 그대들, 이제 좀더 앉기 편하고 쿠션 좋은 곳으로 가보자. 바로 '호프집'이다.

호프집 이야기

우리 주위에 '호프집'이란 술집이 등장한 것은 지금으로부터 한 10여 년 전쯤인 것으로 기억된다. 물론 맥주야 수십 년 전, 이른바 자유당 시절부터 있어 왔고. 그 후 약 15년 전쯤 인가부터 생맥주라는 것이 들어와, 자유와 젊음의 상징이니 어쩌니 하며 인기를 누렸었고, 이에 더불어 등장한 것이 바로 '호프집'이다.

오늘날의 '호프집'이란 '술집'보다는 '교류의 장소'에 더 가깝다. 그만큼 대중에게 친숙해진 공간이라는 것이다.

갓 대학에 입학한 대학 새내기들이 맥주의 쌉싸래한 맛과 함께, 소위 '대학물'을 배우는 첫공간이 바로 '호프집'이요, 직장인들의 회식 자리에서 너무도 자연스럽게 이어지는 2차가 바로 '호프집'이다.

옛 죽마고우를 길에서 우연히 만났을 때에도 일단 들어가고 보는 것이 '호프집'이다. 그것은 가볍게 맥주 한잔하며 그간의 이야기보따리를 푸는 데 '호프집'만큼 안성맞춤인 곳도 없기 때문이다. 그런가 하면 지난 한·일 월드컵 때 호황을 누렸던 곳 중 하나도 바로 호프집이었다고 한다. 대형 화면을 앞에 두고 내 테이블 옆 테이블 구분 없이 함께 응원할 수 있는 개방된 공간과 속이 다 후련해지는 시원한 맥주 한 모금이 바로 그 인기의 비결.

내가 아는 요즘 젊은이들만 해도 친구와 만나면 '밥집'이나 '커피숍' 대신 '호프집'으로 향하는 경우가 많다고 한다. 후다닥 배만 채우고 얼른 나와야 하는 밥집보다 맛있는 안주 먹어가며 천천히 얘기도 나눌 수 있는 '호프집'이 시대의 대세라나. 또한 돈 만 원이면 밋밋하게 앉아 차를 마시기보다 시원한 맥주 한 잔에 적당히 취해가며 진솔한 얘기를 나눌 수 있는 '호프집'을 택하는 것이 여러 모로 이득이라고 한다.

사람들은 더 이상 '술만 마시기 위해' 호프집을 찾지 않는다. 만나서 이야기를 나누는 장소, 맥주와 함께 출출한 배를 채우는 장소, 스포츠 중계를 보며 함께 응원하는 장소. 게다가 요

즈음은 호프집 안에 '인터넷'을 설치해 게임이나 채팅을 즐길 수 있게 한 곳도 있다니, 이제 '호프집'은 일종의 문화 공간이라 해도 과언이 아닐 것이다.

그럼 호프집 안으로 들어가 볼까. 정통 호프집의 경우 프라이드 치킨·골뱅이·대구포와 같은 간단한 안주에 생맥주를 파는 것이 보통이다. 그러나 요즘은 호프집에도 '퓨전' 바람이 불었는지, 여러 주류와 안주를 함께 파는 곳이 늘었다.

'소주'가 호프집으로 들어온 것이 그 대표적 케이스다. 특히 '소주'는 주류의 특성상 여러 가지 안주를 달고 다니기 마련. 과거에는 볼 수 없었던 각종 찌개류나 볶음류 등 이른바 소주와 함께 먹을 수 있는 안주들도 덩달아 호프집으로 입성했다.

또한 찌개 안주가 생기다 보니 '공기밥'이 등장하는 것도 자연스런 파생 효과. 따라서 요즘에는 허기를 채우기 위해, 혹은 이미 마신 술을 깨기 위해 호프집에서 하얀 밥에 찌개를 먹는 이색 풍경도 심심찮게 볼 수 있는 것이다.

그 밖에 호프집에서 '양주'를 파는 것은 이제 기본이 되었고, 간혹 가다 막걸리 등의 '전통주'를 파는 호프집도 생겨났다. 기름에 지글지글 금방 부쳐낸 부침개에 동동주를 먹을 수 있는 호프집. 이제 호프집에서 '호프', 즉 생맥주만을 찾는 세대는 구세대. 진정한 '호프집'의 시대는 점을 찍은 듯하다.

그런가 하면 아예 커피숍이 호프집으로 변신하는 경우도 있다. 생각해 보면 커피숍에서 술을 팔면 '큰일'나는 시절도 있었는데 말이다. '호프집'이 대중화되어 가는 시대이니만큼 법도 대세는 거스를 수 없나보다.

도심이나 시가지에 있는 커피숍의 경우, 커피 판매를 주로 하면서 간단한 마른안주와 함께 병맥주와 호프를 파는 것이 좋다. 그러나 변두리, 지방으로 갈수록 '주간 커피 야간 호프'라는 팻말을 내걸고, 아예 180도 탈바꿈하는 곳도 있다. 또는 '호프'라는 간판을 내걸었으되 그 안은 정체 모를 술집인 경우도 있다. 내가 지금부터 얘기하고자 하는 것이 바로 이 '변종 호프집'이다.

밖에서 보기에도 불그스름하고 어두침침한 실내 조명, 왠지 '다방' 분위기를 연출하는 호프집. 아니면 아예 밖으로 난 창문 하나 없이 '호프'라는 간판만 내건 업소가 '변종 호프집'일 확률이 높다.

미리 말해 두거니와, 이 글을 통해 이러한 호프집과 그 곳을 이용하는 사람들을 비난하려는 것은 절대 아니다. 다만, 이곳에 대해 모르는 사람이 간판만 보고 드나들다 난처한 상황에 빠지는 일을 막기 위해 미리 알아두자는 것이다.

이러한 호프집에서는 '호프'라는 간판에도 불구하고 정작 생맥주는 팔지 않는 곳이 더 많다. 대개 양주를 위주로 팔며, 곁들여 병맥주를 파는 것이다. 또한 여기서 파는 양주나 병맥주는 일반 호프집이나 카페보다 가격이 비싸다는 것이 특징이다. 물론 룸살롱이나 단란주점보다야 저렴하겠지만, 일부 가게, 특히 지방이나 변두리 술집의 경우 이에 못지않은 가격을 매기는 곳도 있다.

룸살롱같이 방이 있는 것도 아니고, 인테리어가 고급스러운 것도 아니고. 하나로 트인 좁은 공간에 구식 인테리어가 보통인 이 같은 호프집. 비싼 돈 내고 누가 여기에서 술을 마시겠는가 하고 궁금해하는 사람이 있을 것이다.

비밀은 바로 주인과 종업원에 있다. 이러한 업소의 경우 '마담'의 역할을 하는 여주인과 '아가씨' 역할을 하는 종업원이 있어 이들이 손님의 술친구가 되어주는 것이다. 어떤 업소에서는 심지어 주방 아주머니까지 나와 술상대가 되어주는 일도 있으니, 이 술집의 생존 전략은 곧 '가족 같은 분위기'인 셈이다.

그렇다면 주고객은 어떠한 사람들인가. 이러한 호프집을 찾는 이들은 대개 내성적이고 소심한 성격의 사람들이다. 여럿이 어울려 함께 술 먹는 것에 익숙하지 않은 사람들로, 둘이 오는 경우도 있지만 대부분은 혼자 온다.

그러나 아무리 혼자 있는 것을 좋아한들, 술을 마시게 되면 주인 여자에게든 아니면 서빙하는 아가씨에게든 술잔을 건네주고 싶기 마련인 것이다. 처음에는 무척 망설이다가도 술이 몇 잔 들어가고 하면 큰마음 먹고 용기를 내어 술잔을 권하게 되고, 그렇게 해서 주인과 술친구가 되는 것이다.

딱히 자신의 속내를 털어놓을 곳도 없던 이들이다 보니, 자신과 함께 술을 마셔주고 이야기를 들어주는 마담이나 아가씨에게 인간적인 정을 느끼게 되고, 따라서 끈끈한 친분을 가지게 된다. 때로는 이런 가족 같은 분위기에 끌려 날마다 술집으로 출퇴근하는 사람들도 있는 것이다.

중요한 것은 이러한 분위기 역시 장삿속에 의해 연출된 것임을 알아야 한다는 것이다. 일반 호프집이었다면 서빙만을 했을 여종업원이 이 곳에서는 옆에 앉아 술을 따라주게 된다. 함께 마시기도 하고 계속 권하기도 하는 이들의 주목적은 당연한 일이지만 '술장사'다. 따라서 안주 역시 값나가는 과일 안주로 시키게 만드는가 하면, 어느 정도 안주가 비워졌다 싶으면 나오는 레퍼터리가 있다.

"오빠, 우리 이번엔 뭐 다른 거 먹자."

그러면 대개의 남자들은 그놈의 자존심이 뭔지 안주 가격 같은 것은 묻고 싶어도 묻지 않는다.

"그래그래, 너 먹고 싶은 걸로 한번 가져와 봐."

술집에 안주 먹으러 가는 남자들은 없다. 그러나 상황이 이런 식으로 돌아가다 보면 어느 새 안주값만 해도 무시 못 할 금액이 나오고 마는 것이다.

앞에서도 말했듯이 이러한 술집 출입이 나쁘다는 것은 아니다. 룸살롱이 됐건 포장마차가 됐건, 아니면 일반 호프집이건 '변종 호프집'이건 간에 그건 사람마다의 음주 스타일이자 취향이다. 어딜 가면 나쁘고, 어딜 가야 좋은 것은 아닌 것이다. 단, 그 술집이 어떤 곳인지는 알고서 드나들자는 것이다.

이러한 '변종 호프집'의 경우라 해도 잘 알고 출입하는 사람이라면 별 문제는 없다. 집 근처에 단골집을 하나 만들어 놓고 편하게 드나들며, 그 곳 마담과 말동무나 술동무하는 사람들도 상당수다. 다만, 어떤 식으로 술 마시는 곳인지도 모른 채 '호프'라는 간판만 보고 들어갔다 당황하는 사람은 없어야 겠다는 것이 본인의 생각이자 이 책의 의도이다.

　지금까지는 대다수의 사람들에게 있어 '아는 축'에 속하는 포장마차와 호프집을 돌아보았다. 이제는 좀더 '요지경' 술집들로 안내할까 한다.

중동으로 간 남자들(캬바레 이야기)

　이른 아침 확성기에서 흘러나오는 노래에 일제히 일어나 마당을 쓸던 70년대가 있었는가 하면, 늦은 밤 일제히 스테이지로 나와 음악에 맞추어 몸을 흔들던 80년대가 있었다. 당시 우리 국민들은 밤이면 밤마다 무대로 나가 소위 ‘국민 체조’라 불리던 댄스에 몸을 맡겼으니, 그 무대란 다름 아닌 ‘캬바레’.

　지금으로부터 약 20년 전. 스탠드바가 생겨나기 이전이었던 그 시절에 나이트와 쌍벽을 이루며 밤거리를 주름잡았던 것이 있으니 바로 캬바레였다.

　당시 나이트는 유명 연예인들의 집합소였다. 물론 지금도 일부 성인 나이트에 유명 연예인들이 종종 출연하는 일이 있긴 하지만, 그때의 전성기에 비할 수는 없다. 더욱이 80년대 초반까지만 해도 컬러 텔레비전의 보급률이 그다지 높지 않았기 때문에, 사람들은 유명 가수나 탤런트들을 가까이에서 보기 위해 나이트를 찾았던 것이다. 나이트 얘기는 뒤에 가서 더 자세히 하기로 하자.

　나이트와 쌍벽을 이루던 캬바레의 경우, 사실 80년대 이전부터 꾸준한 인기를 누리며 존재해 왔다. 자유당 시절을 배경으로 한 영화에서도 가끔 캬바레가 등장하곤 했는데, 이른바 '어깨'들이 홀에서 맥주를 마시다 여자와 함께 플로어에 나가 한껏 폼을 잡고 춤을 추는 장면이 그렇게 멋지게 보일 수 없는 때였다. 그러나 당시만 해도 캬바레는 소수 계층을 위한 유흥 공간이었을 뿐, 다수의 대중들에게는 그림의 떡일 수밖에 없었다.

그러던 캬바레 문화가 대중, 특히 주부들을 중심으로 널리 퍼지게 된 것이 바로 80년대 초반의 일이니, '중동 붐'이 일던 시기와 딱 들어맞는 것이 결코 우연은 아니리라. 이역 만리에 남편을 떠나보내고 졸지에 홀로 남겨진 부인들. 일부 주택가 사이를 파고든 불법 댄스 강사들이 그녀들의 고독함과 무료함을 달래주고자 소위 '스텝'을 가르치기 시작했고, 그러면서 캬바레의 인기도 상승한 것이다.

한국에 캬바레 바람이 불었던 80년, 애석하게도 나는 이 역사의 현장을 지키지 못했다. 나의 자서전 1권 첫장에서 잠깐 얘기한 적이 있듯이, 80년 당시 나는 열사의 땅 중동에 있었다. 79년 군에서 제대한 나는 80년에 현대건설 근로자로 중동에 갔고, 그 곳에서 3년간 질통을 메며 비지땀을 흘렸었다. 원래 사교성이 좋은 나는 그 곳에서 많은 한국인 근로자들을 사귀었는데, 박씨 역시 그들 중 하나였다.

홀홀 단신 총각의 몸이던 나와 달리, 박씨는 부인과 자식을

81년 이라크 국경에서 원주민들과

한국에 두고 온 어엿한 가장이었다. 처지가 많이 다름에도 불구하고 박씨와 나는 말이 잘 통하는 편이었고, 점차 속깊은 얘기도 나누는 절친한 사이가 되었다. 그러던 어느 날이었다. 한국에서 온 편지 한 통을 받은 박씨가 느닷없이 내 앞에서 울분을 토로하는 것이 아닌가. 그의 사정인즉 이랬다.

박씨가 지금의 아내, 즉 훈이 엄마를 만난 것은 7~8년 전의 일이다. 박씨는 당시 노가다 현장에서 시멘트를 나르며 일하던 일용직 막노동꾼이었다. 그러던 중 동네 아는 사람의 소개로 훈이 엄마, 즉 그녀를 만나게 되었다.

그녀는 착하고 참해 보이는 아가씨였다. 내세울 것 없는 집안의 평범한 딸이었지만, 일개 노동꾼인 박씨로서는 마다할 처지가 아니었다. '이 여자다' 싶은 박씨는 그녀의 마음을 사로잡기 위해 이중 생활(?)을 시작했다.

너덜너덜한 작업복으로 시멘트를 나르다가도 그녀를 만날 때면 말끔한 옷을 차려입고 나와 그럴 듯한 데이트를 했고, 자신은 일류대를 나왔으며, 현재 유명 건설 회사에 다니고 있노라 그녀에게 달콤한 거짓말을 했다. 결국 박씨는 그의 소원대로 그녀와의 결혼에 성공했다.

"자! 월급이다!"

아내에게 자신 있게 봉투를 바치는 남편. 결혼 후 얼마간, 박씨는 능력 있고 성실한 남편이었다. 그러나 그가 가져온 월급 봉투로 인해 아내의 의심이 싹트기 시작했으니, 봉투에 세금 공제니 뭐니 하는 명목은 하나도 없고 달랑 30만 원이 든 누런 봉투가 전부였던 것이다. 그러나 당시 30만 원이라면 기업의 대리나 과장급은 되어야 받을 수 있는 액수.

속으로는 '무슨 월급 봉투가 이래?' 하면서도 그녀는 월급의 액수를 믿고 대수롭지 않게 넘겼다. 그러나 꼬리가 길면 잡히는 법이었다.

"아니, 당신 월급은 안 가져오고… 이게 뭐예요?"

한 달에 한 번씩 두툼한 봉투를 건네던 남편. 그런데 겨울이 되니 봉투는 간데없고, 겨우 몇 만 원씩을 두어 차례 쥐어주고 마는 것이 아닌가.

공사판 일꾼의 경우 한 달에 서너 번 간주(수당)가 지급된다. 때에 따라 한 달에 한 번 월급식으로 주는 곳도 있지만, 대부분의 사람들이 주당 아니면 일당을 받는다. 데모도(심부름

중동 · 이라크 건설 현장

꾼)이거나 일거리가 적을 때 일당 또는 주당으로 받게 되고, 실력 있는 기술자이거나 공사가 길어질 경우 월급식으로 받게 된다. 특히 일류 기술자는 간주가 무척 센데, 이들이 한 10여 일 일하면 보통 샐러리맨들의 한 달 월급과 맞먹는 돈을 받을 수도 있다.

 몇 가지 낯선 단어가 나와서 말인데, 건설 현장에서는 대부분 일본 용어가 쓰인다. 제일 많이 쓰이는 것 몇 가지를 짚어 보자면, 오야지(팀장) · 데마치(휴일) · 쓰미(미쟁이) · 오사모레(공사 종료) · 나라시(시멘트 다지는 작업) 등이 있다.

 노가다의 생사 여부는 데마치에 있다. 즉, 오사모레가 되기 전 오야지들이 얼른 다른 일거리 주문을 받아와야 한다. 오야지가 얼마나 많은 일거리를 연이어 확보하느냐에 따라 그의 능력이 판가름되는 셈이니, 유능한 오야지들 밑에는 자연히 일꾼들도 들끓기 마련이다.

그러나 좋은 오야지 밑으로 들어가 계속 공사를 맡는다 해도 데마치가 없는 것은 아니다. 우선, 비가 오는 여름에는 일을 할 수 없다. 또한 영하 5도 이하로 내려가는 겨울에도 작업을 할 수가 없는데, 그것은 추운 날씨에 시멘트 작업을 했다가는 해빙기가 돼서 무너질 염려가 있기 때문이다. 그 밖에 건설 재료가 제때 들어오지 않는 경우도 허다한데, 이 날 역시 공치는 날인 것이다. 결국 한 달로 놓고 보면 반은 데마치인 셈이다.

박씨 역시 능력 있는 팀장을 따라다니며 부지런히 애쓴 결과, 신혼 초에는 그럴 듯한 월급을 챙길 수 있었다. 그러나 좋은 팀장 밑에 있기 위해서만도 만만치 않은 경쟁을 치러야 했고, 설령 자리가 생겼다 해도 1년 중 반은 노는 날이니 매일 매일 그야말로 전쟁을 치렀던 셈이다.

"어… 요즘 회사가 좀 어려워서. 조금만 참아. 곧 좋아질 거야."

아내는 남편의 말을 철석같이 믿으며 좋아지기를 기다렸다. 그러나 남편의 행동은 점점 더 수상해지기 시작했다. 여름에도 비가 오는 날이면 아예 들어앉아 구들장만 긁고 있는 남편. 알고 보니 건설 회사 직원은 새빨간 거짓말이요, 일개 벽돌공에 지나지 않았던 것이다.

이런 청천벽력이 또 있나. 그 동안 속고 산 것이 억울해 밤새 통곡을 해 보건만 이미 깨진 병이요, 엎질러진 물이다. 둘 사이에 태어난 자식 훈이는 어찌할 것인가. 속아서 한 결혼이라고 물릴 수는 없는 노릇이었다.

친정으로 내려가 버릴까 하니 가족들 앞에 면목이 안 선다. 친구를 만나 신세 한탄을 하면 속이라도 풀릴 것 같은데, 얼마 전 일을 생각하면 하소연은커녕 쥐구멍에라도 숨고 싶다.

"우리 신랑이 △△아파트 건설 현장에서 팀장으로 있는데, 요즘 회사가 힘들어서…."

"그래? 그럼 기다려 봐. 우리 남편이 XX건설 회사에서 꽤 높은 직책에 있거든. 내가 잘 말해서 그쪽으로 자리 하나 알아봐 달라고 할게."

얼마 전 집으로 놀러온 친구 영순에게 멋도 모르고 큰소리를 떵떵 쳐놨던 것이 아닌가. 그러나 알고 보니 오히려 영순이 신랑이 자기 남편보다 지위가 높다.

하는 수 없이 홀로 애태우며 속끓이던 그녀. 그런데 하루는 남편이 들어와 하는 소리가,

"어이 사랑하는 여보, 이 남편이 드디어 외국으로 발령을 받았다네."

"아니, 무슨 노가다가 외국 발령을 받아!"

"허허, 이 박대팔이가 그렇게 쫀쫀한 사람이야? 걱정 마. 우리 아이를 위해서라도 내 중동에 가서 부지런히 벌게. 우리 이 월세에서 벗어나 우리 집, 아니 전세라도 들어갑시다."

당시 박씨의 집은 보증금 500만 원에 다달이 15만 원씩을 내고 사는 방 두 칸짜리 월세였다. 그런데 이놈의 월세를 살자니 그깟 15만 원이 뭐라고 날마다 목을 조여오는 것이다. 며칠 밀려 월말을 넘기고 7, 8일쯤 주고 나면 금세 또 방세

내는 날이 돌아온다.

　일 년 내내 방세만 내며 사는 것 같기도 하고, 그 방세도 무슨 공돈 나가는 듯 속이 쓸쓸한 그녀. 그런데 남편 박대팔이 1년 뒤의 전셋집을 약속하며 중동으로 간다는 것이 아닌가.

　70년대 후반부터 불기 시작한 중동 붐은 80년대 초반에 피크를 맞았다. 당시 한국에서는 월남 파병 이후 최대 인력이 동원되어 검은 달러를 캐기 위해 중동으로 갔다. 특히 일용직 노동자로 있던 많은 사람들이 한 1년 고생하면 큰돈을 만질 수 있다는 기대감에 애국자 아닌 애국자가 되어 대열에 합류했는데, 박씨 역시 그들 중 하나였던 것이다.

　중동으로 떠난 박씨는 다달이 45~50만 원 돈의 월급을 꼬박꼬박 송금해 왔다. 시집 온 이후 이렇게 큰돈을 만져보기도 처음인 훈이 엄마. 상호 부금에나 들까, 아니면 보험이라도 들까. 이런저런 생각을 하며 행복한 고민에 젖어 있었다.

　그러던 어느 날. 이웃 사는 영철이 엄마와 순덕이 엄마가 놀러와 느닷없이 '6박자 스텝'이랍시고 멋들어지게 안방을 돌아보이는 것이 아닌가. 뒤뚱거리며 관광 버스 춤이나 춰야 할 듯한 몸매인데도 불구하고 버들가지마냥 유연하고 부드럽게 허리가 돌아가는 것이다.

"아니, 그거 어디서 배웠어?"

　훈이 엄마의 부러움 가득한 시선에 순덕 엄마는 한층 의기양양해진다.

"여기가 방이라 그렇지, 뭐시냐 그 캬바레에 후로링인가 푸로링인가 하는 데 나가 조명받으면서 멋진 남자 품에 안겨 이리저리 움직여 봐. 죽여준다니깐."

아예 영철 엄마는 한 술 더 뜨고 나선다.

"그 맛이야말로 내 생에 봄날은 간다야. 훈이 엄마도 배워
봐!"

"뭐, 춤? 그것도 남의 남자 품에 안겨서? 어휴, 당치 않은
소리 마요."

캬바레란 소리에 일단 움찔하던 훈이 엄마. 그러나 이역 만
리 땅에 남편을 보내고 벌써 몇 달째 생과부가 되어 있는 자
기 처지를 생각하니 구미가 당긴다. 무료하고 지루한 일상의
활력소가 될 것 같기도 하다.

"저기… 영철 엄마. 그거 배우려면 돈은 얼마나 드는데?"

그 시절의 캬바레는 두 종류였다. 여느 술집과 마찬가지로
들어가면 반드시 테이블에 앉아 술을 시켜야 하는 곳이 있었
고, 일정 출입 요금만 내면 맥주를 시키지 않고 춤만 춰도 되
는 곳이 있었다. 후자의 경우, 입장 요금을 내고 들어간 사람
들은 테이블 대신 한쪽에 마련된 전용 의자에 앉아 자기 순서
를 기다려야 한다.

그러나 술 마시러 캬바레를 찾는 사람은 없으니 대부분의
이용자들, 특히 주부들은 몇 천 원 하는 출입 요금을 내고 들
어가기 마련. 그러다 보니 캬바레는 사실 술값보다 '스텝' 배
우는 돈이 더 들어가는 것이다.

정식 무도 학원도 소수 있었지만 사회 분위기상 드러내놓고
이런 곳을 다니는 사람은 없었다. 대부분의 강습이 제비 강사
들에 의해 불법으로, 그리고 아주 은밀하게 이루어졌다.

캬바레 연습 중

불법 댄스 강사들이 겨냥하는 곳은 주택가의 지하실 집이나 전원 주택, 혹은 외딴집. 즉, 음악 소리가 밖으로 새어나가지 않는 곳에서 일단 주부 한두 명을 모아 시작하는 것이다.

처음 한두 명 구하기가 어려운 것이지 일단 물꼬를 트기만 하면 그 다음은 일도 아니다. 동네 주부들 사이에 입소문이 퍼져 미끼에 몰려드는 고기떼마냥 알아서 모여드는 것이다. 입소문처럼 돈 안 들고 효과 좋은 홍보도 없다고 하지 않은가.

교습비는 보통 한 달에 10여만 원. 그러나 이 역시 정해진 금액은 아니다. 부잣집 사모님이나 이혼녀 등 강사가 보아 돈 좀 있겠다 싶은 주부들에게는 이른바 '특강 개인 교습'이라 해

서 가격을 올려 받는다. 심지어 웬만한 샐러리맨들의 월급과
도 맞먹는 액수를 요구하기도 했다.

그러나 일단 발을 들여놓은 주부들이라면, 젊고 잘생긴 남자
와 춤추는 맛에 홀딱 빠지기 마련. 재정적 능력도 되지 않으
면서 무작정 개인 교습을 받으려는 이들이 많았고, 따라서 교
습비로 생활비를 탕진하는 주부들도 심심찮게 있었던 것이다.

"그래, 나라고 못 할 게 뭐 있어. 애아빠한테는 미안하지만
그렇다고 내가 돈을 다 쓰자는 것도 아니고, 그 동안 나도 고
생했는데 뭐…."

이렇게 해서 훈이 엄마도 이른바 스텝을 배우게 된 것이다.
지루박이다 탱고다 해서 춤도 배우고 멋진 남자와 어울릴 수
도 있으니 그야말로 님도 보고 뽕도 따는 셈이었다. 잘생긴

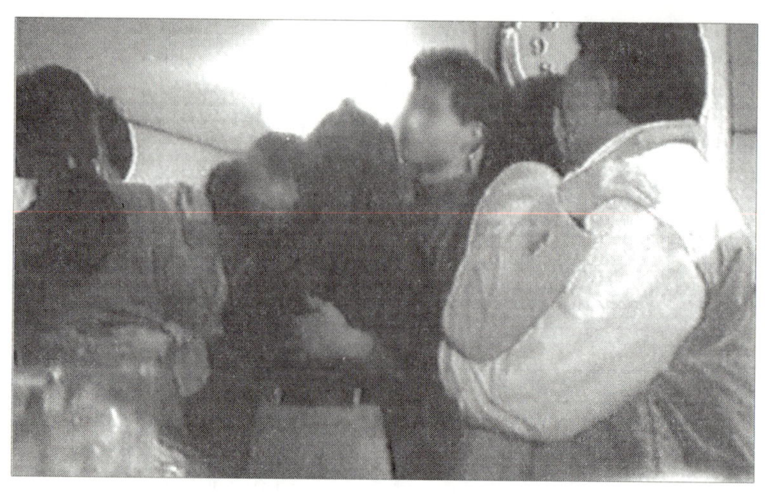

얼굴에 큰 키, 거기다 매너까지 끝내주는 댄스 강사의 품에서 블루스를 추노라면 마치 동화 속 공주님이 된 것 같은 황홀경에 빠지는 것이다.

"자, 오늘은 현장 실습이 있습니다."

"어머. 그럴 줄 알았으면 화장도 좀 진하게 하고 나오는 건데. 이를 어째? 선생님, 저 얼른 가서 좀 씻고 옷도 갈아입고 오면 안 될까요?"

난생 처음 캬바레란 곳에 가게 된 훈이 엄마. 얼마 전 순덕 엄마는 캬바레에서 만난 사람하고 산정호수에도 놀러가고, 고기에 맥주도 한잔하며 좋은 시간을 보냈다는데. 그렇게 좋은 걸 모르고 살아온 지난날이 한스럽기도 하고, 낯선 남자를 만난다고 생각하니 다시 처녀로 되돌아간 듯 들뜨는 마음을 가눌 수가 없는 것이다.

그 시절, 일부 시장 쪽에 있는 캬바레는 낮에도 단속을 피해

문을 열곤 했다. 그런가 하면 우이동이나 도봉산, 안양 유원지 부근, 또는 수원이나 시흥 등 변두리의 캬바레 역시 비밀리에 낮부터 영업을 하는 곳이 많았다.

컴컴할 때나 들어가야 정상인 곳에 훤한 대낮부터 들어간다고 생각하니 입구에서부터 왠지 모를 야릇함이 느껴진다. 대기 의자에 앉아 강사가 불러줄 차례를 기다리며 무대를 관찰하는 훈이 엄마. 대형 플로어에서 탱고와 블루스 음악에 맞추어 이리 꼬고 저리 꼬는 모습들을 보니 신기하고 부럽기만 하다.

얼마쯤 분위기에 익숙해지고 나니 어렴풋이 사람들의 모습이 눈에 들어오는데,

"가만, 저이는 전파사집 아줌마잖아!"

그런가 하면, 기둥 옆 테이블에 앉은 아저씨는 다름 아닌 동네 슈퍼 아저씨다. 슈퍼에서 만날 때는 점잖고 무게 있어 보였는데 일어나 춤추는 것을 보니 강사보다도 더 멋지게 춤을 춘다. 몇몇 낯익은 얼굴들에 혹 소문이 나지 않을까 걱정하던 훈이 엄마. 그러나 시간이 지나자 점점 대범해진다.

"점잖은 분들도 오고 착실하게 살림만 하던 여자들도 보이는데 뭐. 게다가 나보다 더 못생기고 뚱뚱한 여자들도 저렇게

잘만 노는데. 어디… 내 차례가 오기만 해 봐라."

바로 그 때였다.

"저쪽에 매너 좋은 사장님이 계시는데 한 스텝 하시죠."

빨간 저고리에 까만 나비 넥타이를 맨 말끔한 웨이터. 이른 바 부킹이 들어온 것이다.

'이걸 어쩐다? 나는 아직 6박자는커녕 3박자도 걸음마 단곈데. 게다가 아직 강사님 지시도 없었고.'

주저하는 듯한 훈이 엄마의 모습에 옆에 앉았던 한 아줌마가 옆구리를 쿡 찌른다.

"아니 뭐해요? 부킹이 들어왔는데 얼른 움직이지 않고. 지금 제발 나 좀 불러주십사 하는 사람들이 얼마나 많은데."

그리고 보니 자기 외에도 수많은 여자들이 긴장 반 지루함 반으로 대기 의자에 앉아 있다. 대기자들 대부분은 여자들로 훈이 엄마처럼 삼삼오오 무리를 지어 들어오는 이들도 있지만, 용감 무쌍하게 장바구니 옆에 끼고 혼자 들어오는 여자들도 있다.

앞에서 잠깐 말했듯이, 대낮부터 영업을 하는 불법 캬바레의 대부분은 유원지나 시장통에 있다. 당시 잘 나간다는 H캬바레나 C, S카바레 등 몇 군대를 빼고는 거의가 시장통

부근에 자리잡고 있었다.

요즘이야 여성 자가 운전자도 많고, 마을 버스가 동네 구석구석을 누비는 시대이니 그만큼 장보기가 수월해졌다. 또한 곳곳에 대형 마트와 할인점이 들어서 굳이 멀리 나갈 필요도 없으며, 전화 한 통화면 슈퍼에서 목록대로 배달을 해 주는 곳도 있다. 심지어 인터넷으로 클릭 한 번이면 1시간 안에 장바구니가 배달되기도 하니, 그야말로 '장이 장을 보는 시대'인 것이다.

그러나 그 시절에는 L백화점·M백화점 등의 대형 백화점을 제외하고는 지역마다의 재래 시장이 다였다. 일반 서민에게 있어서 백화점은 명절에나 한 번씩 들러보는 곳일 뿐, 장을 보기 위해서는 꼭 재래 시장에 가야 했다. 이렇게 해서 시장과 캬바레의 어울리지 않는 동거가 시작된 것이다.

시장 간다는 핑계로 장바구니를 들고 나온 사람들, 혹은 실제로 바구니 한 가득 장을 봐온 주부들을 위해, 당시 캬바레에는 '보관소'라는 것이 있었다. 지역에 따라 500원에서 몇 천 원까지에 이르는 보관증을 끊으면 일정 시간 동안 장바구니를 보관해 주는 것이다.

따라서 장을 보러 온 주부라면 누구든, 몇 천 원의 입장료만 있다면 얼마든 캬바레에 드나들 수 있었던 것이다. 꼭 중동 근로자의 아내가 아니라 하더라도, 낮에 장바구니 들고 시장에 가는 아내를 의심하는 남편은 없었으니 말이다.

이러한 주부들 외에, 캬바레를 장식하는 또 하나의 부류가 있었으니, 바로 양아치 기질을 가진 남자들이다. 개중에는 정말 '춤이 좋아' 캬바레를 찾는 건전한 이들도 있지만, 대부분의 남자들은 다른 목적으로 캬바레를 찾기 마련이다.

가진 돈도 없고 오로지 나이가 재산인 2, 30대라면, 날마다 입장료만 내고 들어와, 주로 테이블에 앉은 이른바 '부티 나는' 아줌마들을 목표 대상으로 삼는다. 반면 돈도 좀 있고 나이 지긋한 중년의 남자라면 기본 주대 몇 만 원 하는 테이블에 앉아 주로 대기석에 앉은 아줌마들, 즉 훈이 엄마 같은 초짜들을 낚기 마련인 것이다.

'오늘은 그냥 구경만 하려고 했는데….'

웨이터의 손에 이끌려 얼떨결에 플로어에 나간 훈이 엄마 앞에 사십대 중반의 말끔한 남자가 서 있다.

"이쪽은 김사장님입니다. 좋은 시간 되십시오."

음악에 맞추어 훈이 엄마의 손을 잡고 자연스레 춤을 추는 김사장. 훈이 엄마 인생에서 남편 박대팔과 댄스 강사에 이은 세 번째 남자다.

"자, 내가 시키는 대로 하세요. 몸의 힘을 쭈~욱 빼구요. 자연~스럽게… 스므~스하게… 허리에 힘이 들어가면 안 돼요. 손도 부드~럽게… 네 그렇게요. 그리구 턴을 할 때에는… 어이쿠!!"

낯선 남자의 체온과 촉감에 온몸이 곤두선 훈이 엄마, 그만 김사장의 발을 밟고 말았다. 얼굴이 달아오르고 가슴은 쿵쾅쿵쾅, 등골마저 오싹해진다.

"어마! 정말 죄송해요. 저… 그만 들어갈게요. 정말 미안합니다."

"허허. 괜찮습니다. 처음에는 다 그런 겁니다. 제가 조금씩 가르쳐 드릴게요."

'아니 이럴 수가… 이렇게 자상한 사람이 있다니. 우리 남편 같으면 그것도 못 하냐면서 핀잔을 줬을 텐데… 오히려 더 따뜻하게 대해주다니.'

훈이 엄마는 남자의 배려에 눈물이 날 만큼 감동하고, 남자는 훈이 엄마의 그런 순진한 모습에 속으로 쾌재를 부른다.

'이거 완전 아다라시(초짜) 아냐? 요즘 이런 아다라시는 통 없었는데, 이게 웬 횡재냐?'

이런 수작이 오고가는 사이, 이내 블루스 음악이 흐른다. 때를 기다렸다는 듯, 김사장은 훈이 엄마를 얼른 품에 안는다.

"사모님, 괜찮아요. 처음부터 실력 있는 사람 있나요? 나도 마찬가지예요. 하하하."

조용한 음악 속에서 달콤한 말을 속삭이며 자신을 리드미컬하게 이끄는 김사장. 인물 없고 배 나온 남편 김대팔의 얼굴이 눈앞에 아른거리자 그에게서 더욱 격한 감정이 느껴진다. 김사장이 간혹 허리라도 한 번씩 땡겨줄 때면, 훈이 엄마는 그야말로 긴장과 흥분 속에 온몸이 전율하는 듯하다.

'박대팔이 품에 백날 안겨도 이런 일은 없을 거야… 아, 이렇게 좋은 것을. 왜 진작 몰랐을까?'

그러는 사이, 이번에는 탱고와 고고, 차차차 등 템포 있는 음악이 흘러나온다.

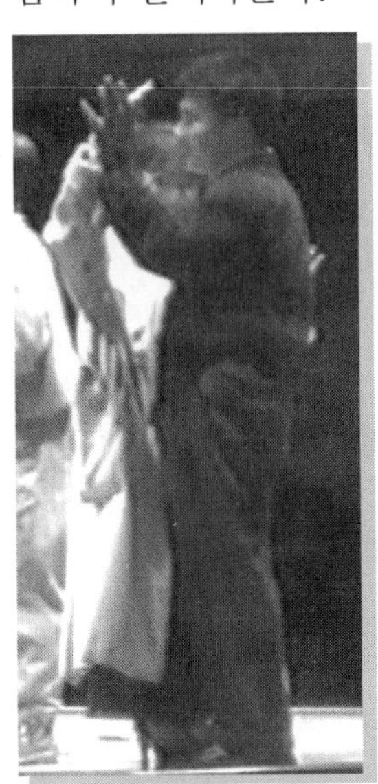

"저… 이건 아직 안 배웠는데요."

"괜찮아요, 사모님. 그냥 흔들면 돼요. 그냥 우리 서서 흔들어요."

우락부락 매너 없는 남편 박대팔의 얼굴이 다시 한 번 오버랩된다. 김사장의 매너에 또 한 번 감격한 훈이 엄마, 무아지경에라도 빠진 듯 한참을 흔들어 대고 있자니 다시 음악이 블루스로 바뀐다.

그런데 김사장이 이번엔 아예 훈이 엄마를 자기 가슴 속에 파묻어 버리

는 것이 아닌가. 처음 블루스를 출 때와는 달리 스텝이고 뭐
고 몸을 바짝 밀착시켜 오는 이 남자. 낯선 남자에 대한 거부
감이 사라진 훈이 엄마도 덩달아 몸을 밀어본다. 그런데 이게
웬걸. 김사장 쪽에서는 반대로 몸을 서서히 풀어 버리는 것이
다.

'어머, 이 망신을 어째… 그냥 가만히 있는 건데….'

"사모님, 이제 제 테이블로 가서 시원하게 맥주 한 잔 하실
까요?"

"전 술을…."

"아, 괜찮아요. 그냥 한 잔만 하세요."

김사장을 따라서 간 테이블. 그런데 들은 바와 달리 김사장
의 일행은 한 명도 보이질 않는다. 김사장이 훈이 엄마에게
수작을 거는 사이, 그의 일행은 벌써 한 건씩 해서 자리를 뜬
것이다.

여기서 잠시, 훈이 엄마를 녹여 버린 '김사장'과 같은 부류
들, 즉 대낮에 캬바레를 찾는(백수를 제외한) 그럴 듯한 남자
들의 정체를 밝혀보고자 한다.

'△△물산 서울지부 대표이사 김영진' 등의 거창한 명함을 파
서 사업가를 지칭하고 다니는 이들의 정체는 브로커다. 물건
을 사서 바로 되파는, 일명 '땡물건만 탕치기로 파는' 브로커
들로 대개 청계천 일대에 사무실을 두고 있다.

사무실이라 봤자 여럿이서 공동으로 쓰는 사무실. 때로 전화
만 받아주는 아가씨를 고용하기도 하는데, 이는 그나마 형편
이 조금 나은 사람들의 얘기며, 사실 자기 책상 하나 없는 남

의 사무실을 본거지로 활동하는 사람들도 무척 많다.

마땅한 사무실이 없다보니 비즈니스는 대개 다방에서 이루어진다. 간혹 이들의 사정을 잘 모르는 사람들이 계약하러 사무실로 찾아가겠노라 할 때가 있지만, 이들은 '점심을 사겠다', '저녁이나 들고 하자'면서 일단 식사를 하고는 다방으로 자연스레 안내하는 것이다.

그러다 보니 청계천이나 을지로·종로 등의 다방은 브로커들로 인해 문전성시를 이룬다. 일찌감치 아침에 출근해 텔레비전 앞에 자리를 잡고 앉았다 잠깐 점심을 먹고 다시 들어오는 사람들도 있다. 얼른 자장면 한 그릇 먹고 와서 다시 자리를 지키는 것이다.

'다시 차를 시켜라'는 다방 마담과 '금방 마셨는데 뭘 그러냐'는 이들 사이에 마찰이 빚어지는 것은 당연한 결과. 때로는 기발한 아이디어가 나오기도 하니, 즉 여럿이 들어가 일부는 자리를 지키고, 교대로 나가 먹고 오는 것이다. 이를 눈치챈 주인이 눈살을 찌푸리기도 하지만, 누가 뭐래도 '단골'이다 보니 울며 겨자 먹기로 받을 수밖에 없다.

일부 커피숍 등에서는 아예 출입문에 '브로커 사절'이란 팻말을 붙여 놓기도 하지만, '손님'으로 들어가는 브로커를 무슨 수로 막겠는가.

다방 주인이 '브로커 손님'을 거절할 수 없는 또 하나의 이유가 있으니 바로 '골든벨 손님' 때문이다. 브로커들 가운데는 명색이 최하 상무, 전무에서 대표이사 아니면 사장, 심지어는 회장 명함까지 지닌 사람들이 있다. 아무리 '회장'의 직함을 가졌던들 차 한 잔 값에 주인과 신경전을 벌이는 처지니, 알고 보면 이들 대부분은 자본금도 없이 일을 하는 사람들이다.

이들에게 있는 것이라곤 '입'이요, 서는 것이라곤 '말발'뿐이니, 변호사나 대학 교수, 아나운서보다 더 말 잘 하는 사람들도 많다. 또한 이들은 사회적 지식도 실제로 해박한 편이다. 이들이 생업으로 삼는 '경제 활동'은 정치, 사회적 상황과 밀접히 맞물려 돌아가기 마련이라 그러한 지식 수집은 필수적인 일인 것이다.

대부분의 시간을 다방이나 커피숍에서 보내는 이들이다 보니, 비즈니스를 제외한 시간은 같은 처지의 사람들끼리 이야기를 주고받으며 보내게 된다. 이때 자신이 가진 지식을 내놓으며 이른바 '지식 교류'를 하게 되니, 그들은 그 대화 속에서 중요한 정보와 자료를 얻어낸다. 틈새 시간을 이용해 이루어지는 대화 역시 단순한 잡담이 아닌, 일종의 비즈니스인 것이다. 실제로 브로커들 중에는 언변에 더 해 변호사 못지않은 지식을 가진 친구들도 있다.

말발과 해박한 지식을 무기로 활동하는 이들이기에 가끔 대박이 터지는 날도 있는 법이다. 이때 브로커들은 평소에 함께 지내온 의리를 생각해 주위 브로커들에게 크게 한턱을 내는 것이 보통이다. 그 동안 자기 사무실처럼 생활해 온 다방 한쪽이나 내실을 빌려 거하게 식사 대접을 하는데, 이때 자연히 다방의 매출도 올라가기 마련이다. 이것이 이른바 '골든벨을 울리는 손님'인 것이다.

이야기가 조금 새어나간 듯하다. 아무튼 이렇게 독특한 생존 전략으로 살아가는 브로커들이 다소 한가해지면 모여드는 곳이 있으니 바로 '캬바레'다. 훈이 엄마의 마음을 사로잡아 버린 김사장 역시 사장은커녕 실은 '다방 브로커'에 지나지 않았던 것이다.

훈이 엄마를 데리고 테이블로 돌아온 김사장. 함께 온 최상무는 벌써 한 건 했는지 저녁 먹으러 나간 뒤다. 테이블에는 기본으로 시킨 맥주가 거의 손도 대지 않은 채 남아 있다.

사실 술은 모양새나 분위기 때문에 시킨 것이지 마시려고 시킨 것은 아니다. 그러니 처음 앉았을 때 웨이터가 따라준 한 잔 말고는 병에 그대로 남아 있는 것이다.

시골에서 막 상경한 사람들이나 초보들은 캬바레에 와서 술을 많이 마신다. 그것은 술기운을 빌려야만 낯선 이성에게 말을 걸어볼 용기도 나고 뚝심도 생기는 것이기 때문이다.

그러나 선수라면 캬바레에서 절대 술을 마시지 않는다. 여자를 자기 테이블에 앉혀도 자기 술잔엔 술을 가득 따르지 않는다. 그것 또한 술에 취해서는 주어진 임무(?)를 효과적으로 수행할 수 없기 때문이다.

이는 반드시 '제비족'들에게만 해당되는 이야기는 아니다. 당시에도 간혹 '캬바레 스텝'이 운동에 효과적이라 생각해 캬바레를 찾는 사람들이 있었다. 그야말로 운동을 위해 온 이들이니 당연히 술과는 거리가 멀 수밖에 없었다.

김사장이 따라주는 맥주를 한 모금 들이켠 훈이 엄마. 입 안

을 가득 매운 쌉싸래함이 목구멍을 자극하더니 이내 온몸이 후끈 달아오른다. 물론 그 동안 맥주 한 모금 안 먹어본 것은 아니지만, 이런 분위기에서 마시니 온몸을 녹여오는 것이 마치 환각 음료라도 마신 듯하다. 김사장이 권해 오는 맥주 한 잔 두 잔에 시간 가는 줄 모르던 훈이 엄마.

'아 참, 우리 강사님하고 뚱뚱이 친구들은 뭐하고 있지?'

강사는 저쪽에서 아줌마 셋을 상대로 열심히 뻐꾸기(이야기)를 날리고 있다. 저 건너편 테이블에서는 웬 아줌마가 나이 많은 아저씨 어깨에 기댄 채 살짝 윙크를 해 온다. 화들짝 놀라 다시 한 번 살펴보니, 일행 중의 순덕이 엄마다.

그런가 하면 저쪽 입장료 대기석에는 아직도 10여 명의 아줌마들이 앉아 애처롭게 부킹만을 기다리고 있다. 입장료만 내고 들어왔으니 부킹이 들어오기 전까진 테이블에 앉을 수 없다. 또 아무리 단골이라도 남자에게 먼저 다가가 춤을 청하기는 뭐하니 하염없이 앉아 부킹만을 목이 빠져라 기다리는 것이다.

수십 명의 대기녀들을 보는 훈이 엄마. 내심 흐뭇하다.

'호호. 나는 오자마자 부킹이었는데… 내 몸매가 아직은 보기 괜찮은가봐… 오늘부터라도 저녁밥 굶고 더 열심히 몸매 관리 해야지….'

'아무래도 훈이 엄마가 춤바람이 난 것 같다'는 가족들의 편지에 망연 자실해하던 박씨의 모습이 지금도 눈에 선하다. 그러나 이는 비단 박씨의 문제만은 아니었으니, 함께 일했던 중동 근로자들 중 많은 이들이 '부인의 춤바람' 때문에 마음고생을 했던 것으로 기억된다.

총각이라 부인 단속할 일 없던 나를 부러워하던 그들. 지금은 어디서 어떤 모습으로 살고 있는지. 그러고 보면 술집만큼 한 사회의 시대상을 잘 반영하는 것도 없는 듯하다. 80년 '중동 붐'이 캬바레를 성행하게 하고, 98년 IMF가 '과부촌'을 낳은 것을 보면 말이다.

잠시 '섰다' 가자(스탠드바)

포장마차에 호프, 그리고 캬바레까지. 너무 급하게 달려온 감이 없지 않다. 그런 의미에서 잠깐 '섰다' 가는 코너를 마련해 보았다.

한때의 전성기를 거쳐 지금은 사람들의 기억 저편으로 사라진 술집, 스탠드바. 변두리 유흥가를 걷다 보면 간혹 '스탠드바'라는 간판을 내건 술집이 보이긴 하지만, 예전 모양새를 그대로 갖춘 '정통 스탠드바'인지는 모르겠다.

소위 말하는 신세대에게 있어 '스탠드바'란 어떤 곳인지 알아볼 시간도 주지 않고 사라져 버린 '미스터리의 장소'일 테고, 나이 지긋한 중년 세대라면 한 번쯤은 가봤음직한 '추억의 장소'일 것이다.

이제는 유흥계의 '역사'가 되어 버린 스탠드바. 이 책을 읽는 독자 중 앞으로 스탠드바를 이용하게 될 사람이 몇 명이나 될지는 의심이다. 어쩌면 다시는 찾아볼 수 없게 될 술집인만큼, '한때 이런 술집도 있었구나' 정도만이라도 알고 갔으면 싶은

것이 나의 생각이다.

'서서 마시는 선술집'이란 뜻의 '스탠드바'는 알다시피 서양으로부터 유래된 것이다. 그러나 우리 나라의 스탠드바는 서서 마셔야 할 정도는 아니다. 그저 가볍게 즐길 수 있는 바 형식의 술집이라 생각하면 될 듯하다.

스탠드바의 내부 구조를 한 번 살펴보자면, 우선 큰 홀에 여러 개의 독립적인 바가 있다. 그리고 홀 중앙에 스테이지가 있어서 각 코너 바에 앉은 손님이 노래 신청을 하면 무대로 나가 노래를 부를 수 있게 되어 있다.

"에… 오늘도 어김없이 저희 스탠드바를 찾아주신 손님 여러분. 서울 장안의 웬만한 사람은 다 아는 바로 이분, 77번 테이블의 김춘삼 사장님을 무대로 모시겠습니다. 힘찬 박수 부탁드립니다!"

넉살 좋은 사회자의 걸쭉한 재담, 그리고 그의 멋들어진 소개로 일약 스타가 되어 자신의 노래 실력을 뽐낼 수 있는 기회가 주어진다는 것이 바로 스탠드바만의 매력이었다.

그런가 하면 일부 재정 상태가 좋은 스탠드바는 잘 나가는 유명 가수를 실제로 초대하여 손님을 끌어모으기도 하였다.

"오늘도 우리 스탠드바를 찾아주신 고객 여러분께 진심으로 감사드리며, 잠시 후 11시부터는 대한민국 십대 가수왕들이 여러분 앞에 인사를 드립니다. 저희 스탠드바 단독! 독점! 출연 중인 남진과 나훈아의 무대입니다!"

70년대에 여고 시절을 보낸 사십대 아줌마들에게 있어 당시 쌍벽을 이루던 남진과 나훈아의 인기는 실로 대단한 것이었다. 당시 '여자는 남진 팬과 나훈아 팬으로 이루어져 있다'는 말이 나돌 정도였으니까.

사회자의 거창한 인사말 한 마디에 스탠드바는 그야말로 콘서트장을 방불케 하는 열광의 도가니로 변하곤 하는 것이었다. 게다가 남진의 경우, 지방을 비롯해 웬만한 규모를 가진 스탠드바라면 거리낌없이 출연을 하곤 했으니 운만 좋으면 '진짜' 남진을 보는 행운을 잡기도 했다.

반면 나훈아는 좀처럼 무대에 잘 서지 않는 편이었다.

"금세기 최고의 스타! 고향역, 사랑은 눈물의 씨앗, 무시로 등 주옥 같은 가요의 대왕 나훈아가 잠시 후 이 곳 신촌을 거쳐 영등포로 간다고 합니다. 그런데 이 곳 스페인 하우스를 들렀다 가느냐 마느냐는 손님 여러분들의 오늘 매상에 달려 있습니다!"

나훈아가 출연하지 않는다는 것을 뻔히 알면서도, 사람들은 사회자의 재담 한 마디에 박장 대소를 하곤 했다. 사회자의 역량에 따라 때로는 기대 이상의 효과를 보기도 했던 것이다.

탠드바가 다른 술집과 다른 점은 바로 독특한 운영 방식에 있다. 일단 스탠드바를 열고자 하는 '본 업자'가 있어 건물주로부터 큰 홀을 임대받는다. 그런 후 홀에 임의대로 코너를 만들고, 각 코너를 업주에게 분양하는 것이다. 오늘날 백화점 지하에 가면 볼 수 있는 분식 코너마냥 큰 홀 안에 여러 개의 바가 들어선 것으로 생각하면 되겠다.

간혹 '본 업자'가 '코너 업주'가 되어 직영을 하는 일도 있지만, 대부분은 제삼자에게 분양을 한다. 이렇듯 재차 분양을 거쳐 생겨나는 술집이기 때문에 금전을 둘러싼 채무 관계가 꽤 복잡한 편이다.

홀 전체를 임대받는 업자가 재력이 있는 경우라면 별 걱정은 없다. 그러나 인테리어나 다른 업종에 근무하던 사람들, 이른바 이쪽 계통으론 쑥맥인 사람들이 자기 돈 얼마와 은행 대출, 또는 사채를 빌려 실내 장식을 하고 가게를 여는 경우가 있다. 혹은 필요 자본금도 갖추지 않은 채, 건물주에게 계약금만 지불하고 코너 업주들에게 보증금을 받아 오픈하기도 하는 것이다.

그러나 이런 식으로 무리하게 문을 연 '스탠드바'라면 건물주 — 본 업자, 본 업자 — 코너 업주 간 마찰이 끊이지 않는다. 대표적인 예로, 본 업주가 잔금 처리를 하지 않은 채 일단 문부터 열고보는 일이 있는데, 이때 경험 많은(?) 건물주라면, 심지어 오픈한 건물의 전원 스위치를 내려놓기도 한다. 코너 업주들에게 분양 대금을 다 받아 챙긴 본 업자가 일단 오픈만 하자고 사정을 해 몇 달 버티다 야반 도주를 하는 일도 심심찮게 일어나기 때문이다.

물론 이러한 금전 문제는 비단 '스탠드바'만의 문제는 아니다. 나이트나 룸살롱 등을 비롯한 각종 유흥업소에서도 이런 일들로 인해 건물주와 업자가 갈등을 겪는 일이 많다. 그러나 '스탠드바'의 경우, 일단 계약금만 치르면 코너 업주들로부터 바로 분양 대금이 나오는 특유의 금전 구조 때문일까. 아예 처음부터 사기 칠 작정을 하고 뛰어든 사람들, 혹은 그럴 의도는 없었으되 재력도 없이 일단 시작하고 보려는 무대뽀 뚝심들이 많은 편이었다.

이러한 구조적 모순이 스탠드바의 퇴락과 어느 정도 관계가 있는 것은 아닌지. 이젠 스탠드바를 좀처럼 찾아볼 수 없게 된 지금, 스탠드바의 쓸쓸한 몰락을 지켜보며 쓸데없지만 이러한 생각도 해 본다.

앞에서 잠시 백화점 분식 코너를 예로 들었었는데, 이왕 말이 나온 김에 한 가지만 더 빗대어 얘기할까 한다. 백화점 분식 코너의 경우 스탠드바와 갖춘 모양새는 비슷하지만, 각기 다른 메뉴를 취급하기 때문에 그 자체가 경쟁력이다.

그러나 스탠드바의 경우 각 코너가 비슷비슷한 주류를 취급하는 동종 업체이다 보니 불꽃 튀는 경쟁이 벌어질 수밖에 없다. 그만큼 '능력 있는' 주인이 필요한 것이다.

스탠드바의 이러한 성격 때문일까. 코너 업주의 대다수는 화

류계 출신 여성들이다. 이들 대부분은 젊어서 쓸 것 안 쓰고 고생하며 번 돈으로 코너를 분양받아 업주가 된 경우다. 간혹 일반인도 있지만 대개 한 시절을 술집에서 보낸, 어느 정도 나이가 든 미시들로, 이들이 각 코너의 생사를 결정짓는 것이다.

힘들게 얻은 가게이니만큼 열심히 홍보도 하고, 각 코너마다 개성을 살려 손님을 받을 경우, 그 자리의 분양가가 오르는 것은 물론, 소위 말하는 '대박'이 터지는 수도 있다. 한 15년 전쯤인가. 처음 스탠드바가 생겨 유행하던 시절에는 지방이건 서울이건 간에 업자나 업주나 그런대로 한몫씩 챙긴 것도 사실이다.

그러나 한 홀에 여러 코너가 들어선 형태이다 보니 실속 없이 규모만 커지기 십상이고, 따라서 아무리 경쟁력을 내세운들 손님 유치에 있어 한계를 드러내게 되었다. 30퍼센트가 성공하면 나머지 70퍼센트는 적자를 봐야 했던 것이다. 거기다 호프집과 나이트가 성행하자 차츰 사양길로 접어들기 시작하더니, 급기야 IMF가 닥치면서 스탠드바는 사라지기 시작했다. 그리고 그 자리에 이어 등장한 것이 있으니 바로 '과부촌'이다.

미인촌에는 미인이 없다?(미인촌 이야기)

"엄마, 과부촌이 뭐야? 과부들만 모여사는 데야?"

주택가에 걸린 간판을 본 어린 아들의 느닷없는 물음에 엄마 가슴이 철렁 내려앉는다. 이래선 안 되겠구나 싶은 학부모들이 구청에 하나둘 민원을 제기하자, 급기야 시 전체 회의에 들어가고, 결국 정부 방침으로 간판을 바꿔 다니 바로 '미인촌'이다.

그런가 하면 간혹 나를 찾아온 룸살롱 손님들 중에도 그런 질문을 하는 이들이 있다.

"윤부장, 오다 보니 말야. '과'자 밑에 부채 그림, 그 밑에 '촌'. 이런 간판들이 있는데 그게 대체 뭐야?"

"아, 그거요. '과부촌'이에요."

"허, 그래? 그럼 거긴 다 과부들만 있겠네?"

지금이야 '미인촌'으로 이름을 바꾸긴 했지만, 아무튼 과부들이 있어 '과부촌'인 것은 아니다. 별거 중이거나 이혼한 여자들이 20~30퍼센트이고, 나머지 70퍼센트는 어엿한 가정 주부들이다.

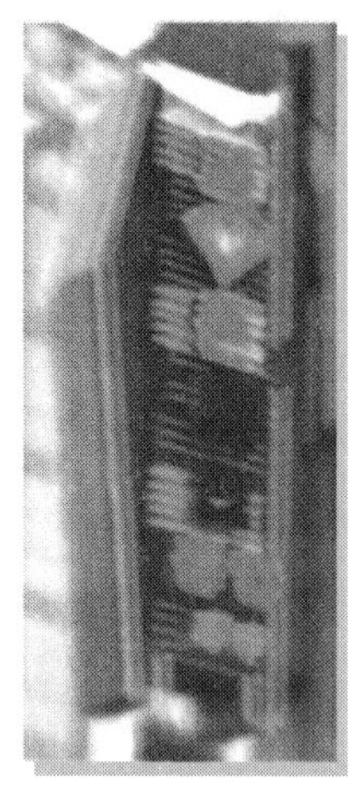

남편과 자식이 있는 엄연한 가정 주부가 '과부촌'이라는 간판 아래서 일하게 된 이유는 무엇일까? 사람들에게는 무작정 '아줌마들의 탈선 장소'로만 각인된 '미인촌(과부촌)'. 그러나 그 뒤에는 우리의 슬픈 시대상이 깃들여 있다.

지난 98년 시작된 IMF체제. 돌이켜보면 우리 나라 전체가 참 힘들고 어려웠던 시절이었다. 특히 그 시대의 아버지들에게는 더더욱 춥고 눈물겹던 나날이었다.

자신의 직업을 평생의 업으로 알고 오로지 그 직장 하나만을 바라보며 청춘을 다 바쳐 일해 온 그들. '이 곳에 뼈를 묻으리라'는 생각으로 오직 한 우물만을 파왔건만 '정부 방침', '구조 조정'이라는 말에 하루 아침에 거리로 내몰려야 했다.

그나마 퇴직금이라도 받을까 하니 그 동안의 담보다 채무 관계다 해서 별의별 단서가 다 붙는다. 이것저것 계산하니 오히려 돈을 갚고 나와야 하는 사람들도 상당수였다. 이렇게 저렇게 모으고 받아 겨우 몇 천만 원 챙긴 소수 퇴직자들은 그나마 다행인 셈.

그러나 그들 역시 무언가를 새로 시작하기엔 너무도 늦고 힘없는 나이였다. '실직자'라는 낙인이 찍힌 사회적 낙오자라는 패배감 앞에서 '재기의 의지'라는 말은 너무도 사치였다.

하청업체라도 하나 차리면 자기가 다니던 회사에서 납품이라도 받아주겠지 하는 막연한 희망은 말 그대로 희망일 뿐이었다. 한때 자신을 만나기 위해 회사 주변을 몇 시간이고 서성거리던 협력업체 사장들의 모습이 다름 아닌 현재 자신의 모습인 것이다.

자신의 말 한 마디를 하늘같이 여기고 자기 앞에선 담배 한 대조차 제대로 피우지 못하던 부하 직원들조차 바쁘니 점심 시간을 피해라, 품질 개선을 해라 질타를 해 댄다. 자신이 10년을 넘게 연구해 개발한 마케팅 전략을 그들이 끼고 앉아 가르치려 든다.

회사와 깨끗이 연을 끊고 프랜차이즈 음식점이라도 하나 차린 이들의 사정도 예외는 아니다. 50을 바라는 나이에 처음 시작하는 일이다 보니 경영 노하우는커녕 망하기가 일쑤다. 그깟 2, 3천 원짜리 배달이라도 조금 늦거나 혹 간이 안 맞기라도 하면 온갖 항의가 빗발친다. 그나마 이런 가게라도 건진 사람들은 다행이다.

남편이 구조 조정으로 퇴직한 줄도 모르고 열심히 속옷과 도시락 챙겨주는 마누라가 있는가 하면, 출근하는 아빠를 보고 용돈이다 학원비다 손 내미는 자식들을 뒤로 하고 몇 달째 '헛 출근'해야 하는 남자들도 많았다.

혹 '정리 해고' 바람을 무사히 비껴갔다고 해도 언제 다시 불어닥칠지 모르는 '해고' 바람에 날마다 사형 선고를 받는 사람처럼 가슴 졸이며 살아야 했던 우리 시대의 아버지들.

이들의 아픔은 곧 아내의 아픔이자 가정의 고통이었다. 몇 십 년간 든든히 믿고 의지해 왔던 가장이 하루 아침에 '능력 없는 실직자'로 내몰렸으니 이를 지켜보는 아내들의 심정은 어떠했겠는가. 상당수의 가정들이 이러한 시대적 위기를 잘 헤쳐나가지 못하고 끝내 무너지고 말았다. 자식들의 교육비와 생활비를 감당하지 못하는 무능력한 가장과 갈라서고 마는 아내들이 생겨나는가 하면, 더 이상 남편만 바라보고 있을 수 없어 자신이 직접 직업 전선에 뛰어드는 주부들도 생겨났다.

그러나 대부분 '일하는 여성'으로 교육받지 못한 그녀들. 오로지 남편의 벌이만을 믿으며 가정을 평생의 직장으로 알고 한평생 부엌에서 살아온 주부들이 갈 곳은 그리 많지 않았다.

점잖게 학습지 가정 교사라도 해 볼까 하니 학벌과 인물 등 조건이 여간 까다로운 것이 아닌데다가 수십 대 일의 경쟁을 뚫을 방도도 없다. 보험이라도 팔아보려 하니 '잡상인' 취급을 당해 현관에서부터 경비와 몸싸움이다. 안면 몰수하고 지하철 행상을 해 보자니 역시 불법인지라, 자식 같은 공익 근무 요원들에게 이리 쫓기고 저리 쫓긴다. 그렇다고 인형 눈 붙이고 구슬 꿰는 부업 거리로는 자식 교육은커녕 먹고 살기도 힘들다.

집에서만 20년 넘는 세월을 보낸 그녀들에게 남은 것은 푹 퍼진 몸매와 밥 짓고 빨래하는 솜씨뿐. 남자들까지 내어쫓기는 사회에서 '능력 없는 아줌마'들을 반기는 곳은 없었다. 갈 곳은 없되 그렇다고 빈손으로 돌아갈 수도 없는 그녀들의 마지막 선택이 바로 전화방이니 도우미 노래방, 그리고 과부촌이었다.

과부촌은 일본에서 유래된 것으로, IMF 이전에도 부산을 중심으로 몇몇 지방에서 띄엄띄엄 존재해 왔다. 그러던 것이 차츰 전파되어 서울 화곡동이나 상계동, 그리고 시흥 등의 변두리에 둥지를 틀게 되었고, IMF를 기점으로 이른바 성행기를 맞게 된다.

과부촌에 발을 들여놓는 이들은 이혼녀들이나 시골에서 막 상경한 여자들, 아니면 집을 나온 유부녀들로서 실제 '과부'들은 거의 없다. 게다가 IMF 이후에는 남편과 자식이 있는 엄연한 가정 주부들, 우리 주위에서 볼 수 있는 너무도 평범한 아줌마들이 과부촌으로 들어오기 시작한 것이다.

한국 사회에 과부촌이 본격적으로 소개된 것은 모 잡지에 난 기사가 시발이었다. 몇 년 전, 모 잡지를 통해 이른바 '아줌마들의 세상'인 과부촌이 소개되었고, 이에 호기심 많은 한국 남성들이 곳곳에서 '원정'을 왔다고 한다.

과부촌을 처음 찾은 남성들의 반응은 두 가지였다. '아줌마들의 늘어진 몸매 등으로 도무지 내 취향에는 안 맞는다'면서 다시 룸살롱을 고집하는 '보수파'와, '가격도 저렴하고 룸살롱에서 성깔 부리는 아가씨들보다 훨씬 낫다'면서 미시 접대부의 새로움을 즐기는 '진보파'가 그 것.

아무튼 이렇게 조금씩 입소문이 나면서 과부촌은 남성들 사이에서 인기를 끌기 시작했다. 기존 스탠드바나 변두리 룸살롱, 각종 유흥 주점이 간판을 내리고 내부를 개조해 '과부촌'으로 다시 태어났다. 최근에는 인천 주안이나 성남·하남·일산 등 일부 주택가 사이까지 파고드는가 하더니, 각 구청의 단골 민원 사례로까지 떠오르게 되었고, 결국 '미인촌'으로 개명되기에 이른 것이다.

그런데 '과부촌'이 '미인촌'으로 개명되자 뜻하지 않은 문제가 생겼다. 간혹 순진한 샐러리맨들이 쭉쭉빵빵 '미인'들을 기대하고 들어갔다가 넉넉푸근한 '아줌마'들을 보고 혼비백산 뛰어나오는 일이 발생하는 것이다. 그러나 예쁜 여자라면 사족을 못쓰는 한국 남자들도 때로는 편하게 기대고 싶은, 누이 같고 엄마 같은 여자가 그리워지는 모양이다.

간단하게 한잔 마시려고 들어간 미인촌에서 그만 아줌마들의 매력에 푹 빠지고 마는 남자들도 상당수다. 똥배와 주름살을 뺀다면 아줌마들처럼 말 통하고 편한 상대도 없다. 오히려 비위를 맞춰줘야 하는 콧대 높은 룸살롱 아가씨들보다 인간미 넘치고 이해심 많은 아줌마들이 더 낫다는 것이다.

'값이 저렴하다'는 것도 미인촌의 매력이라면 매력. 거하게 놀면 거의 수백만 원 돈이 깨지는 룸살롱에 비해 미인촌의 술값은 싼 편이다. 거기다 처음에는 4만 원 하던 아줌마들 팁이 요즘에는 2만 원까지 내려 대문짝만하게 간판이 붙었으니 만만히 보고 출입하기 마련.

그러나 자칫 잘못하면 바가지를 쓰게 된다는 사실을 알아야 한다. '아가씨 팁 2만 원에 음료수 무료' 아니면 '안주 무료' 등을 간판에 남산만하게 써놓고 PR을 한다. 그러나 막상 들어가 보면 룸살롱 뺨치는 술값을 받는 것이 보통이다. 12년산 국산 양주의 경우 강북의 룸에서는 대개 13만 원을, 강남의 룸에서는 18만 원 정도를 받는데, 미인촌 역시 15~19만 원을 받는다. 물론 공짜라고 써붙인 음료수는 거저 준다. 그러나 이런 술값에다가 아가씨들 팁을 주고 나면 룸살롱과 별 차이가 없는 것이다.

일반 룸살롱이나 나이트의 경우, 접대하는 아가씨들은 술값과 관계 없이 봉사료를 받는다. 손님들이 한 병을 마시건 두 병을 마시건 자신이 받는 팁은 정해져 있다. 따라서 마담이나 구좌 웨이터가 술을 더 마시라고 해도 자신의 소득과는 연결되지 않기 때문에 웬만해서는 마시지 않는 편이다.

하지만 웨이터나 마담이 따로 없는 미인촌의 경우, 접대하는 미시들은 주대에 따라 팁을 받는다. 술값과 팁이 싼 반면, 술을 많이 마셔야 하는 것이다. 웬만한 사람 서너 명이 들어간다면 사람 숫자대로 술을 시켜야 하는 것이 보통이다. 간판대로 2만 원의 '박한' 팁을 받기 때문에 하루 6~8만 원의 수익을 올리려면 술로 매상을 올리는 수밖에 없다. 룸살롱 아가씨들에 비해 미인촌의 미시들

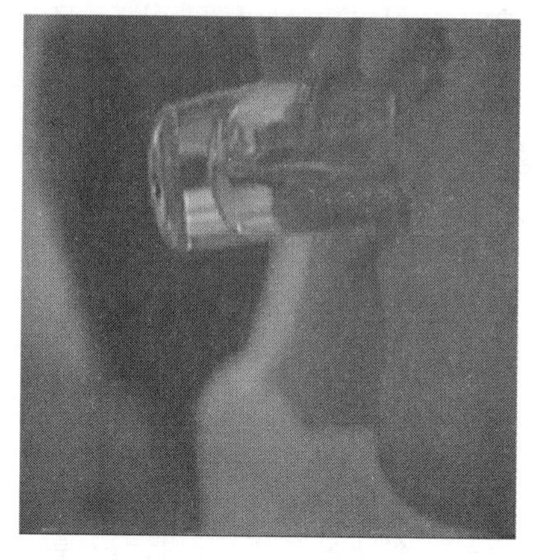

에게는 손님의 비위를 맞추는 것에 더 해 '술 한 병이라도 더 팔아야 하는' 이중의 임무가 주어진 셈이다.

이렇듯 '술'이 중시되는 업소이다 보니 가짜 양주도 많이 등장하는 편이다. 남은 잔술을 모아 부어서 가져다 주는 이른바 '후카시 술'이 나돌기도 하지만, 이를 구분해 내는 한국인은 전무하다. 아예 값싼 양주를 다른 병에 넣어 갖다주거나, 심지어 물을 부어 내온다 해도 이를 알아차리는 사람은 없다.

미인촌을 비롯한 각종 유흥 주점에 온 사람치고 술의 맛을 음미하러 온 사람은 없으니 말이다. 혹 그러한 애주가가 있다 하더라도 이러한 유흥 주점은 이미 1차 2차를 거치고 오는 코스이니만큼 취한 상태에서 술맛을 가려내는 사람은 없는 것으로 봐야 한다.

물론 모든 미인촌이 다 그렇다는 것은 아니다. 그러나 미인촌을 드나들 경우 '바가지'를 경계해야 한다는 것이다. 간판에 내걸린 팁이 싸다고 만만하게 봐서는 안 된다. 술값은 항상 '토털'로 봐야 한다.

자식과 남편이 있는 몸으로 낯선 남자들에게 웃음을 팔고 몸을 파는 미인촌 여인들. 사회적 잣대로 본다면 그들은 비도

덕적이며 반윤리적이다. 아무리 IMF 때문이라지만 끝까지 정도(正道)를 걷지 못한 그녀들이 비난받는 것은 어쩌면 당연한 일이다.

나는 이 글을 통해 그녀들을 옹호할 생각도, 그렇다고 비난할 생각도 없다. 다만 막연히 '미인촌'에 대한 선입관을 가지기에 앞서 '미인촌'이 성행할 수밖에 없었던 사회적 현실을 한 번 생각해 보자는 것이다.

그 곳에 몸담은 일부 여성들 뒤에 숨겨진 쓰라린 우리의 시대상, 그녀들이 돈을 받고 파는 웃음 뒤에 감춰진 한 방울의 눈물도 함께 보았으면 하는 것이 나의 바람이다.

천일야화가 펼쳐지는 곳(나이트 이야기)

　지난 30여 년간 단 하루도 빼놓지 않고 철야 근무(?)를 해
온 곳이 있다. 밤이면 밤마다 잠들 줄 모르고 더욱 화려하게
부활하는 별천지의 세상, 바로 나이트다.

　나는 20여 년 웨이터 인생의 반을 나이트에서 보냈다. 10대
청소년들에게는 금기의 장소이기에 더욱 매력적인 '동경의 공
간'이요, 뉴스 보도와 조폭 영화에 익숙한 일반인들에게는 '탈
선의 장소'로 인식되는 나이트. 미리 말해 두지만, 나이트만큼
오해와 편견이 심한 곳도 없다.

　나이트가 청소년들이 생각하듯 '꿈과 환상의 장소'가 아닌 것
은 분명하다. 그러나 조폭 영화에서 그려지듯 깍두기 머리들
이 활개를 치고, 곳곳에서 마약 밀매가 이루어지는 '법의 사각
지대'인 것은 더더욱 아니다.

　간간이 선정적인 댄스 파티가 벌어지거나, 암암리에 환각제
거래가 이루어지는 곳도 있긴 하지만, 대부분의 나이트는 사
실 이런 탈선과는 거리가 멀다.

　청춘 남녀가 만나 젊음을 즐기는 장소요, 무거운 업무에 짓

눌린 회사원들이 한 달의 스트레스를 춤으로 불사르는 곳이다. 뜻밖의 은인을 만나 인생 대역전을 이루는가 하면, 청소 담당 아주머니에서 출연 가수에 이르기까지 수많은 사람들이 생계를 유지하는 삶의 터전이 바로 나이트다.

이 글을 통해 나이트를 미화시킬 생각은 없다. 엄연한 성인용 유흥업소다 보니 때로는 불미스러운 일도 많이 일어난다. 다만, 다수 대중 매체에서 그려지는 모습은 분명한 '왜곡'이라는 것이다.

지금부터 내가 이야기할 것은, 내가 10여 년간 눈으로 보고 몸으로 느껴온 '나이트의 진실', 가지각색의 사람들이 만나 만들어내는 다양한 이야기들이다.

'밤'을 조각하는 사람들

　가끔 텔레비전을 보고 있자면 그런 생각이 들 때가 있다. 화면으로만 보면 출연자를 비롯해 기껏해야 몇 명의 스텝들이 제작진의 전부일 듯한데, 막상 스텝 스크롤이 올라가는 것을 보면 실로 많은 사람들이 관계되어 있다는 것이다.

　단 몇 분짜리 시사물이라 해도 예외는 아니다. 우리가 보고 듣는 것은 10분짜리 화면과 덧입혀진 성우의 목소리에 불과하다. 그러나 그 뒤에는 프로듀서와 작가, 그리고 카메라맨 등의 주 스텝들을 비롯해 섭외와 진행·행정·협찬·음악·미술·자문 등 수없이 많은 보조 스텝들이 숨어 있다. 아무리 짧은 프로그램이라 해도 적게는 10여 명에서부터 많게는 수십여 명에 이르기까지, 정말 많은 사람들이 그 안에 몸담고 있는 것이다.

　이는 비단 방송사에만 해당되는 얘기는 아니요, 사실 알고 보면 우리 사회 곳곳에서 그렇지 않은 곳이 없을 터이니, 나이트의 경우도 마찬가지다.

　나이트에 화장실 청소 담당 실장이 있다는 것을 혹시 알고

교통방송 (김창남과 달가자, 현대인들의 음주문화) 출현

있는지. 무대와 테이블, 또한 웨이터만 있으면 나이트가 완성 되는 것으로 생각하는 사람들이 많다. 그러나 나이트는 노하 우와 경제력은 물론, 실로 많은 인력을 필요로 하는 업종이다.

일단 무대부터 살펴보자. 우선 무대 위에는 그룹 사운드가 있어야 한다. 젊은이들을 대상으로 하는 청년 나이트의 경우 에는 한 명의 DJ이가 음악을 선곡하고 틀어주는 것이 보통이 지만, 일반 성인 나이트에서는 메인 가수를 비롯해 약 7~8명 의 그룹 사운드가 무대에 오른다. 노래와 연주를 맡은 사람들 외에 음악을 선곡하는 DJ도 필요한데, 여기에도 두 명의 보 조가 필요하다.

또한 일부 밴드 그룹 외에 각종 쇼 공연이 벌어지는 날이 있는데, 이때 외부 연예인들을 초청하게 된다. 인기인에서부 터 삼류 무명 가수까지 출현하는데, 연예인도 연예인 나름이 지만, 이 역시 매니저와 코디를 비롯해 수많은 사람들이 함께 움직이게 된다.

밴드 가운데는 무대용 밴드말고도 룸에만 들어가는 일명 '오브리'라는 밴드가 있다. 대부분의 나이트에는 보통 서너 개의 룸이 비치되어 있다. 룸 가운데서 고급 룸에서는 때에 따라 오브리를 부르기도 하기 때문에, 서너 명으로 구성된 오브리가 항상 대기하고 있어야 한다. 이들 역시 나이트 직원의 일원인 것이다.

무대를 장식하는 조명은 또 어떠한가. 휘황찬란하게 돌아가는 사이키 조명 역시 전기만 꽂으면 자동으로 돌아가는 것이 아니다. 나이트에서 빼놓을 수 없는 역할 가운데 하나가 바로 조명 기사이니, 여기에도 역시 메인 기사와 보조가 필요하다.

또한 웨이터 외에 검은 양복을 입고 홀을 누비는 이들이 있으니 바로 간부들이다. 이 간부들만 해도 각 파트별로 다양한 계급들이 포진하고 있다. 이를테면 무대면 무대, 테이블이면

테이블 식으로 각 파트별로 실장과 전무·상무·지배인 등이
줄줄이 늘어서 있는 것이다.

　안으로는 주방장과 청소하는 아주머니들, 그리고 물품 보관
소 직원으로 시작해, 밖으로는 주류업자와 안주 납품업자들까
지. 수백 명에 이르는 사람들이 모여 나이트의 흥망에 자신의
생사를 건 채 '밤'을 만들어 가고 있는 것이다.

　그럼 이제 본격적으로 나이트로 들어가 보자.

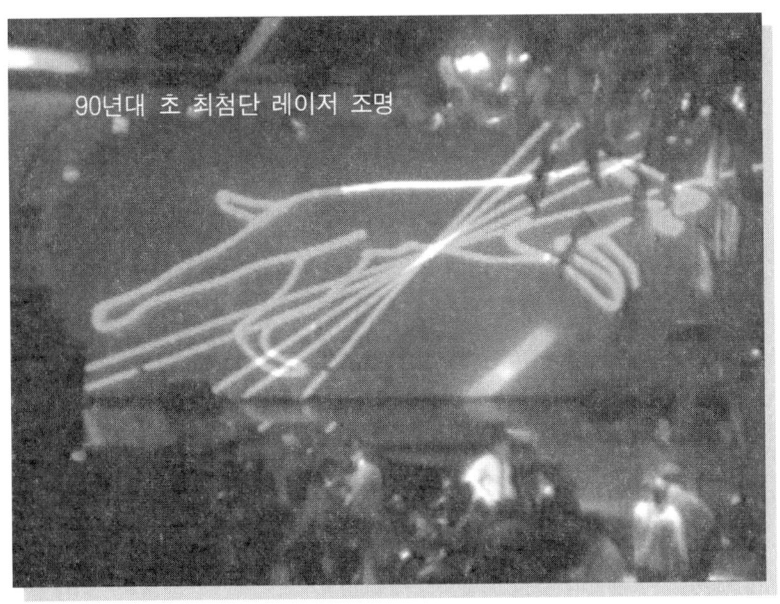

나이가 뭐길래

　나이트에 입성하려면 일단 '나이가 차야' 한다는 것은 누구나 아는 사실. 그러나 나이트는 오늘 하루도 소리 없는 전쟁을 치르고 있으니, 바로 '속도 위반 손님'들과의 전쟁이다.

　도대체 그 무엇이 그들의 호기심에 불을 질렀는지. 그 몇 년을 기다리지 못하고 속도를 위반하는 그들이 나이트에서 얻고자 하는 것은 무엇일까. 학업으로 인한 스트레스 해소?

　술만 없다뿐이지 일반 나이트와 다를 바가 없는 청소년 나이트 '콜라텍'이 인기를 얻지 못하고 수그러든 것을 보면 단순히 스트레스 해소가 목적은 아닌 듯하다. 무작정 '애들은 가면 안 된다'는 금기가 성인들만의 세계에 대한 호기심을 자극하고 있는 것은 아닐까 하는 생각도 잠시 해 본다.

　관광지나 변두리 나이트의 경우, 아예 드러내 놓고 미성년자를 받는 곳도 있긴 하지만, 아무튼 대부분의 나이트에서 이들, 즉 '속도 위반 입장객'들은 골칫거리인 것이 분명하다.

　보통 나이트는 업주와 관할 파출소 간에 어느 정도 이해타산이 이루어져 있어서 웬만한 일이 아니고서는 갑자기 들이닥쳐 검문을 하지는 않는다. 그러나 업주가 바뀌어 이해 타산이 맞지 않아졌다거나, 흔히 말해 재수가 없을 경우 불시에 단속을 나올 때도 있다.

그래서 말인데, 내가 나이트에 몸담았던 시절에 겪었던 여담 하나 애기하고 넘어갈까 한다.

당시 내가 일하던 나이트는 항상 문전 성시를 이루던, 흔히 말해 물좋고 잘 나가는 업소였다. 물론 우리 가게에서도 미성년자 손님은 사

절이었고, 업주와 파출소 간에 말이 잘 맞았는지 불시에 들이닥쳐 단속을 하는 일은 없었다. 그런데 언젠가 업주가 바뀐 후의 일이었다.

홀을 가득 메운 사람들의 열기로 나이트가 한창 무르익어갈 즈음, 갑자기 웬 건장한 청년들이 들이닥친 것이다.

"단속 나왔습니다."

그들 중 하나가 간부에게 신분증을 제시하는 사이, 몇 명은 재빨리 입구를 지키고 몇몇은 사무실로 향했다. 그 나머지가 홀에 남아 주위를 유심히 둘러보기 시작하더니 두 명을 딱딱 짚어 입구 쪽으로 데려 나오는 것이 아닌가. 몸으로 보나 얼굴로 보나 20대 후반은 되어 보여 아무도 의심하지 않았던 그 여자들. 하지만 주민등록증을 확인해 보니 미성년자였던 것이다. 한번 주욱 훑어보고 그 많은 사람들 가운데 미성년자를 귀신같이 짚어낸 그들. 한국 형사들의 눈은 그야말로 정확

했던 것이다.

아무튼 이런 식으로 '미성년자 단속'에라도 걸리게 되면 업소 측에서는 여간 곤욕을 치르는 것이 아니다. 벌금으로 인한 경제적인 손실은 물론, 자칫 영업 정지라도 당해 얼마간 문을 닫게 되면 그야말로 그 업소는 회복 불가능한 상태로 추락하게 된다.

또한 이렇게 단속에 걸리지 않는다 해도, 나이트에서는 미성년자 손님을 반기지 않는다. 돈 없이 그저 놀러오는 아이들이다 보니 실제적으로도 장사가 되지 않을뿐더러, 미성년자들이 자주 드나들 경우, 소위 말해 '물이 흐려'진다는 것이다. '아이들 놀이터'처럼 찍혀 버리면 돈이 되는 진짜 손님들은 다른 나이트로 발길을 돌리고 만다.

나이트에서 미성년자는 법적으로도 현실적으로도 '초대받지 못한 손님'인 것이 분명하다. 문제는 나이트 입구에서 일일이 주민증을 검사할 수 없다는 것이다. 특히 한창 피크를 이룰 시간에는 검사 자체가 불가능하다. 예를 들어 연말 회식이라고 단체 손님이 왔는데, 그 중 한두 명이 어려 보인다고 해서 그 많은 사람들을 입구에 잔뜩 세워 놓고 검사를 할 수는 없는 노릇이다.

또 그렇게 어려 보이는 사람들은 막상 검사를 해 보면 나이가 많은 경우가 대부분이니, '미성년자 단속'은 그야말로 흙에서 모래 찾기나 마찬가지인 셈이다.

주민등록증을 검사해 '미성년자'임이 드러났다고 해서 일이 해결되는 것은 아니다. 특히 일행 중 한 명이 미성년자일 경우, 그들은 웬만해선 돌아가려 하지 않는다. 군대 환송회다, 생일이다, 머나먼 지방에서 올라왔다 등 전 일행이 매달려 통사정을 하는 것이다. 나중에는 그 문제의 미성년자가 무안한 나머지 눈시울을 적시고 마는 경우도 있으니 이때 업소 측에서는 여간 곤혹스러운 일이 아니다.

그런가 하면 부모가 자녀를 데리고 오는 특별 케이스도 종종 있다. 괜한 호기심을 키워주기보다 함께 데려와 구경시켜 주는 것이 더 낫다는 '진보적인' 생각을 가진 부모들이 자녀의 손을 잡고 오는 것이다.

이때 자녀가 아주 어리다면 몰라도, 고등학생 정도의 나이라면 이 또한 출입이 금지된다. 자녀의 출입을 막는 업소 직원과, 내가 부모니 내가 책임진다며 우기는 부모 사이에 실랑이가 벌어지면서, 결국 이 '진보적인' 부모가 애써 마련한 살아 있는 '현장 교육'은 이렇게 얼룩이 지고 마는 것이다.

도대체 '나이'가 뭐고 '나이트'는 또 뭐길래. 그 문턱 하나를 사이에 두고 이런 진풍경을 만들어내는 것인지.

참고로, 아무리 미성년자라도 부모와 함께라면 들어올 수 있게 해 주어야 한다는 것이 내 생각이다. 영화를 통해 나이트에 대한 막연한 동경과 호기심만 가지던 아이가 대학에 들어가 성년식을 치르기 무섭게 나이트로 달려가는 것보다, 먼저 부모와 함께 '나이트 문화'를 배워 보는 것이 더 낫지 않을까.

내가 나이트에서 근무할 때, 가장 보기 흐뭇했던 것이 바로 '가족' 손님이었다. 물론 흔한 케이스는 아니었지만, 가끔 (성인이 된)자식들이 부모님을 모시고와 함께 쇼 구경을 한다든지, 동서지간에 나이트를 찾아 그간 쌓인 감정도 풀며 한바탕 놀다 가는 '아름다운 손님'들이 있었다.

개인적인 바람이거니와, 한국 최초의 가족형 나이트를 한번 만들어 보는 것이 나의 소원이다. 부모 자식 간 얼굴 보기도 힘들어진 요즘, 온 가족이 함께 즐길 수 있는 문화 공간으로서 '나이트'를 재탄생시키는 것이다. 플로어에 나가 온몸이 흠뻑 젖을 정도로 춤도 추고, 함께 재미난 쇼도 구경하는 사이에 가족간의 끈끈한 유대감도 다시 살아날 수 있지는 않을까.

성인들만의 아지트 개념에서 벗어나, '나이트'가 전가족의 놀이터로 다시 태어나는 날이 올 수 있을지. 나는 가끔 이렇듯 나만의 행복한 꿈에 젖곤 한다.

노는 물이 다르다(강남 나이트)

　미성년자냐 아니냐를 놓고 한바탕 전쟁이 치러지고, 자녀를 동반한 부모와 나이트 간부들의 실랑이가 벌어지는, 어떻게 보면 정겹기까지 한 모습들은 그나마 강북 나이트에서나 볼 수 있는 풍경들이다.

　그렇다면 이번엔 한강 다리를 한번 건너가 보자. 강남의 나이트, 소위 말하는 영계 나이트호텔 나이트에서는 어떤 일들이 벌어지고 있을까?

입구가 맑아야 물이 맑다

　강북의 나이트에서는 일단 나이만 차면 입장이 가능하다. 청년 나이트냐 성인 나이트냐에 따라 조금 제지가 있을 뿐 아무렇게나 대충 주워입고 갔다고 해서 문전 박대를 당하지는 않는다. 물론 들어가서 제대로 된 부킹까지는 기대할 수 없겠지만 말이다.

　그러나 강남의 나이트에서는 얘기가 다르다. '미성년자'라는 나이보다는 의상과 외모가 더 큰 걸림돌이 되는 곳이 바로 강남 나이트다.

　이른바 '영계 클럽'을 표방하는 강남의 모 나이트 클럽의 경우, 입구에 선 웨이터들은 손님을 맞기 위해서가 아니라, 손님을 가려내기 위해 있는 편이다. 삼십대를 넘긴 티가 팍팍 나는 소위 '노땅'들이나, 회식 자리에서 막 뛰쳐나온 듯한 '정장파', 나이트를 동네 비디오가게쯤으로 아는 '슬리퍼&반바지족' 등은 어김없이 문전 박대다. 외형상 좀 미심쩍다 싶으면 출입을 아예 통제해 버리는 것이다.

　'내가 정계 누구누구의 아들이다', '들어가서 최고 비싼 술을

먹을 것이다' 등으로 아무
리 겁을 주고 사정을 한들
절대 들여보내 주지 않는
다. 그들의 말을 믿지 못해
서가 아니다. 강남 웨이터
들에게 있어서 '물 관리'는
나이트의 생명과도 같기 때
문이다. 초정리 광천수에
버금가는 수질을 자랑하는
강남 나이트의 모토는 '귀
족스럽게 깔끔한 젊음'이라
고나 할까.

　처음에야 멋도 모르는 손님들과 실랑이를 벌이느라 번거로
울 수 있지만, 이렇게 철저한 수질 관리로 '싱싱한 영계들이
들끓는다'는 소문이 나기만, 하면 그 나이트의 물은 '깊은 산
속 옹달샘'이 되어 저절로 정화가 된다. 즉, 강남을 대표하는
명소로 자리잡게 되는 것이다.

　그러나 눈앞의 돈벌이에 급급해 '입구 사수'에 실패해 '한물
갔다'는 소문이 돌게 되면, 그 나이트는 '빗물 고인 웅덩이'꼴
로 전락하고 만다. 세상에 입소문만큼 빠르고 무서운 것도 없
는 것이다.

　이러한 '물관리'가 시작되는 곳이 바로 입구인 셈이니, 강남
나이트에 가려거든 의상과 외모에 신경을 써야 한다.

　나이 서른이 넘었어도 젊고 깔끔하게 입어 자신의 나이를

'부티'로 승화시킨다면 무사 통과다. 정장이 구박받는 곳이라지만, 몸매 선이 은근슬쩍 드러나는 섹시한 캐주얼 정장은 대환영이다. 여자들의 경우 요염한 미니 스커트와 깊게 파인 탑은 강남과 강북에서 동시에 환영받는, 그야말로 '나이트 복장'이다. 그러나 반바지와 슬리퍼는 어떻게 해도 통하지 않는다는 것을 기억하라.

입구에서부터 차단을 당했던 쓰라린 상처가 있는 사람이라면 다시 한 번 재도전해 보는 것도 좋을 듯하다. 조금만 더 신경을 써서 일단 들어가기만 한다면, 그 동안 왜 자신이 문전 박대를 당했는지 이해할 수 있을 것이니 말이다.

PR도 국제화 시대

웨이터들의 PR에 있어서도 강남과 강북은 차이가 있다. 강남 웨이터들은 라이터며 휴지며 한 바구니 옆에 끼고 무작정 나서는 거리 홍보에는 그다지 흥미가 없다. 그들은 '양보다 질'이다. 열 명의 후줄근한 손님보다는 한 명의 상큼한 손님이 더 값진 재산인 것이다.

그래서 젊은이들이 많이 모이는 강남역이나 압구정동, 혹은 명동이나 신촌 등으로까지 원정을 와서 손님을 물색한다. 좀 있어 보이는 집 자제 같아 보이는 남자나, 옷이며 얼굴이 좀 되는 여자가 보이면 바로 접근해 양주 티켓과 함께 명함을 건넨다. 정말 능력 있는 웨이터라면 연락처까지 받아내 즉석에서 자신의 '지명 손님'으로 만들어 버린다.

이런 식으로 해서 소수의 질 좋은 손님을 확보만 한다면 그때부턴 일이 한결 수월해진다. 손님이 데려온 친구를 다시 자기 손님으로 만들고, 그 친구에게서 새로운 친구를 소개받고 하는 식으로 새끼를 치게 되는 것이다. 물 좋은 강남 나이트의 웨이터라면 한 명 알아두어서 나쁠 것 없다는 게 요즘 젊

PR품 작업중

은이들의 심리이다.

　그렇다면 강남 나이트의 웨이터들은 몇 명의 손님만 확보하고 나면 되는 것일까. 물론 아니다. 그들이 하는 또 다른 방법의 PR이 있으니 바로 '국제 PR'이다.

　강남을 무대로 뛰는 그들이다 보니 그들의 고객 중에는 재벌 그룹의 자제를 비롯해 부유층들이 많은 편이다. 또한 유난히 '멤버십'을 좋아하는 그들의 특성상 고객 관리에 더 많은 신경을 써야 한다.

　그러다 보니 강남의 웨이터들은 국제적으로 활동하는 경우가 많다. 돈 있는 집 자제들이 외국 어디어디로 많이 유학을

가 있다는 소문을 접수한 후 바로 그들과의 접촉을 시도하는
것이다. 자비를 털어 홍보용 국제 전화를 하는 것은 예사다.

한국 나이트를 외국에까지 홍보하는 것을 보고 배보다 배꼽
이 더 큰 격이라 할 수도 있겠지만 그건 뭘 모르는 말이다.
웨이터가 전화로 '언제 언제 물이 좋다'는 정보를 흘려주면 2
박 3일 정도 시간을 내어 본국으로 부킹 사냥을 오는 이들이
바로 그들이기 때문이다.

물론 요즘은 이런 부킹 사냥도 많이 시들해진 게 사실이다.
한때 그렇게 전성기를 누리던 호텔 나이트나 영계 나이트도
나라 경제가 어려워서인지 예전에 비해서는 한풀 꺾였다고 봐
야 하니 말이다.

양주의 대가(大家), 강남의 여인들

전체 손님의 6, 70퍼센트가 맥주 손님에 해당되는 강북 나이트와는 달리, 강남의 나이트 클럽에서는 거의가 양주 손님이다. 양주와 섞어 폭탄주를 만들어 먹기 위해 덤으로 맥주를 몇 병 시키는 것이라면 모를까, 사실상 강남 나이트에서는 순수한 '맥주 손님'의 설 자리가 없는 셈이다. 심지어 맥주는 아예 취급하지도 않는 나이트 클럽도 많으니 말이다.

이런 '양주 전성 시대'에 사는 여인들의 생존 전략인가. 강남의 나이트 클럽에 가면 '양주'에 도가 튼 대담한 여인네들을 만나볼 수 있다.

"웨이터 씨, 그쪽 테이블 술은 뭔가요?"

그들이 부킹에 응하는 제1 조건은 바로 양주의 타이틀이다.

강북에서야 대부분의 손님들이 맥주를 시키는 형편이다 보니, 간혹 가다 나오는 양주 손님은 무조건 VIP 대우를 받는다. 심지어 국산 양주를 시킨다 해도 말이다.

그러나 강남에서는 양주는 양주이되 어떤 양주를 시키느냐가 중요하다. 즉, 그 양주의 브랜드가 무엇인지, 또 몇 년 산인지에 따라 자존심이 죽고 사는 것이다.

상대편 테이블의 양주 이름을 묻는 여인네들의 이어지는 이야기는 더욱 가관이다.

"엊그제 발렌타인 17년산을 마셨거든. 그게 좋더라."

"헤네시 로얄 살로트도 괜찮던데?"

"아니야. 내가 요즘 윈저 17년산을 먹기 시작했는데, 마셔보니 그만한 게 없어."

모두들 양조 공장집 딸들이라도 되는 것일까. 그야말로 술의 대가들이 따로 없다. 진짜 '술 좀 마신다' 하는 386세대들 저리 가라다.

사실 몇 십 년간 양주를 마셔온 룸살롱의 진정한 술꾼들조차 술맛만을 가지고 브랜드를 정확히 알아맞히는 예는 드물다. 다시 말해, 발렌타인이고 윈저고 간에 마시고 보면 모두 똑같은 '양주'맛에 불과한 것이다.

그런데 이제 막 나이트 클럽에 드나들기 시작했을 20대의 앳된 아가씨들이 무슨 양주 맛을 안다고 때아닌 양주 품평회를 여는 건지. 참으로 기가 막힐 노릇이다.

하여간 자칭 양주의 대가(大家)들인 강남의 여자들에게는 남자의 얼굴보다 양주의 얼굴이 우선인 셈이다. 멋진 양주가 놓여 있지 않는 테이블은 거들떠보지도 않는다. 제아무리 롱다리에 킹카라 해도 말이다.

그러다 보니 남자 편에서도 때아닌 테이블 조각 싸움이 벌어지곤 한다. 즉, '어떤 양주가 놓여 있는가'를 주제로 다른 테이블과 자신들의 테이블을 비교해 가며 디자인 싸움을 벌이는

것이다.

"저 자식들은 저거 먹는데. 야, 웨이터, 우리는 최고급 술에다가 스페셜 안주로 가져와!"

수십에서 수백만 원에 이르는 수입 양주의 금액은 안중에도 없다. 장단을 맞추는 여자들이나, 그 장단에 맞춰 춤을 추는 남자들이나. 아니, 장단은 남자 측에서 먼저 맞추는 것으로 봐야 하나. 어찌됐건 '그 장단에 그 춤'인 것만은 분명하다.

'술'로 어느 정도 흥정이 되어 부킹이 이루어지면 그때부터는 '차' 얘기다. 물론 마시는 '차'가 아니다.

"차는 뭔데요?"

바닷물만 건너왔다 하면 왜 그렇게들 사족을 못 쓰는 건지.

국산 양주는 취급도 않
는 그들답게 차 역시
일단은 '국산이냐 수입
이냐'다. BMW나 푸
조·벤츠 등의 수입차
로, 게다가 '오픈카'라
면 눈이 뒤집힌다. 국
산차라도 지붕이 열리
는 스포츠카에 옵션으
로 최고급 오디오나 액

세서리로 단장했다면 성에 차진 않지만 그래도 통과다.

그러나 국산과 수입을 불문하고 아버지 자가용을 몰래 타고
나온 듯한 대형차나, 그들의 눈에 평범하다 못 해 따분하기까
지 한 중형 국산차들은 거들떠보지도 않는다. 2차로 움직일
때 그야말로 '쪽 팔린다'는 이유에서다.

사실 강남의 나이트 클럽에 놀러온 여자들치고 2차에 인색
한 사람은 거의 없다. 부킹을 해서 남자가 돈 좀 있고 매너
좋으면 바로 쏜다. 새벽에 나와 야외로, 혹은 2차, 3차로 더
마시러 간다. 이들이 '술'에 더 해 '차'에 연연해하는 것에는 다
그만한 이유가 있는 것이다.

룸In 나이트

　강남의 나이트 클럽을 찾는 사람들 중 빼놓을 수 없는 부류가 바로 인기 연예인이나 운동 선수다. 공인이라는 특성상 이들 대부분은 오픈된 홀보다는 밀폐된 '룸'을 찾는다.

　나이트 클럽 안에 룸이 있다는 사실은 앞서 잠깐 얘기한 바 있다. 룸살롱이 많이 보편화되지 않았던 시절에는 강북과 강남을 불문하고 나이트 클럽 안에 룸이 몇 십 개씩 비치되어 있었다. 물론 그 시절보다야 줄어들긴 했지만, 하여간 지금도 '룸'과 '나이트'는 떨어질 수 없는 공생 관계에 있다. 특히 유명인들이 많이 찾는 강남 나이트의 경우, 룸은 없어서는 안 될 필수 공간이다.

　룸은 그 중에서도 운동 선수들에게 특히 인기가 있다. 유명한 탤런트나 가수는 아무리 룸 안에 있다 해도 소문이 새나가기 마련이다. 그렇기 때문에 얼굴이 잘 알려진 연예인들은 아예 홀로 나가 드러내놓고 함께 어울리기도 한다.

　그러나 운동 선수들은 직업적 특성상 연예인보다는 얼굴이 잘 알려져 있지 않다. 특히 여자들의 경우, 웬만한 팬이 아니고서는 운동 선수들의 얼굴을 정확히 아는 사람은 별로 없다. 따라서 이들은 룸을 선호한다. 룸 안에 자리를 잡고 부킹을 해서 즐긴다면 자신의 신분을 노출시키지 않으면서도 편하게 놀 수 있는 것이다.

사람들의 눈을 피해 룸으로 들어온 이들이 노는 방법은 두 가지다. 우선 업소의 디스코 걸들과 밴드를 불러 '독립적으로' 노는 방법이 있다. 이럴 경우, 그 분위기는 룸살롱과 크게 다르지 않다.

두 번째는 나이트의 룸 안에 비치된 모니터를 통해 부킹을 하는 경우다. 룸 안에는 홀의 스테이지를 볼 수 있는 모니터가 설치되어 있다. 조용하게 술을 마시며 노는 물도 감상하고, 간혹 팔짝팔짝 튀어오르는 싱싱한 '대어'가 눈에 띄면 즉석에서 낚을 수도 있는 셈이다.

입구에서 '윤대리'를 찾아주세요

　나이트가 일반 대중들에게 보편화되기 시작했을 즈음, 입구에서 "OOO을 찾아주세요~"라는 말이 유행했던 적이 있다. 거의 '나이트' 문화를 대변하는 말처럼 되어 버린 이 문구. 코미디언들이 방송을 통해 이 말을 남발할 때마다 배를 잡고 웃어대는 사람들을 보면서 많이 의아했던 게 사실이다. 10여 년간 나이트에 몸담아 온 '종사자'의 입장에서 본다면 오히려 하나도 우스울 것 없는 '진리'인데 말이다.

　나이트에서 한번 제대로 놀아볼 생각이라면 입구에서 웨이터의 이름을 불러라!! 나이트 세계의 이러한 진리를 그저 '우스갯소리'로만 아는 이들이 있을까 하는 노파심에서 하는 말이다.

　나의 첫번째 출판물인 《소설 웨이터》를 통해 언급한 바 있지만, 여기에서 다시 한 번 얘기하자면 나이트에서의 손님은 '지명 손님'과 '순번 손님'으로 나뉜다.

　웨이터 인생의 승패 여부는 밤이 아닌 '낮'에, 그리고 나이트가 아닌 '거리'에서 결정된다. 다시 말해 웨이터로 성공하려면

'거리 홍보'를 잘 해 자기 손님을 많이 만들어야 하는 것이다. 나이트를 메운 손님이 아무리 많다 해도 그 중 자기 손님이 없다면 그 날은 그야말로 '공치는 날'이다. 하다 못해 식사비뿐만 아니라 교통비마저 자비로 해결해야 하는 것이다.

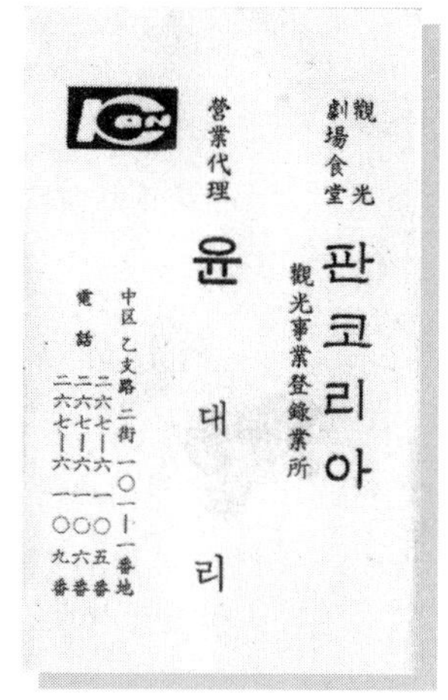

수많은 사람들이 웨이터란 직업을 '밤에만 서비스하는 직종'으로 생각하는데, 사실 그건 웨이터의 '웨'자도 모르는 소리다. 웬만큼 자리를 잡은 웨이터라 해도 끊임없는 PR로 자기 손님을 확보하지 못한다면 결코 그 세계에서 살아남을 수가 없다. 이미 확보한 손님이라 해도 마찬가지다. 그리고 한번 자신의 손님이 영원한 자신의 손님은 아닌 것이 웨이터 세계의 진리인 것이다.

그들의 홍보는 각종 'PR품'을 통해 이루어지는데, 그 대표적인 것이 바로 '라이터'다. 지금 주위를 한번 둘러보라. 사실 우리 나라 국민치고 술집 홍보용 라이터 하나 안 가지고 있는 사람도 드물 것이다. 자신이 직접 받았건 아니면 어디에선가 흘러흘러 자신의 손에까지 왔건 말이다.

그리고 그 라이터의 상당수가 바로 나이트나 룸살롱 홍보 라이터다. 오늘 하루도 수많은 웨이터들의 손을 거쳐 가지각색 사람들의 손으로 퍼져나갔을 일회용 라이터들. 아마 라이터 제조업계에서 웨이터들은 VIP 고객이나 다름없을 것이다.

그런데 요즘은 PR품도 고급화 바람이 불고 있다. 라이터도 일회용이 아닌 주입식 가스라이터를 나누어주는가 하면 전화카드·구강 청정제 등은 기본이고, 다이어리나 벨트·지갑·장갑, 심지어 음주 측정기나 건강 보조식품까지 등장하는 추세다.

심지어는 연극 티켓까지 나누어주는 웨이터들도 있으니. 나이트 갈 시간에 연극을 보러 갈지언정 연극의 여운만큼이나 자신을 잊지 말고 언제 한번 꼭 찾아달라는 뜻일까. '연극과 나이트'라는 이 아이러니한 관계에 때로는 고개가 갸우뚱해지기도 하지만, 그래도 그들의 노력과 열정이 기특할 뿐이다.

좀더 기발하고 좀더 새로운 물건이 나올 때마다 남에게 질세라 개인 PR품을 맞추기 바쁜 웨이터들. 그렇다면 과연 그들은 그 많은 PR품을 무슨 돈으로 사들이는 것일까. 당연히 그 웨이터가 소속된 나이트에서 제공되는 것 아니냐고 생각하는 사람들이 있는데, 사실 나이트는 사람들이 생각하는 것만큼 인정 많은 곳이 아니다.

하나부터 열까지 모두 웨이터 자신의 사비를 털어 마련해야 하는 것이다. 주머닛돈·쌈짓돈 모두 모아 소중하게 마련한 PR품. 그러나 10개의 PR품을 뿌렸다고 해서 10명의 손님이 올 것으로 생각하는 것은 큰 오산이다. 또한 하루 이틀 거리 홍보를 했다고 해서 손님이 구름같이 몰릴 것으로 기대해서는 안 된다. 홍보 효과는 대개 두세 달이 지나야 드러나는 것이니, PR을 시작한 지 한두 달 정도는 적자를 무릅쓰고 홍보에만 열을 올려야 하는 시기인 것이다.

　그러나 그 한두 달이 지나도 여전히 손님이 없는 경우도 있다. 아니, 사실 이런 경우가 더 많다. 라이터다 벨트다 해서 남 좋은 일만 잔뜩 해놓고 정작 자신에게 돌아오는 것은 없는 것이다. 상황이 이렇게 돌아가면 그때부터 그 웨이터는 막심한 후회와 낙담에 잠기게 되니, 곧 자기와의 전쟁이 시작되는 것이다.

　물론 이 시기를 잘 극복하고 웨이터계의 정상에 선 사람들도 많이 보아왔다. 내 자랑을 하는 것 같아 쑥스럽긴 하지만, 사실 나 역시 그러한 경우다. 한때 '나이트의 대가'라는 말을 듣기까지, 나는 '나'를 알리기 위해, 그리고 '내 손님'을 만들기 위해 심지어 고깃집에서 무일푼으로 서빙을 해 주기도 했다.

　고깃집에서 회식을 마친 단체 손님들의 단골 코스가 나이트라는 점을 역이용해 일단 고깃집 주인과 친분을 쌓아두자는 나만의 작전이었던 것이다.

　물론 나라고 해서 고난과 역경이 없었던 것은 아니다. 때론 그만두고 싶은 생각도 수없이 들었지만, 그럴 때마다 '이 길만이 나의 천직이다'라고 스스로를 다잡으며 나를 단련시켰다. 잠잘 시간을 쪼개 그 힘든 식당일을 자청하고 손님들이 원하면 그 앞에서 사이다 병을 들고 노래도 부르던 나의 패기와 열정이 없었더라면 지금의 나도, 그리고 내 인생 절반의 웨이터 인생도 없었을 것이다.

　그런가 하면, 몇 년을 나와 같이 근무한 '선동렬(가명)'이라는 친구 역시 나와 같이 어려운 시기를 잘 극복한 케이스다. 얼마 전 모 방송사 시사 프로에서 웨이터들의 하루 일과를 다

룬 적이 있었는데, 그때 주인공으로 나온 친구이기도 하다.

수년 전, 시내에 한복이나 사또 옷을 입고 나와 PR하는 웨이터들이 등장하기 시작할 무렵, 한 웨이터는 '설운도'를 모방한 PR을 하기 시작했다. 설운도처럼 머리를 하고 옷을 입었다. 리어카에 확성기를 싣고 거리로 나와 설운도의 창법을 흉내내며 노래를 불렀다.

꾸며놓으니 설운도를 그럴 듯하게 닮은 외모와 언제나 스마일인 첫인상, 노래 등의 삼박자가 맞아떨어졌는지, 그에게는 하나둘 손님이 붙기 시작했다. 그러나 손님이 들어도 그는 절대 PR을 게을리하지 않았고, 자신을 찾는 손님은 언제나 '왕'으로 대접하며 최고로 모셨다.

그렇게 우리 업소에서도 '스타 웨이터'로 인정받기 시작할 무렵이었다. 하늘은 스스로 돕는 자를 돕는다고 했던가. '설운도'를 모방해 거리 홍보를 한 것이 계기가 되어 그는 '인기 스타 이미테이션'으로 방송을 타게 된 것이다.

홍보가 생명인 웨이터에게 있어서 방송만큼 좋은 수단이 세상에 또 어디 있겠는가. 텔레비전에 얼굴을 비춘 후 그에게는 그야말로 구름같이 손님이 몰렸다. 당장에 몇 달이 지나자 그의 월 매출은 천 대로 올랐으며, 순수입만 해도 몇 백을 호가하게 되었다.

그러다 보니 자연히 다른 업주들의 눈에 들게 되었고, 급기야 그를 데려가기 위한 스카웃 전쟁이 벌어졌다. 그리고 그는 당시 사대문 안에서 가장 잘 나가는 나이트클럽이었던 P나이트로 스카웃되어 갔다. 그러나 그는 스카웃되어 간 그 곳에서도 계속해서 새로운 것을 연구하고 개발했으니 더욱더 많은 손님들이 그를 찾아 모여들었다.

그렇게 해서 30도 채 안 된 나이에, 웨이터로 대성공을 거둔 그는 어느 날 사랑하는 여인을 만나 일급 호텔에서 성대한 결혼식을 올렸다. 모 개그맨의 사회로 멋진 피로연과 함께 1, 2, 3부로 진행된 결혼식. 웨이터들의 '인생 대역전'이란 바로 이런 것을 말하는 걸까. 옆에서 사진을 찍어주던 나에겐 정말 잊혀지지 않은 감동의 결혼식이었다.

현재 명동의 룸살롱에서 근무를 하고 있는 이 친구는 지금도 여전히 열심이다. 물론 전성기 때만큼의 수입은 아닌 듯하지만 말이다.

애기가 잠시 샌 듯한데, 아무튼 이렇듯 자신과의 싸움에서 이기고 웨이터계의 정상에 선 사람들도 많이 있다.

그러나 대부분의 신입 웨이터들은 절망의 순간이 닥쳐오면 그만 자기와의 싸움에서 지고 만다. 붉은 가운에 그럴 듯한 나비 넥타이와 명찰 갖추어 달고 희망에 부풀어 시작했던 일. 그러나 결코 녹녹치 않은 현실에 무릎을 꿇고 패자가 되고 마는 것이다.

이러한 그들이기에 웨이터에게 있어 자기 손님, 즉 '지명 손님'은 그야말로 사막에서 만난 오아시스, 구세주와도 같은 존재다. 고이 모아둔 쌈짓돈까지 탈탈 털어 잠잘 것 안 자고 먹을 것 안 먹고 열심히 다리품을 팔아 가며 자신을 홍보한 땀의 대가, 노력의 결정체가 바로 '지명 손님'이 되어 돌아오는 것이다.

그러니 그 어떤 웨이터가 자신의 이름을 불러주는 손님에게 소홀히 할 수 있겠는가. 기본 맥주만 시켜놓고 하루 종일 죽치고 앉아 있는다 해도 그 누구도 감히 뭐라 하지 않는다. 어디 그뿐인가. '지명 손님'으로만 들어간다면 밖에서 가져간 술을 나이트 안에서 마시는 뒷거래(?)도 어느 정도 가능하다.

일행은 많은데 나이트에서 양주 두 병 이상을 시키기는 부담스러울 때라면, 밖에서 양주를 미리 사오는 것도 요령이다. 안주머니나 핸드백 등에 넣어 '지명 손님'으로 들어온 뒤 일단 양주 한 병을 시킨다.

중요한 것은 양주를 시키면서 담당 웨이터에게 반드시 '사전 신고'를 해야 한다는 것이다.

"우리가 회식을 하다가 먹다 남은 양주 한 병을 가지고 왔는데요. 시킨 것 다 마시고 이것마저 마실게요."

자신의 지명 손님이 이렇게 말하는데 눈에 쌍심지 켤 웨이터는 없다. 대부분의 웨이터들은 이를 흔쾌히 "그러세요" 하면서 오히려 간부들의 눈에 뜨이지 않게 하라고 고마운 조언을 해 주기도 하는 것이다.

내가 나이트에 근무할 때 기억을 되살려보건대, 영업이 끝난 후의 테이블 밑은 온갖 술병들의 비밀 집합소였던 것 같다. 가정용 패스포트나 썸씽 등 업소에서는 팔 수 없는 갖가지 양주병들에서부터 고량주, 간혹 가다가는 소주병까지 나올 정도였으니까.

그러나 이는 설령 나이트 간부들의 눈에 뜨였다 해도 할 수 없는 일이다. 맥주 테이블이 과반수인 나이트에서 양주를 시켰다는 것만으로도 족한 것이니까. 그렇다고 해서 앞으로 나이트를 갈 때는 항상 양주 한 병씩을 품고 가라는 소리는 아니니 오해 없이 듣길 바란다. 나이트 분위기에서 양주를 한번 먹어보고 싶은데 일행이 많다든지 주머니 사정이 조금 안 되는 경우 비상 처방으로 사용하라는 얘기다.

다시 한 번 다짐해 둘 것이 있으니, '숨겨온 양주'를 마실 경우에는 예의상 양주 한 병은 시켜야 한다는 것이다.

이는 지명 손님으로서 지켜야 할 에티켓이다. 아무리 지명 손님이라 해도 테이블 위로 맥주병 쌓아놓고 그 아래로 양주 마시는 손님을 좋아할 웨이터는 없다. 아무리 몰래 마신다고 한들 밤눈 밝은 웨이터가 모를 리 있겠는가. 한두 번 정도 모르는 척해 줄지언정 말이다.

담당 웨이터에게 사전에 귀띔을 해 두는 것도 반드시 필요하다. 양주 한 병 안 시키고 가져온 술 마시는 사람들보다야

낫겠지만, 그래도 이왕 마시는 것 좀더 당당하게 마셔야 술맛도 좋은 것이다.

가장 중요한 것은, 이는 어디까지나 '지명 손님'에게만 해당되는 얘기라는 것이다. 지명 손님이 숨겨온 술은 '애교'이지만, 순번 손님이 몰래 가져온 술은 나이트 세계의 '불법'이라는 것을 잊지 마라.

이렇듯 '지명 손님' 곁에는 '웨이터'란 든든한 수호천사가 늘 함께 한다. 부킹 한 건, 물 한 잔에도 정성과 배려가 깃들지 않을 수 없으며, 그만큼 손님은 극진한 서비스를 받을 수 있는 것이다.

물론 몇 년 전에 등장한 모 성인 나이트클럽 'H관'처럼 '지명제' 대신 '테이블제'가 있는 곳도 있다. '테이블제'가 도입된 나이트클럽에서는 각 웨이터마다 테이블이 배당된다. 할당된 테이블이 자신의 '지명 손님'들로 꽉 차게 되면, 그 순간부터 그 웨이터는 더 이상의 손님을 받을 수 없는 것이다. 다시 말해서 특정 웨이터를 찾아갔는데, 그 웨이터에게 주어진 테이블이 다 찼다면 그의 지명 손님이 될 수 없는 것이다.

하는 수 없이 테이블에 앉게 되면 그 테이블에 지정된 웨이터가 맡게 되는 것이니, 이때 그 손님은 '순번 손님'으로 처리된다.

그러나 이러한 나이트클럽은 매우 특이한 소수일 뿐, 대부분의 나이트 클럽이 '지명 손님' 위주로 장사를 한다. 사실상 입구에서 이름을 불러 웨이터를 찾아줄 때만 그 웨이터로부터 서비스다운 서비스를 받게 되는 것이다.

반면 '순번 손님'은 어떠한가. 순번 손님이란 말 그대로 돌아가며 받는 손님이다. 손님이 특정 웨이터를 지목하지 않고 그냥 들어오는 경우, 이 손님은 '순번 손님'으로 처리되어(신입 웨이터들을 제외한) 웨이터들에게 순서대로 돌아간다. 그러나 이 경우, 어디까지나 담당 웨이터는 없는 셈이니, '지명 손님'에 버금가는 극진한 대우를 기대할 수 없는 것은 물론, 자칫 잘못하면 '총을 맞는(바가지를 쓰는)' 경우도 있다.

또한 맥주 기본만 시켜놓으면 얼마든지 죽치고 있어도 상관없는 '지명 손님'과 달리, 뜨내기 손님에 속하는 '순번 손님'이 기본 맥주만 시켜놓고 앉아 있으면 웨이터로부터 암암리에 눈총을 받게 된다.

모르는 손님들은 나이트의 규모나 손님 숫자, 실내 장식만을 보고 '이 집은 돈을 많이 벌겠구나, 우리가 기본만 마신다고 해서 뭐라 하진 않겠구나' 한다. 그러나 그건 몰라도 너무 모르는 소리이다. 나이트의 화려함은 웨이터들의 주머니 사정과 아무런 관계가 없을뿐더러, 아무리 부킹에 살고 죽는 나이트라 해도 이왕이면 양주 손님, 기왕이면 단체 손님을 받고 싶은 것이 웨이터들의 마음이다.

여러 모로 따져볼 때 최악의 손님을 꼽아보자면, 바로 '순번'으로 들어와 기본 맥주만 마시는 네 명의 남자 손님이다(왜 하필 네 명인가? 한 테이블을 꽉 채우되 두 테이블에는 못 미치는 숫자가 바로 네 명이다). 장담하건대 그 웨이터는 뒤돌아서서 '오늘은 김샜다느니', 혹은 '재수가 없다느니' 하며 푸념을 늘어놓을 것이다.

그러나 순번으로 들어와 기본 맥주만 시킨 손님이라고 해서 모두가 찬밥 대우를 받는 것은 아니다. 물론 여기에도 예외는 있다. 우선 지명 손님이 많은 웨이터, 소위 '잘 나가는' 웨이터에게 테이블이 돌아간다면 그들은 섭섭지 않게 대우를 받을 수 있다. 하지만 이건 어디까지나 손님의 노력이 아닌, 운에 따른 것이니 그다지 기대할 만한 것은 못 된다. '스타' 웨이터는커녕, 잘못 걸려 가뜩이나 지명 손님이 없어 고민인 '진상' 웨이터에게로 돌아간다면 각종 서비스는 물 건너간 얘기다(술집에서는 얼굴과 관계 없이 손님이 없는 웨이터를 '진상'이라고 한다. '진상'에 관한 얘기는 뒤에서 좀더 자세히 할 것이다).

두 번째로, 어차피 갈 것이라면 조금이라도 일찍 들어가라는 것이다. 8시면 제법 북적거리는 여느 술집과 달리, 나이트의 시계는 조금 늦게 돌아간다. 특히 평일 저녁 8시라면 나이트에서는 초저녁에 속한다. 초저녁에는 사람이 없기 때문에 대부분의 나이트에는 절반의 요금을 받는다거나 서비스 안주를 주는 등의 '초저녁 옵션'이 있다. 물론 분위기가 썰렁하니 신나게 놀 맛은 나지 않겠지만, 그 시간이라면 기본 맥주만 시킨 순번 손님이라 해도 제법 대우를 받을 수 있는 것이다.

세 번째로, 맥주만 시켰다 해도 웨이터 팁을 섭섭지 않게 준다면 그 또한 얘기가 달라진다. 팁을 줄 바에야 맥주 몇 병을 더 시켜 먹는 것이 낫다고 할 사람이 있을지 모르겠다. 그러나 웨이터에게 주는 팁의 값어치는 맥주 몇 병과 감히 비교할 수 없는 성질의 것이다. 호프집이 아닌 나이트를 찾았으니 맥주가 고파 온 것은 아닐 테고. 만약 양주 먹을 사정이 되지 않는다면 맥주 몇 병 더 먹을 돈으로 차라리 웨이터 팁을 후하게 주라. 부킹을 비롯한 각종 서비스가 당신을 기다리고 있을 것이다.

마지막 네 번째 비결은 바로 '여자 손님'에 있다. 남성들이 들으면 애석하게 생각할 수도 있겠지만, 아무튼 남자보다 여자가 대접받는 곳이 바로 나이트다. 뒤에서 다시 얘기하겠지만, 두 명의 여자 손님은 나이트의 부킹을 꽃피우기 위한 최상의 씨앗이다. 그러니 여자라면 네 명이 순번 손님으로 와서 기본 맥주만 시켜놓고 웨이터에게 팁을 주지 않는다 해도 아무 상관이 없는 것이다. 그러나 이때에도 조건은 있으니, 바로 순번 웨이터가 부킹을 제안할 때 거절 않고 들어주는 것이다. 이유 없이 빼거나 괜히 까다롭게 군다면 제아무리 여자 손님이라 해도 환영받지 못한다. 하지만 부킹에 흔쾌히 응해준다면 하다못해 마른 안주 하나라도 서비스 받을 수 있다.

하지만 작정하고 하룻밤 놀러온 이상, 같은 돈이면 좀더 질 좋은 서비스를 받으며 마음껏 놀다 가는 것이 낫지 않겠는가. 웨이터에게 '김새는' 손님이 되지 않기 위해, 무엇보다 손님으로서 즐길 수 있는 최고의 밤을 위해 꼭 알아두어야 할 것이 있으니 바로 '지명 손님이 되라!'는 것이다.

웨이터들은 한번 자신의 지명 손님과 인연을 맺게 되면 그때부터 철저한 고객 관리를 시작한다. 수첩에 손님의 연락처를 적어두고 안부 전화를 하는 것은 물론, 물이 좋은 날을 귀띔해 주기도 하고, 부킹도 신경을 써서 해 준다. 이 모든 것이 바로 '담당 웨이터'를 가진 손님의 특권(?)인 것이다.

부킹에서 만난 사람

　그러나 처음부터 담당 웨이터를 가진 손님은 없을 터. 나이트를 처음 가서 담당 웨이터가 없다면, 아니면 나이트는 자주 갔으되 담당 웨이터를 만들어 놓지 않았다면 어떻게 해야 하나. 담당 웨이터를 만들려야 만들 수 없는 피서지의 나이트라면 또 어떻게 해야 할까.

　방법은 간단하다. 바로 그 자리에서 담당 웨이터를 만드는 것이다. 그런데 나이트에 어떤 이름을 가진 웨이터가 있는지도 모르는데 어떻게 웨이터를 지명하느냐고 묻는 사람도 있을 것이다. 이 역시 간단하다. 현재 가장 인기 있는 스타의 이름을 대는 것이다.

우스갯소리로, 한때 우리 나라에는 수백 명의 박찬호와 박세리가 있었다. 지금 제일 인기 있는 스타가 누구인지는 방송국이 아닌 나이트나 룸살롱 같은 유흥업소에 가면 쉽게 알 수 있는 것이다.

내가 나이트에서 근무할 당시 전국 어느 나이트를 가나 '조용필'이란 이름은 없는 곳이 없었다. 그 밖에 김건모니 설운도니 이덕화니 하는 이름들이 잠깐씩 반짝했었고, 스포츠 스타 이름은 그 당시 이만기가 제일 유명했었다. 선동열이나 박찬호가 주름잡는 시대와의 세대차라고나 할까.

그 밖에 항상 기본으로 있는 이름이 있으니 돼지·뻐꾸기·황소 등의 각종 동물과, 홍길동·왕서방·놀부·김삿갓·백두산·변사또 등의 우리 나라 고유한 이름들이다. 오십원이나 철가방·쌍둥이 등도 기본 이름에 속한다.

우리나라처럼 유흥업소에서 스타의 이름을 많이 도용하는 나라가 또 있을까. 웨이터들이 자신의 이름을 사용하는 것을 가지고 스타들이 소송을 제기하는 경우는 보질 못했으니 그들도 자기 이름 알리는 것이 싫지는 않은가 보다. 또한 일단 이름이 도용된다는 것은 그 스타의 인기를 증명하는 것이니 기분 나쁠 일이 뭐가 있겠는가.

어찌됐건 홍길동이건 조용필이건 박찬호건, 또한 유명 연예인이 됐건 동물이름이 됐건 특정 웨이터의 이름을 지명하라는 것이다. 주중이든 주말이든, 언제 어느 곳에 있는 나이트를 가든지 말이다. 만약 자신이 부른 이름의 웨이터가 있다면 그 순간부터 그는 '지명 손님'이 되는 것이다. 즉, 기본을 시켜놓고 영업 끝날 때까지 있건 남녀 동반이 오건 상관 없이 놀 수 있는 것이다.

혹 애교 많은 여자 손님이 '생일'이라며 선의의 거짓말(?)이라도 하면 거의 샴페인과 안주 정도는 서비스로 나온다. 간혹 샴페인 값으로 몇 천 원을 받는 곳도 있긴 하지만 대부분은 서비스로 주며, 어떤 곳은 케이크까지 주기도 한다.

그런데 만약 '홍길동'이란 이름을 불렀는데 그 이름의 웨이터가 없을 수도 있다. 그럴 때는 '아 그래요? 그러면 김삿갓을 불러주세요' 하는 식으로, 몇 번이고 이름을 대어 보라. 웨이터 이름 댄다고 흉볼 사람은 아무도 없다. 결론은, 어찌됐건 순번이 아닌 '지명'으로 들어가라는 것이다.

제주도나 부산에 있는 나이트에 갔다고 치자. 초행길 손님이 많은 관광 나이트의 특성상 '지명 손님'보다는 '순번 손님'이 많을 수밖에 없는 곳이다. 그러나 이 곳도 예외는 아니다. 관광지에서도 '지명 손님'이 되도록 노력해 보라.

예를 들어 '조용필'을 불렀는데 마침 그 이름의 웨이터가 나왔다.

"저번에 제 친구가 여기 와서 조용필 오빠(형) 찾았는데 너무 잘 해 줬다고 해서요."

그러면 그 손님은 십중팔구 그 '조용필' 웨이터로부터 최상의 서비스를 받는 것은 물론, 그 많은 '순번 손님'들을 제치고 특급 VIP 대접을 받을 수 있다.

그러나 '지명 손님'으로 화려하게 등장을 했다고 그 날 밤이 보장되는 것만도 아니다. 예상치 못한 변수가 있으니, 바로 문제는 담당 웨이터에게 있다.

예를 들어 무작위로 '홍길동'을 불러 들어갔는데 담당 웨이터의 서비스가 영 아닌 경우가 있다. 부킹은커녕 신경도 써주지 않는다. 스테이지에 나가 온몸이 땀에 젖도록 한바탕 놀다 들어오면 시원한 물이라도 한 잔 서비스해야 하건만, 몇 번을 부른 후에야 겨우 모습을 보인다.

이 경우, 그 '홍길동'이란 웨이터는 소위 말해 '진상' 웨이터다. 열심히 노력하는 대부분의 웨이터들, 그리고 성공한 '스타' 웨이터들에 비해, 진상 웨이터들은 뭐가 달라도 다르다. 그래서 손님이 없는 웨이터들은 늘 없는 것이다.

물론 가끔은 '스타' 웨이터라 해도 손님한테 무관심할 경우가 있다. 아니 무관심이라기보다는 손님이 많아 너무 바쁘게 움직이다 보니 어쩔 수 없이 그렇게 되는 것이다.

그러나 '스타'와 '진상'의 차이는 그들의 얼굴만 봐도 확연히 드러난다. 그들 '스타' 웨이터들에게서는 활력소가 넘쳐나기에 아무리 바쁘고 힘들어도 모든 손님을 늘 반가운 마음으로 대하는 것이다.

사실 나이트에서는 손님이나 웨이터나 '부킹에 살고 부킹에 죽는다'. 부킹을 얼마나 잘 소화하느냐에 따라 죽돌이와 킹카가 판가름나는 것처럼, 부킹을 얼마나 잘 해 주느냐에 따라 스타와 진상도 판명된다. 스타와 진상은 '손님'으로 가려지는데, 부킹 잘 하는 웨이터가 손님도 많은 법이기 때문이다.

진상 웨이터들의 경우, 하루 종일 멀리 나가 PR은 했는데

대기실에 걸린 직원들의 의상

도 불구하고 노력이 부족했는지 요령이 없는지, 하여간 찾는 '지명 손님'이 없다. 대기실 반장이라 불리는 이들은 괜히 짜증이 나는 것이다. 늘 침체되어 있는 그들이기에 가끔 운좋게 '지명 손님'이 찾아들어도 최상의 서비스 제공에 익숙하지 못한 것이다.

그나마 '지명 손님'은 서비스의 질 문제에서 끝나지만 간혹 '순번 손님'이라도 떨어질 경우에는 그 동안의 화풀이(?)까지 당하는 수도 있다. 순번을 받더라도 단체 손님을 받으려고 발버둥친 후, 선불을 받거나 부킹을 안 해 주는 것은 기본이다. 총을 쏘는 것(바가지 씌우기)으로 매출을 올려 한 번에 쇼부를 보려고도 하는 것이다. 이른바 한탕주의다.

그런가 하면 간혹 예쁜 여자 손님이라도 받게 될 경우 군침을 흘려 웨이터로서 넘지 말아야 할 선까지 넘기도 한다.

내가 나이트에서 근무할 시절, 나의 캐치프레이즈가 바로 '여자 손님 보기를 돌같이 하라'였다. 사실 나도 남자인데 예쁘게 꾸민 여자 손님들이 어찌 싫을 수 있겠는가. 게다가 그때는 나이도 젊었으니 더 말해 무엇하겠는가. 간혹 노골적으로 나에게 접근을 해 오는 여자들도 있었으니, 내가 예수나 부처가 아닌 이상 그 유혹을 뿌리치기가 얼마나 힘들었겠는가.

그러나 손님은 손님인 것이다. 내가 만일 그 손님을 마음에 두거나 혹은 그 손님과 특별한 사이가 되었다 치자. 내 본업이 아무리 '부킹'인들, 그 순간부터 나는 그 여자 손님을 다른 남자 손님에게 부킹해 주지 못한다. 그러나 부킹을 해 줄 수 없다면 나는 그 순간부터 더 이상 '웨이터'가 아닌 것이다.

그 시절 내가 있던 곳은 서울에서 가장 잘 나가는 나이트였다. 그 곳에 있는 수십 명의 웨이터들 속에서 몇 년 동안 1, 2등의 자리를 굳건히 지킬 수 있었던 것은 이렇듯 '손님이 왕'이라는 사고가 있었기에 가능했다. 강원도 출신의 촌놈 웨이터가 가장 많은 손님을 지닌 '스타 웨이터'가 되기까지는 이러한 나의 '직업 정신'이 있었던 것이다.

다시 본론으로 돌아가서. 아무튼 '지명 손님'으로 들어가긴 들어가되 그 지명 웨이터가 '진상'인지 '스타'인지까지 가려낼 재간은 없는 셈. 거기에서부터는 그 손님의 운에 맡겨지는 것이다.

부킹의 A TO Z

    똑같은 돈을 내고 들어간 나이트건만 엉덩이에 쥐가 나도록 앉아만 있다 오는 죽순이가 있는가 하면, 다리가 후들거리도록 부킹을 즐기는 퀸카가 있다. 부킹으로 술값이 아깝지 않은 근사한 여자를 만나 멋진 밤을 보내는 킹카가 있는가 하면, 군침만 흘리다 날이 새버리는 죽돌이가 있다.

    나이트를 찾은 사람이라면 누구나 한 번쯤은 꿈꾸어 봤을 킹카와 퀸카. 돈 많고 잘생겼다고 모두 킹카가 되는 것은 아니며, 조명발과 화장발만으로 퀸카가 태어나는 것은 아니다. 뭇 이성들의 시선을 한몸에 받으며 밤을 불태우는 그들의 비밀은 무엇일까. 그 답은 바로 '부킹의 순리'를 얼마나 잘 알고 있는가에 있다.

'배달'되는 여자들

　내가 처음 웨이터 생활을 할 때만 해도 부킹은 대개 여자 쪽 테이블에서 이루어졌다. 웨이터의 주선하에 남자가 여자의 테이블로 가 정중하게 인사를 한 후 여자의 승낙이 떨어진 후에야 합석이 가능했다.

　하지만 그 언제부터인가 부킹의 대세가 바뀌기 시작했다. 즉, 웨이터의 안내로 여자가 남자의 테이블로 가는 것이다. 강남에서부터 불기 시작한 이 바람은 현재 전국의 모든 나이트에 불고 있으니, 사실 신세대에게 있어 '부킹'이란 당연히 남자의 테이블에서 이루어지는 것이다.

　심지어 요즘은 '화장실 가는 길'에 이루어지는 부킹도 상당수라고 한다. 즉, 웨이터가 화장실에 가려는, 혹은 갔다가 돌아오는 여성을 낚아채(?) 바로 남자의 테이블로 데려간다는 것이다. 이러한 흐름을 잘 아는 일부 여성들은 1, 2분이 멀다 하고 괜히 화장실을 들락날락거리기도 한다니 우스운 일이 아닐 수 없다.

　어떻게 보면 여자가 먼저 대시를 하는 셈인데. 그에 대한 아

량인가. 아무리 웨이터가 주선을 했더라도 여자의 허락이 없으면 합석이 불가능했던 과거의 남자들과는 달리, 요즘 여자들은 일단 '앉고 보는 것'이 관례이다. 남자들이 아무리 폭탄들이건 일행이 많아 자리가 비좁건 간에 한번 왔으면 엉덩이 점은 반드시 찍고 가야 하는 것이다.

혹 오해의 여지가 있을 것 같아 하는 얘긴데 여기서 말한 '엉덩이 점'이란 술 한 잔씩을 돌릴 수 있는 10분에서 15분에 이르는 충분한 시간을 말한다. 이를 잘못 이해해 3, 4초가량 정말로 점만 찍고 오는 불상사는 없길 바란다.

맘에 들지 않는 남자들일 경우, 정중하게 인사만 하고 와도 될 텐데. 그렇다면 무엇 때문에 이 짧지 않은 시간과 술잔을 허비해야 하는 것일까. 간단하다. 10분 내지 15분이란 시간은 부킹이 된 상대편 남자들에 대한 예의이며, 술 한 잔은 웨이터에 대한 예의다.

사실 술 마실 목적으로 나이트를 찾는 사람은 거의 없다. 여자는 물론 남자들의 경우도 마찬가지다. 그러나 나이트의 운영을 위해서는 '술값'도 결코 소홀히 할 수 없는 일. 웨이터들은 '술값'과 '부킹'이라는 두 마리 토끼를 한 번에 잡아야 하는 것이다.

 이런 이유들로 해서, 마치 나이트계의 불문율처럼 되어 버린 것이 있으니, 바로 '부킹을 가면 반드시 술을 마셔야 한다'는 것이다. 아, 물론 강제적인 것은 아니다. 술을 마시지 않고 온다고 해서 무슨 큰일이 일어나는 것은 아니니까. 그러나 이는 자신의 부킹을 주선해 준 웨이터에 대한 에티켓이라 할 수 있는 것이다.

 여자가 테이블에 앉게 되면 남자들은 예의상 그녀에게 술을 권한다. 그럼 여자는 한 잔을 받아 마신 후 테이블에 앉아 있는 남자들 모두에게 한 잔씩 돌리는 것이 보통이다. 이는 부킹의 성사 여부와는 별 관계가 없다. 의례적인 일이라고나 할 수 있을까.

아무튼 이렇게 해서 술이 한 잔씩 돌아갔다고 생각해 보자. 보통 웨이터들은 한 테이블 당 3~8회 정도의 부킹을 주선한다(물론 죽순이나 죽돌이, 선수들의 경우에는 알아서 몇 십 회의 부킹을 해 주기도 하지만 말이다).

5명의 남자가 있는 테이블에 5명의 여자가 차례차례 다녀갔다고 계산을 해보면 무려 30잔이라는 숫자가 나오는 것이다. 게다가 그것이 양주였다면 무시하지 못할 술값이 나오는 것이다.

물론 모든 남자들이 이런 '제 살 깎아먹기식' 부킹에 순순히 넘어가는 것은 아니다. 여자가 따라준 술이라 해도 계속해서 한 번에 마시진 않는다. 썩 마음에 들지 않을 경우에는 여자에게 먼저 술을 권하지 않는 경우도 있다. 그도 그럴 수밖에 없는 것이, 만약 죽순이들이라도 몇 번 왔다갈라치면 그 비싼 양주 한 병이 순식간에 사라져 버릴 수밖에 없기 때문이다.

그러나 웨이터의 입장에서는 흐뭇한(?) 일이 아닐 수 없으니, 그렇기 때문에 괜히 빼는 여자들보다는 잘 어울리고 술도 잘 하는 여자들의 부킹에 더 신경을 쓸 수밖에 없는 것이다. 여자들이여, 성공적인 부킹을 원한다면 '술 한 잔에 담긴 에티켓'을 잊지 마라.

그런데 만약 위에서 언급한 것처럼 부킹 테이블의 남자들이 자신에게 술을 권하지 않는다면 더 이상 무엇을 주저하는가. 먼저 한 잔을 권하는 지혜를 가져라. 그리고 자연스럽게 되돌아오는 술 한 잔을 받아 마신 후 정중하게 인사를 하고 돌아오면 된다.

혹 순번 손님으로 들어갔다 하더라도, 부킹에도 잘 응해 주고 술도 잘 마셔주는 여자 손님이라면 담당 웨이터에게는 최고의 VIP가 될 수도 있다.

그러나 과거에 대한 향수 때문인가, 아니면 내가 요즘 세대와 느끼는 세대차 때문인가. 부킹에 관해서만큼은 '그때'가 좋았다는 생각이 든다.

생각해 보라. 웨이터에게 팔을 잡힌 여자가 마치 '어쩔 수 없다는 듯' 남자의 테이블로 배달되어지는 것과, 남자가 정중하게 여자의 테이블로 가는 것 중 어느 것이 더 근사한가. 젊음의 하룻밤에 예의와 격식을 갖추자는 고리타분한 얘기는 아니지만, 이왕이면 좀더 품위를 가지는 것이 낫지 않을까. 마치 중세 유럽 사회 상류층들의 무도장처럼 말이다.

물론 모든 여자들의 자신의 의사와는 상관없이 웨이터의 손에 이끌려 부킹을 다니는 것은 아니다. 자신이 손수 찍은 남자와의 부킹을 부탁하는 적극적이고 멋진 여성들도 있다.

또한 내가 '배달'이란 표현을 사용했다고 해서 격분하는 여성들이 있을 듯하다. 그러나 이는 어디까지나 현장에서 받은 느낌 그대로를 좀더 생생하게 전달하기 위해 사용한 표현일 뿐, 여성 비하 발언과는 아무 관계가 없으니 양해해 주기 바란다. 어쨌든 부킹의 방법 그 하나에서도 세월의 변화가 느껴지는 것이다.

다다익선과 소소익선

　부킹을 원한다면 먼저 '성별 통일'을 해야 한다는 것은 너무 당연한 얘기이므로 길게 하지 않겠다. 애정 관계가 전혀 얽히지 않은 순수한 친구 사이라도 남녀 동반이라면 애당초 부킹에 기대를 걸어서는 안 된다. 동행한 남자들이 여자들과 애정적으로 아무 상관없는 회사 상사라든지 친구 오빠라 해도, 혼성 테이블은 웨이터에게 부담을 주기 마련이다.

　남자끼리 혹은 여자끼리 오되 다만 다수가 능사인 것은 아니니, 홍일점은 '꽃'이 되지만 청일점은 '개밥의 도토리'가 된다는 유명한(?) 진리를 알아야 한다. 여러 명의 남자들 가운데 여자 한 명이 끼면 공주처럼 떠받들어지지만, 여러 여자들 가운데 남자 한 명이 끼면 주눅이 들어 찍소리도 내지 못한다는 것이다. 뭉치면 살고 흩어지면 죽는 존재가 바로 남자들인가.

　성공적인 부킹을 위해서는 먼저 '수'를 챙겨야 하니,　남자는 다다익선(多多益善)이요, 여자는 소소익선(少少益善)이다.

　여성의 경우, 부킹을 위한 최적의 수는 바로 '둘'이다. 두 명의 여자는 두 명의 남자가 있는 테이블은 물론, 대여섯 명의 남자가 있는 테이블에서도 자연스러운 부킹이 가능하다. 두 명의 여자가 여러 남자들에게 둘러싸이면 그 두 여인들은 절대 당황하거나 난처해하지 않는다. 남자들의 시선을 즐기며 오히려 화기애애한 분위기를 만들어내는 것이 바로 여자, 그리고 '둘'이라는 숫자다.

물론 네다섯 명의 여자도 그리 나쁘진 않다. 그러나 숫자가 많아지면 '움직임'이 둔해진다. 즉, 다같이 한 테이블로 부킹을 가기 어려워진다는 단점이 있다. 세 명 이상의 여자 손님일 경우, 웨이터는 단체 부킹을 주선하기보다는 한 사람씩 부킹을 해 주는 것이 보통이다.

스테이지에서 정신없이 몸을 흔들고 올 때마다 한둘씩 사라지는 친구들. 십중팔구 그녀들은 웨이터의 손에 이끌려 제각기 다른 테이블에서 부킹을 하고 있을 것이다. 모처럼 만에 초등학교 동창끼리 만나 신나게 놀아보려고 온 것인데, 부킹으로 인해 졸지에 뿔뿔이 흩어지는 일도 생기는 것이다.

그러나 여기에도 방법은 있으니, 담당 웨이터에게 미리 '단체 부킹'을 귀띔해 두는 것이다. 어쨌거나 네다섯 명의 여자는 그와 같은 수, 혹은 그보다 많은 수의 남자들을 '커버'할 수 있으니 불가능한 일은 아니다.

그렇다면 남자의 경우는? 두 명의 남자가 있는 테이블에 웨이터가 다섯 명의 여자를 데려왔다고 가정해 보자. 물론 이런 경우는 절대 없겠지만 말이다. 분위기 자체로도 이상할 뿐 아니라, 그 두 명의 남자가 웬만한 '선수'들이 아니라면 절대 화기애애한 분위기를 만들 수 없다.

　다섯 명의 남자와 두 명의 여자는 잘 어울릴 수 있지만, 두 명의 남자와 다섯 명의 여자는 쉽게 어울릴 수 없는 것이다.

　두 명의 남자가 있는 테이블에는 두 명의 여자를 부킹해 주면 될 것 아니냐고 묻는 사람도 있을 것이다. 물론 안 될 것은 없다. 그러나 이러한 부킹은 마치 소개팅과도 같은 분위기를 연출해 진정한 부킹의 재미는 조금 떨어지는 편이다. 웨이터들 역시 남녀의 성비를 계산해 부킹을 해 주는 것은 아니다.

　적으면 적을수록 좋은 여자와는 달리, 남자의 경우 그 수가 많으면 많을수록 좋은 것이다. 두 명의 여자에서부터 운 좋으면 단체로 놀러온 대여섯 명까지 커버할 수가 있으니 말이다.

　그러나 이러한 부킹의 조건은 어디까지나 웨이터의 입장에

 윤대리의 酒ㅏ화

서 본 것. 프로가 아닌 일반적인 나이트 손님들은 사실 '인원 맞추기'를 전제로 한다. 나이트가 무슨 '사랑의 스튜디오'도 아니고, 나이트에서 꼭 무슨 짝짓기를 해야 하는 것도 아닌데, 머릿수에 연연해하면서 만약 성비가 맞지 않으면 왠지 씁쓸해하는 것이다.

이는 '초보'일수록, 그리고 '여자'일수록 더욱 그렇다. 간혹 웨이터의 '판단 미스'로 인해 세 명의 남자가 있는 테이블에 네 명의 여자가 부킹을 하는 경우가 있을 수 있는데, 이때의 부킹은 7, 80프로 실패라고 봐야 한다.

여자들의 경우, 특히 성비가 맞지 않아 싱글로 남아야 하는 사람이 있게 되면 그 친구를 혼자 남겨두고 제각기 2차를 가기는 미안한 일이니 여기에서 부담을 느끼는 것이다. 따라서 이 부킹에 더 이상 미련을 가져서는 안 된다. 일행 중 마음에 드는 여자가 있다면 남자는 얼른 그 여자 손님의 휴대폰 번호 정도만 알아두는 것으로 만족해야 한다.

웨이터가 보는 '효율적인 부킹의 조건'과 손님들이 원하는 '실제적인 부킹의 요구', 이 둘 사이에서 균형을 잘 잡아나가는 것은 어디까지나 웨이터들의 몫이다.

'가장' 중요한 '가장자리'

　자리가 좋아야 대어를 낚을 수 있는 낚시처럼, 나이트에서도 자리를 잘 잡아야 한다. 그러나 이는 혼자만의 노력으로 되는 일이 아니니, 긴밀한 작전 회의를 통한 일행 모두의 협조가 필요한 것이다.

　대여섯 명의 남자들이 앉아 있는 테이블에 웨이터가 두 명의 여자를 데려왔다고 치자. 이때 부킹이 되어 온 여성들은, 남자들이 아무리 맘에 들지 않더라도 일단 앉기 마련. 자리에 앉았다고 모두 부킹에 성공한 것으로 보아서는 안 되니 그 성공 여부는 10여 분이 지나야 판가름된다.

　아직 시간도 일러 부킹을 할 기회는 많은데 남자들이 특별히 맘에 들지 않을 경우, 대부분의 여자들은 술이나 몇 잔 마신 후 15분 정도가 지나면 일어서 자리로 돌아간다.

　여기, 그녀들의 '그저 그런' 마음을 돌려놓기 위한 묘책이 있으니 바로 그녀들의 자리를 공략하는 것이다.

　웨이터들이 데려온 그녀들은 대개 가장 바깥쪽에서 마주보고 앉기 마련이다. 따라서 그녀들의 옆자리가 될 두 개의 바

깥 의자에 어떤 사람이 앉느냐에 따라 안 될 부킹도 되곤 하는 것이다.

부킹녀가 오기 전, 남자들끼리 앉을 때 바로 이 점에 유의해야 한다. 그렇다면 그 가장자리와 가장 잘 어울리는 인물이란? 얼굴이 받쳐주는 '킹카'나 말로 여자를 녹이는 '말발', 그러나 이 모든 것이 갖추어져도 이것 하나가 빠지면 안 되니, 바로 '키'다.

"저기요. 저쪽에 제가 잘 아는 손님인데요. 멋지고 능력 있고 매너도 좋습니다."

그럼 대부분의 여자들은 그쪽 테이블을 흘끔흘끔 보며 당돌하게도 묻는다.

"키는요?"

  못생긴 건 용서해도 키 작은 건 용서할 수 없다는 이들이 바로 우리나라 여자들이다. 키에 죽고 키에 사는 이들이다 보니 부킹남에게 바라는 제1 요건 역시 '큰 키'인 것이다.

  자신들의 키가 작아 한이라도 맺힌 것인지. 내가 웨이터 생활을 하는 동안 가장 많이 본 부류가 '키 큰 남자에 목매는 여자들'이었고, 그 다음으로 많이 본 부류가 바로 '키 큰 남자에 목매다 패가 망신한 여자들'이었다.

  나의 경험으로 보건대 키 큰 사람들 중에 알찬 사람은 적고, 키가 클수록 인격이나 학력·경제력은 떨어지는 편이다. 그러나 키가 크면 여자를 후리는 재주 하나는 탁월하니, 이는 키 큰 남자의 잘못이 아니요, 키 큰 남자면 맛이 가는 여자들의 탓이다. 사실 부모님이 물려주신 키를 누구의 탓으로 돌릴 수 있겠는가. 다만 키가 크면 자연히 여자가 따르게 되고, 여자가 따르다 보니 그런 '능력 아닌 능력'도 생기는 것이다.

  어쨌든 이 자리를 빌려 여자들에게 당부하고 싶은 것이 있으니, 남자의 키는 절대 믿을 것이 못 된다는 것이다. 하룻밤 재미있게 놀러온 나이트니 이왕이면 다홍 치마라고, 키 큰 남자를 찾는 심정도 이해는 가지만, 그렇다고 해서 너무 '키'만을 재지는 말라는 말이다.

  아무튼 애석한 일이지만 여자들은 이렇게 키 큰 남자를 좋아한다. 따라서 가장자리에는 기본적으로 키가 큰 남자들이 앉는 것이 좋다. 이에 더 해 호감 가는 얼굴과 말발을 가진 남자들이라면 그야말로 금상첨화. 최고의 부킹 성공률을 기록하는 테이블이 될 것이다.

　그런데 만약 키가 큰 킹카와 말발이 안쪽에 앉아 있다고 생각해 보라. 드러내야 할 롱다리가 테이블 아래로 숨어 버리는 것은 물론, 킹카의 얼굴도 어둠 속에 묻힌다. 나이트처럼 시끄러운 장소에서 바로 옆도 아닌, 한 사람 건너에 있는 사람과 이야기하는 것은 결코 쉬운 일이 아니니 말발도 제 역할을 하지 못할 것이다.

　테이블의 가장자리는 상점의 쇼윈도와 같다. 가장 화려하고 멋진 상품을 내어놓아야 지나가던 손님의 발길도 잡을 수 있는 것이다.

미인을 멀리하라

“남성들이여, 미인을 멀리하라!!”

옛 조선 시대에 왕이 나라를 잘 다스리려면 이른바 ‘색(色)’을 멀리해야 했고, 선비가 과거에 급제하려면 ‘미인’을 멀리해야 했다. 이는 오늘날에도 통하는 얘기이니, 대학에 가려면 여자친구를 멀리해야 하고, 사법 시험에 합격하려면 애인을 멀리해야 하며, 나이트에서 성공하려면 ‘미인’을 멀리해야 한다.

‘미인’과의 화끈한 만남을 위해 가는 나이트에서 ‘미인’을 멀리하라니? 이게 웬 뚱딴지 같은 소리냐고 열렬히 항의하는 남성들이 있을 듯하다. 그러나 ‘미인’을 얻는 길은 바로 ‘미인’을 포기하는 길이다.

세 명의 여자가 부킹을 왔다고 가정해 보자. 이때 세 명의 여자가 모두 예쁜 경우는 그다지 많지 않다. 그 중 한 명이 가장 예쁘면 한 명은 보통이고 나머지 한 명은 못생겼다. 아무리 예쁜 축에 드는 여자들끼리 왔어도 상대적으로 평가를 하게 되기 때문에 서열은 나뉘기 마련이다.

보통 남자들의 눈길
은 '예쁜 그녀'에게로
쏠리기 마련. 대부분의
남자들이 '서열 3위'에
게는 관심을 두지 않
은 채 '서열 1위'의 그
녀에게만 말을 시키고
술을 권한다. 그러나

이런 경우 그 판은 끝이 난 것과 다름없다.

나의 경험으로 볼 때, 여자들 속에서는 '조금 덜 예쁜' 여자
가 리더인 경우가 많다. 사실 예쁜 여자들은 어딜 가나 주위
의 시선을 의식해 이미지 관리에 바쁘기 때문에 잘 나서지 않
는다. 반면 '덜 예쁜' 여자들은 화끈한 성격을 가진 경우가 많
아 일행을 이끌고 다니는 편이며, 이들이 물주인 경우도 많다.

'예쁜 그녀'를 잡기 위해서는 일단 '덜 예쁜 그녀'의 환심을
사야 한다. 세 명의 여자 중, 만약 남자들이 '덜 예쁜' 여자에
게 소홀히 한다면 화가 난 그녀는 나머지 일행을 몰고 유유히
사라질 것이기 때문이다.

'덜 예쁜 그녀'를 공략하라. 그녀를 즐겁게 해서 일단 '판'을
완성하라. '정말 예쁜 그녀'에게 살며시 연락처를 건네거나, 그
녀의 휴대폰 번호를 받아놓는 일은 잠시 뒤로 미루는 지혜를
가져라.

그러나 여기에도 또 한 가지 짚고 넘어가야 할 것이 있으니
바로 '연락처'를 얻는 일이다. 예쁜 여자일수록 연락처 공개에

인색하다. 그냥 가르쳐 달라고 해서는 절대로 얻어낼 수 없다. 연락처를 얻기 위해서는 일단 기다림이 필요하니 절대 조바심을 내서는 안 된다. 여유를 가지고 충분한 시간 동안 이런 저런 이야기를 나누며 그녀에게 안정감을 심어주는 것이 우선이다. 직접적인 공략은 그녀가 다소 편안해진 모습을 보였을 때부터 시작된다.

"저기요. 혹시 직장이 강남이세요?"

"아, 거기구나. 그쪽 역삼 부근에 제 사무실이 있어요."

"아, 양재동이오? 거기 우리 거래처가 있어서 한 달에 한두 번은 꼭 가거든요."

남자의 사무실이 반드시 강남일 필요도, 양재동에 거래처가 있어야 할 필요도 없다. 그냥 둘러대면 되는 것이다. 나이트에서 하는 이러한 거짓말 때문에 비난받을 일은 절대 일어나지 않으니까 말이다.

"나중에 그쪽으로 가게 되면 연락 한번 드릴게요."

하면서 남자가 먼저 명함 한 장을 내밀면 이에 부담스러워할 여자는 거의 없다. 마치 마법에 걸린 듯, 아주 자연스럽게 그녀의 명함 내지는 핸드폰 번호를 내밀 것이다.

그런데 만약 세 명의 여자들이 우열을 가릴 수 없이 모두 예쁘다면? 무얼 더 이상 망설이는가. 그땐 마음껏 즐기면 되는 것이다.

부킹의 마무리

  '머릿수 맞추기'와 '자리 배치' 등의 치밀한 작전으로 시작된 부킹. '추녀 공략법'으로 어느 정도 절정에 이르렀다면 이젠 깔끔한 마무리가 필요할 때다.

  마음에 쏙 드는 그녀들과 자리를 옮겨 2차를 가고 싶다면 해야 할 마무리가 있으니, 바로 여자들의 테이블을 계산해 주라는 것이다.

  대부분의 여자들은 나이트에서 돈을 잘 쓰지 않는다. 형식상 맥주 기본을 시키고는 고작 해야 여기에 몇 병 추가하는 것이 보통이다. 물론 강남의 여자 손님들은 양주를 시키는 경우가 있긴 하지만, 강북의 여자 손님들을 비롯한 대다수의 여자들이 맥주 손님이다.

  따라서 여자들의 테이블 값을 계산해 주는 것은 적은 돈으로 후한 점수를 딸 수 있는 방법이다. 투자한 것 이상의 효과를 얻을 수 있는 확실한 마무리인 것이다.

  그러나 모든 여자들이 '테이블 계산'에 호의적인 것은 아니다. 나이트 초보들이나 일부 여자들은 남자들이 자신들의 술값을 내주는 것을 왠지 꺼림칙하게 생각하기도 한다. 자신들의 테이블을 계산해 준 것을 핑계로 혹 2차를 가서 엉뚱한 짓(?)을 하려는 것은 아닌지 불안해하기 때문이다.

몇 번이나 제안을 했는데도 사양하는 여자들이라면 십중팔구 이런 생각을 하는 것이다. 눈치 없게 이를 '내숭'으로 오판하는 일이 있어서는 안 되겠다. 싫다는데도 끝까지 내려 한다면 여자들은 경계심을 가지게 된다. 정말 '흑심을 품은 사람'으로 찍혀 다 된 밥에 재 뿌리는 격이 되는 것이다. 적은 돈으로 점수를 딸 수도 있지만 반대로 스스로 화를 좌초하기도 하는 것이다. 언제 어디서나 '눈칫밥'이 중요한 것이다.

그러나 이렇듯 항상 '늑대'에 대한 경계심을 늦추지 않는 '양' 같은 여자들이 있는가 하면, 아예 '늑대'를 구워삶으려는 '여우' 같은 여자들도 있다. 같은 유흥업에 종사해 이 바닥으로는 도가 튼 여자들과 나이트를 제 집처럼 드나들어 나이트의 생리를 너무 잘 아는 이른바 '프로'들이 바로 그들이다.

이들이 나이트를 찾는 목적은 첫째도 부킹, 둘째도 부킹. 그러나 이 여자들의 부킹에는 조건이 있으니, '테이블 계산은 기본, 2차는 선택'이라는 것이다.

아예 작정을 하고 오는 경우가 대부분이기 때문에 대개 이른 시간부터 나이트에 포진하고 있는 것이 보통이다. 들어오는 순간부터 스테이지에는 관심을 끊고 이 테이블 저 테이블을 옮겨다니며 '메뚜기 부킹'을 해대는 것이다.

마음에 드는 남자들을 금방 만났다면 그녀들의 메뚜기 뜀은 그 순간 끝나는 것이다. 그러나 때로는 영업 시간이 다 끝나가도록 별 볼일 있는 테이블을 찾지 못하는 경우도 있으니, 그녀들을 할 수 없이 별 볼일 없는 테이블에 가서라도 부킹을 하는 것이다. 그래야만 자신들의 술값을 계산할 수 있으니까 말이다.

그런가 하면 아예 드러내 놓고 흥정을 하는 여자들도 있다. 2차를 가는 조건으로 자신들의 테이블을 계산해 달라고 노골적으로 요구하는 것이다. 그러나 이런 여자들은 역시 뭔가 달라도 한참 다르다.

2차를 가서 술을 더 마신다 쳐도, 이 여자들은 절대 취하도록 마시는 법이 없다. 룸살롱 아가씨들마냥 슬쩍 버리기도 하고, 아니면 많이 취한 척하며 남자에게 술을 권해 오히려 남자들이 먼저 맛이 가는 편이다.

요기를 하러 음식점에 가서도, 그녀들은 대담하고 당당하다.

비싸고 분위기 있는 곳으로 남자들을 끌고가 자신들이 먹고 싶은 것을 아무 부담 없이 시킨다.

그래도 처음 보는 사람들인데 양심상 계산은 '적어도' 같이 하겠지 하고 생각한다면 큰 오산. 더치페이를 할 생각이었다면 그녀들은 나이트에서부터 술값 계산을 요구하지 않았을 것이니 말이다. 또한 헤어지기 전에 먼저 '에프터'를 신청하는 여자들이 있다.

"저기여, 혹시… 이번 주말이나 휴일에 시간 있으세요?"

대부분의 남자들은 이게 웬 떡이냐 싶어 쌍수를 들고 환영한다.

"아, 그거야 어렵지 않지요!"

그럼 여자는 다시 수줍게 말할 것이다.

"그럼 우리 이번 주말에 **에서 만나요. 제가 밥 한 번 살게요. 오늘은 신세 많았어요."

자신한테 에프터를 신청한 것만도 너무 황송한 남자들은 계산을 하지 않고는 배길 수가 없는 것이다.

그러나 이런 여인의 약속은 그 자리를 무사히 빠져나오기 위한 멘트성 약속에 지나지 않으니, 그 약속이 지켜지기를 기대해서는 안 된다. 약속은커녕, 여자는 돌아서는 순간 명함을 휴지통에 버린다. 그녀와 헤어진 곳에서 제일 가까운 곳에 휴지통을 뒤져본다면 알 수 있을 것이다.

간혹 그래도 예의가 있어 명함을 가지고 가는 여자들도 있으나, 그것도 그다지 좋은 징조는 아니다. 그녀가 명함을 받아 가는 이유는 단 한 가지다. 기분도 꿀꿀한데 약속이 잡히

질 않는 날 써먹기 위해, 그런 비상시를 위해 가져가는 것이
다.

결론을 내려보건대, 먼저 애프터를 신청하는 여자들은 100
퍼센트 '진정한 프로'라고 봐야 한다.

이렇듯 자칫 잘못하다가는 프로 근성을 가진 여자들에게 휘
둘려 쓸데없이 돈만
축나는 일도 생기는
것이다. '양' 같은 여
자의 테이블을 계산
해 준다면 그녀와 좋
은 시간을 보낸 후
다음을 기약할 수도

있겠지만, 반대로 '여우' 같은 여자의 테이블 계산에 나선다면
그 순간 그는 늪에 빠지는 것이다.

중요한 것은 이른바 '양' 같은 여자와 '여우' 같은 여자를 구
분해 내는 안목이니 그건 어디까지나 남자들의 몫이다.

'관'자 돌림의 나이트

　마지막으로, 알아두면 나쁘지 않을 팁 하나 얘기하고 넘어갈까 한다.

　수년 전, 나이트가 전성기를 지나 내리막길로 접어들기 시작할 무렵, 부산에서는 새로운 바람이 불기 시작했다. 나이트의 화려했던 전성기를 다시 한 번 이루어보자는 일종의 '나이트 르네상스' 운동이었을까. '술값 박리 다매'와 '테이블제'가 바로 그것이었다.

　아무리 지명 손님이라도 자신의 테이블이 다 차면 자신이 받을 수 없는 '테이블제'는 위에서 언급한 바 있고. 나이트의 쇠퇴를 '술값'으로 막아보자는 생각이었는지, 하여간 나이트에도 가격 파괴 바람이 불기 시작한 것이다.

　그리고 그렇게 해서 태어난 나이트가 바로 H관·K관·B관 등 이른바 '관' 시리즈. '관'자가 들어가는 나이트가 처음 등장했을 때에는, 그 이름만 듣고 고깃집과 헷갈린 사람들도 꽤 있었을 듯싶다.

　아무튼 이 '관'자 돌림의 나이트의 특징은 바로 가격대가 싸

다는 것이다. 기본이 2만 9
천 원, 아니면 3만 원으로,
또한 전국 공통이라는 것도
특징이다.

그 '관'자 들어가는 나이트
들 가운데서도 가장 싼 곳이
바로 'H관'이니, 술값이 거의 몇 만 원 수준이다. 양주 역시
기본이 10만 원 선으로, 십 몇 만 원이면 안주까지 곁들여 마
실 수 있으니 사실 양주 손님들에게는 껌값인 셈이다.

하지만 이렇게 저렴한 주대에도 불구하고 손님의 대부분은
성인, 즉 중년층이다. 젊은층은 보기 어려우며, 특히 '미시'들
이 많다는 것이 특징이었다.

그러나 '주 5일 근무제 도입'에 따른 자연스런 변화인가. 회
식 자리가 잦아져 직장인들이 나이트를 찾는 횟수가 늘고, 또
한 값이 싼 '관'자 돌림 나이트가 회식 자리로 인기를 얻다 보
니 요즘은 아가씨들도 심심찮게 눈에 띄는 편이다.

*따라서 주머니 사정이 가볍다면 '관'자가 들어가는 나이트에
도 관심을 가져볼 일이다. 간혹 운이 좋으면 술값도 아끼면서
멋모르고 회식 자리에 따라온 순수한 아가씨를 만날 수도 있
으니 말이다.*

마지막으로, 나의 이러한 글에 심기가 불편한 여성분들이 많
을 것으로 안다. 여성이 무슨 상품인 줄 아느냐, 외모 지상주
의를 조장하는 것이냐 등으로 비난할 수도 있을 것이다.

　물론 나는 여성을 외모로만 판단하고 그들을 상품처럼 여기는 몰상식한 사람은 아니다. 다만, 이 책은 교과서나 이론서가 아니라는 것이다. 유흥업소에서 인생의 반을 보낸 사람으로서 나는 다만 그 현장을 보다 솔직하고 생생하게 전하고 싶을 뿐이다.

　예쁘고 날씬한 여자가 인기 있고 대우받는 곳이 바로 나이트다. 따라서 나의 이러한 얘기들 역시 개인적인 생각과는 무관한, 그냥 하나의 '나이트 문화'일 뿐이다. 이를 '성 차별적인 발언'으로 볼 것이 아니라, 보다 솔직한 '나이트 문화'로 봐 주길 바란다.

인생 대역전

'당신도 인생 역전하실 수 있습니다!'

요즘 전국민을 열광케 하는 복권 열풍. 하루 아침에 벼락부자가 될 수 있다는 희망에 누구나 할것없이 복권에 매료된 것 같다. 그러나 복권에 당첨될 확률이 번개 맞을 확률보다 더 적다니 '혹시나' 한 결과는 '역시나'로 돌아가기 마련이다.

그러나 100퍼센트 운에 맡겨야 하는 복권에 비해 50퍼센트의 노력과 50퍼센트의 운으로 인생 역전이 가능한 곳이 있으니 바로 나이트다.

부킹을 통해 맺어진 남녀는 대개 하룻밤의 짧은 만남을 갖는 것이 보통. 그러나 부킹으로 시작된 인연이라고 우습게만 볼 것은 아니다. 나이트에서 그야말로 '인생 대역전'을 한 사람도 심심찮게 있기 때문이다.

나이트에서 부킹으로 만나 결혼에 성공하는 경우가 가장 빈번한 케이스. 하룻밤 가볍게 놀 생각으로 찾아왔다가 웨이터의 주선으로 인생의 반려자를 만나게 되는 것이다.

　　지금처럼 인터넷 채팅과 결혼정보회사가 보편화되기 전에는 사실 수많은 남녀들이 나이트의 부킹을 통해 만남을 가지고 결혼을 했다. 물론 모든 케이스가 다 성사되어 결혼까지 이르는 것은 아니지만, 여하튼 상당수 남녀 커플들이 나이트에서 탄생했다.

　　장소적 특성상 상대의 외모만을 보고 판단하게 될 텐데 깊게 사귈 수 있겠냐는 사람도 있겠지만, 이미 탄생한 수백 쌍의 '나이트 부부'들이 그에 대한 답이라고 본다. 나는 지금도 과거에 내가 맺어준 10여 쌍의 부부들로부터 가끔 안부 전화를 받곤 한다.

때로는 나이트가 직업 박람회장이 되는 경우도 있다. 별의별 다양한 직장을 가진 사람들이 모이는 곳이 나이트이다 보니, 때로는 부킹을 통해 취업을 하는 사람도 생겨나는 것이다.

4년제 대학을 나와 직업 설명회다, 채용 박람회다 해서 구두가 닳도록 돌아다니고 손이 닳도록 이력서를 써보았건만, 직장을 구하지 못한 사람이 부킹으로 만난 사람에게서 좋은 직장을 소개받는 경우도 생기는 것이다.

여성들이라면 부킹을 통해 하루 아침에 신데렐라가 되는 꿈을 꿀 만도 하다. 우연히 나이트에 놀러와 만난 사람이 알고 보니 모 그룹의 실세라든지, 아니면 재벌의 아들인 경우가 있는 것이다.

요즘에는 또 사정이 바뀌어 하루 아침에 백마 탄 왕자가 되는 남성들이 늘어나는 추세라고 한다. 들리는 소문에 의하면 강남의 모 유명 성인 나이트에서는 돈 많은 이혼녀를 문 한 중년 남성의 이야기가 전설처럼 되어 버려, 그 나이트는 이른바 부킹 전쟁에 줄을 서서 들어가야 할 정도라니.

부킹을 통해 인생의 반려자를 만나고 평생의 은인을 만나는 사람들을 보면, 유흥업소 종사자로서 말할 수 없는 뿌듯함을 느낀다. 그러나 '사람'보다는 오로지 '돈'을 만나러 나이트를 찾는 사람들을 보면 씁쓸해지는 것이 사실이다. 그것이 아무리 하룻밤 사랑이라 해도 말이다.

별들이 빛나던 밤

'별'들이 '밤'하늘을 화려하게 수놓던 시절이 있었다. 지금도 일부 성인 나이트에서는 가끔 인기 연예인들이 출연하는 경우가 있긴 하지만. 분명한 것은 오늘날의 연예인들은 남을 즐겁게 하기보다는, 그들 스스로가 즐겁기 위해 나이트를 더 많이 찾는다는 것이다.

과거 나이트는 인기 스타들에게 있어 제2의 방송국이었다. 간판 스타라도 한 명 데려올라치면 어마어마한 거금을 쥐어줘야 했으니, 때로는 나이트 출연료가 방송 출연료를 능가하기도 하는 것이었다. 또 나이트 무대를 많이 누빈 스타일수록 몸값이 치솟는 때였으니, 그 당시 매니저의 능력은 얼마나 많은 나이트와 계약을 맺느냐에 따라 판가름났다고 해도 과언이 아닐 것이다.

물론 모든 인기 스타들이 나이트 무대를 선호한 것은 아니었다. 개중에는 절대 밤무대에는 서지 않는 대쪽 같은(?) 연예인들도 많았다. 그러나 많은 스타들이 하루 저녁에도 몇 군데씩의 나이트를 전전하며 짭짤한 수익을 올리곤 했다.

　연예인의 출연이 나이트의 주요 행사로 부각되다 보니 그 시절 나이트에는 그들을 담당하는 이른바 연예부장이라는 것이 있었다(물론 지금도 연예인이 출연하는 나이트에는 연예부장이 있다). 이들의 첫째 임무는 연예인 섭외.

　일단 손님들은 한물 간 연예인들은 거들떠보지도 않는다. 삼류 무명 연예인들이나 인기가 하락하는 연예인들은 밤무대에서도 설 자리를 잃게 되는 것이다. 텔레비전에 얼굴 좀 비추는 연예인들이 한 달에 천만 원 이상을 챙겨 간다고 친다면, 삼류 연예인들의 월수입은 50만 원에서 70만 원에 지나지 않는다.

　출연료가 줄어드는 것은 물론, 한때는 하루가 멀다 하고 출연 요청을 해 오던 연예부장에게마저 문전 박대를 당하기 일

쑤다. 업소 측에서는 돈이 더 들더라도 이왕이면 인기인을 초
청하려 하는 것이 당연한 이치다. 방송에서 얼굴 보기 힘든
연예인들은 나이트 무대에서도 얼굴 보기 힘들어지는 것이다.

　그런가 하면 영계 나이트냐 성인 나이트냐 등, 나이트의 성
격에 따라 섭외해야 할 가수의 층도 달라진다. 가령 영계 나
이트에 현숙이나 김수희를 섭외했다고 상상해 보라. 어떤 일
이 벌어지겠는가. 또한 386세대들의 놀이터인 성인 나이트에
십대 랩퍼 가수를 불러다 놓았다면 그 얼마나 우스운 광경이
연출되겠는가.

　그러나 이렇듯 성격이 분명한 가수들이 있는가 하면, '하리
수'와 같이 모든 층의 나이트를 다 아우를 수 있는 만능(?) 연
예인도 있다. 한창 방송을 타고 있는 인기인인 동시에 '트랜스
젠더'라는 특성상 남녀노소 할것없이 모든 층의 관심을 끈다.
그러다 보니 젊은이들이 노는 영계 나이트는 물론이고, 성인

나이트에도 출연이 가능한 것이다.

일단 섭외를 했다고 해서 모든 일이 끝난 것은 아니다. 어떤 조건으로 얼마만큼 출연을 할 것이지에 대한 '출연 교섭' 역시 중요한 비즈니스이다. 재력도 없는 나이트에서 무작정 인기 스타를 쓸 수는 없는 일이다. 또한 한창 인기가 치솟는 연예인을 비싼 값에 섭외했는데, 어느 날 갑자기 한 순간의 루머나 사건에 휘말려 인기가 하락하게 되면 그것 또한 곤란해지는 것이다.

변두리에 위치한 나이트의 사정은 더욱 심하다. 나이트에 한창 출연하는 스타들치고 한 업소와만 계약을 맺은 스타는 거의 없을 거라 본다. 매니저를 비롯해 항상 많은 사람들을 달고 다니는 '스타'의 특성상 그들은 이왕이면 더 많은 나이트와 계약을 맺어야 한다. 그래야만 수지가 맞기 때문이다.

서울 시내에 있는 나이트라면 몰라도 만약 서울을 벗어나 경기도 일대에 위치한 나이트라면 움직이는 시간이나 비용을 생각해 아무래도 꺼리게 되는 것이다. 그러니 변두리는 물론 지방에 있는 나이트 업주들은 인기 스타를 모셔 오기 위해 서울의 1.5배에 해당하는 출연료를 지불해야 한다. 또 출연 계약을 맺었다 하더라도 전속 계약은 불가능하다. 며칠간의 이벤트성 출연에 그치고 마는 것이다.

가끔 나이트 광고 전단지에 '모 인기 스타 전속, 독점 출연'이라는 문구가 보이기도 하는데, 사실 대한민국 인기 스타 가운데 한 업소와만 전속 계약을 맺은 사람은 아마 몇 명에 불과할 것이다.

한 달에 며칠 출연하는 스타를 마치 일 년 내내 나오는 것
처럼 꾸며 전단지를 뿌리는 경우가 더 많은 것이다. 실제로
일부 지방 나이트를 찾은 손님들은 '누구 나온다는 광고지 보
고 갔는데 코빼기도 못 봤다느니' 하는 불평을 늘어놓기도 한
다.

따라서 인기 있는 스타를 섭외하되 효율성과 경제성도 잘
따져야 하니 그만큼 연예부장들의 어깨도 무거울 수밖에 없는
것이다. 그러나 자기만의 노하우를 가지고 능력을 십분 발휘
하는 연예부장들은 방송국 프로듀서에 버금가는 파워를 가지
고 있다. 또 그에 걸맞은 대우를 받으니, 한때 연예부장은 '황
금알을 낳는 거위'라 불릴 정도로 촉망받는 직종이었다.

연예인 섭외와 출연 교섭을 마친 연예부장들의 다음 할 일
은 바로 '시간 관리'. 밤새는 줄 모르고 돌아가는 나이트라 해
도 그 안에는 엄연한 '나이트 시계'가 돌아가고 있으니, 나이
트 출연진들에게 있어 시간 엄수는 곧 생명이다.

늦어도 20분 전에는 도착해 의상을 갈아입고 순서를 기다려
야 한다. 혹 다른 업소로 이동하는 도중 도로가 막힌다든지,
조그마한 접촉 사고라도 일어나 시간에 늦게 되면, 그 파장은
밤이 새도록 이어지는 것이다. 따라서 간혹 출연 시간이라도
어기게 되면 그야말로 연예부장들에게 혼쭐이 나게 되는 것이
다.

연예인들이 아무리 나이트 무대를 휘어잡고 있다 해도 무대
는 그들만의 것이 아니니, 디스코 걸들이 올라가는 디스코 타
임이 있는가 하면, 각종 쇼가 벌어지기는 '쇼 타임'도 있기 마

련이다. 또한 연예인 출연의 경우에도, 여러 명의 연예인들이 각각 주어진 시간에 맞추어 무대에 오르는 것이니, 한 번 시간이 틀어지기 시작하면 연속적으로 펑크가 나게 되는 것이다.

그런가 하면 나이트 출연료는 한 달 계약을 해놓고 하루하루 일수를 찍는 것이 보통이다. 다시 말해서 30일이라는 일수 숫자를 채워야만 출연료가 주어진다. 주말이다 공휴일이다 해서 마음놓고 쉬다 보면 한 달 출연료에 해당하는 액수를 두어 달이 지난 후에야 받게 되는 경우가 있는 것이다. 그러다 보니 대부분의 연예인들은 한 달 월급에 해당하는 액수를 제때 맞추어 받기 위해 휴일에도 무대에 서야만 했다.

지금은 능력 있는 매니저나 스폰서들을 잘 만나 어린 나이에 쉽게 출세하는 스타들도 종종 있지만, 그 시절의 스타들은 방송국과 밤무대를 오가며, 그야말로 피눈물나는 고생을 했던 것이다.

그런데 불과 7~8년 전부터인가. 사대문 안의 나이트가 서서히 사양길에 접어들자 '별'들의 무대도 그만큼 좁아지기 시작했다. 서울에서 변두리로, 다시 지방으로 내몰리는가 싶더니 이제 지방에서조차 대형 나이트 몇 군데를 제외하고는 연예인이 출연하는 나이트를 볼 수 없게 되었다.

　스타들이 밤무대에서 사라져 가는 것에는 텔레비전의 역할도 무시할 수 없다. 사실 그전에는 스타 얼굴 한번 보는 재미로 나이트를 찾는 사람들도 적지 않았다. 그러나 지금은 공중파는 물론 위성 방송이다 케이블이다 인터넷이다 해서 마음만 먹으면 얼마든지 연예인들이 얼굴을 들이미는 '미디어 시대'가 아닌가. 그들의 얼굴을 너무 자주 보다 못 해 '식상하다' 소리까지 나오는 지금, 연예인 얼굴 보기 위해 나이트를 찾는 사람은 없을 테니 말이다.

　더 이상 나이트 무대에 설 수 없게 된 스타들은 다시 판로를 찾아나서야 했고, 그래서 등장한 것이 바로 서울 근교의 라이브 카페다. 미사리나 양평·양수리·덕소 등에 자리잡은 라이브 카페에서 노래를 부르는 가수들의 상당수가 한때 나이트 무대에서 이름을 날리던 이들이다.

한국의 최고급 술문화를 말한다(룸살롱 이야기)

　지금부터는 당신을 VIP고객으로 모시고 술집 중의 가장 으뜸이라는 '룸살롱'으로 안내할까 한다.

　10여 년이 넘는 나의 인생이 흘러간 곳이자 현재도 내가 몸담고 있는 곳. 드러내놓고 표현하는 사람은 없겠지만 여자들에게는 미지의 대상이요, 남자들에게는 선망의 대상인 곳인 바로 룸살롱이 아닐까 싶다.

　예쁜 아가씨들 옆에 두고 술 마시는 곳인 것만은 분명한데, 과연 그 곳에서는 무슨 일들이 벌어지고 있는 건지. 일반 여성들에게 있어 룸살롱은 알려야 알 수도 없고, 마음대로 궁금해 할 수도 없는, 그저 남자들만의 성역일 뿐이다.

　그런가 하면 남자들에게 있어 룸살롱 출입은 '사회적 성공'을 의미하는 곳이기도 하다. 말끔하게 정장을 차려입고 최상의 서비스 속에서 최고급 술을 마셔가며 품위 있는 비즈니스를 할 수 있는 곳. 돈도 돈이지만 그보다는 '성공'이란 이미지와 더 가까운 듯한 술집이 바로 룸살롱인 것이다.

　값비싼 술과 향락이 존재하는 유흥업소인 것만은 분명하지

만, 그렇다고 룸살롱이 뭇 여성들이 생각하듯 '비밀의 화원'인 것은 아니다. 주변에서 만날 수 있는 평범한 우리 이웃들의 일터이자, 그들이 꾸려가는 또 하나의 사회가 바로 룸살롱이다.

한국의 기업 문화를 이야기함에 있어 빼놓을 수 없는 것이 바로 룸살롱일 정도로, 그 안에서는 수많은 접대가 이루어진다. 그러나 그렇다고 해서 뭇 남자들이 꿈꾸듯이 그럴 듯한 비즈니스만이 이루어지는 곳이 룸살롱인 것은 아니다.

우리나라의 술 문화를 대표한다고도 할 수 있는 룸살롱. 내 삶의 터전이기도 한 룸살롱을 옹호할 생각도, 그렇다고 비난할 생각도 없다. 내가 전하고 싶은 것은 '룸살롱'의 실체이자 그대로의 모습이다.

본격적으로 룸살롱을 말하기에 앞서, 우선 내 어린 시절로 거슬러 올라가 볼까 한다. 룸살롱의 옛 모습 내지는 전신(前身)이라고 해야 할까? 내가 자라면서 보아온 룸살롱의 과거를 이야기하고 싶다.

사실, 룸살롱이 오늘날과 같은 구색을 갖춘 지는 그리 오래
되지 않았다. 소년 시절이었던 70년대만 하더라도, 내부에 몇
개의 룸만 갖추었다 하면 룸살롱으로 통했으니까.

물론 그 시절에도, 유명한 인사들이 드나들던 일부 룸살롱들
은 어느 정도 모양새를 갖추고 있었지만, 일반 대중들은 고급
한정식집 같은 요정이나 룸을 갖춘 나이트도 모두 '룸살롱'으
로 표현했다. 그런가 하면, 과거 70년대에는 변두리나 지방의
작은 술집들조차 방만 갖추었다 하면 간판 밑에 조그맣게
'room salon'이라고 표기하기도 했다.

하여간 과거에 '룸살롱'이라고 하면 그야말로 '룸'을 갖춘 술
집을 말했던 것 같으니, 그렇게 거슬러 올라간다면 룸살롱은
6·25 피난 시절의 '홍등가'에서부터 시작되는 셈이다.

홍등가의 아이, 정우

앞서 가장 첫머리를 '포장마차'로 시작했는데, 사실 포장마차보다 앞서 얘기해야 했었다. 6·25로 인해 피난 생활이 시작되었을 때 피난민들의 향수와 애수를 달래주던 술집이 있었으니 바로 '홍등가'다.

주인 여자의 흐느적거리는 젓가락 장단에 맞추어 〈굳세어라 금순아〉, 〈홍도야 울지 마라〉 등의 노래가 흘러나오던 곳. 이리저리 쫓기며 방랑 생활을 할 때 홍등가는 잠시나마 삶의 시름을 잊을 수 있는 피난처와 같은 곳이었으니, 지금 팔십이 넘으신 어르신들에게 있어 그 곳은 아련한 추억의 한 페이지일 것이다.

이 좁은 땅덩어리에서 남으로 남으로 밀려올 수밖에 없었던 피난민들. 그래서인지 '홍등가' 하면 부산을 비롯하여 남쪽에 위치한 항구, 포구의 홍등가가 유명했다.

그런가 하면 내가 나고 자란 속초에서도 항구를 중심으로 홍등가가 밀집해 있었으니, 아마도 남한 최북단이란 지리적 특성상 실향민들에게는 가장 '고향 같은' 땅으로 여겨졌기 때문은 아닐까 생각된다.

사실 속초에는 실향민들이 많다. 평양이나 함경도에서 온 피난민들이 고향에 돌아갈 수 없게 되자 속초의 청호동이란 곳에 뿌리를 내린 채 지금도 남북 통일만을 기다리며 사는 것이다.

비록 나는 6·25세대는 아니지만, 어쨌든 내 고향 속초는 전쟁의 흔적인 '홍등가'를 품고 앉은 곳이었다. 어찌 보면 룸살롱의 모체라고도 할 수 있는 '홍등가'. 내가 60년대에 겪은 (?) 속초의 홍등가 이야기를 잠깐 하고 넘어갈까 한다.

내가 유년기를 보낸 60년대의 속초. 그때는 오징어와 미역·꽁치·명태 같은 수산물들로 한창 대풍을 이루던 시절이었다. 미역철이면 해변가는 물론 동네의 좁은 공간까지 어김없이 미역이 자리를 잡고, 겨울철이면 각종 젓갈 담그는 냄새가 진동하던 때였다.

그 시절, 마을 사람들의 일터이자 삶의 터전이었던 부둣가에 자리하고 있었던 홍등가. 그 곳은 뱃사람들의 사교장이자 내 친구 정우의 집이기도 했다.

정우의 아버지는 오징어를 잡으러 나갔다가 풍랑에 휩쓸려 실종되었다고 한다. 남편의 생사를 알 수 없게 된 정우의 어머니는 네 명의 아이들을 먹여 살릴 궁리를 해야 했고, 그렇게 해서 시작한 것이 바로 홍등가였다.

당시 속초의 술집은 속초항과 중앙동에 위치한 중앙시장 안에 밀집하여 있었고, 형태는 홀과 함께 '룸'이 비치된 작은 술

속초의 저녁 노을

집들이 대부분이었다. 당시 내 또래의 아이들을 둔 엄마들이 간혹 이런 곳에서 장사를 하곤 했는데, 친구 정우의 엄마는 항구 홍등가에 자리를 잡게 된 것이다.

정우네 가게는 장사와 살림을 겸하고 있었다. 테이블이 서너 개가 있는 홀이 하나 있고 방이 두 개 있어서, 방 하나는 정우네 가족들이 쓰고, 다른 하나는 두 명의 접대부 아가씨들이 사용했다. 물론 손님이 오면 방은 살림집이 아닌 '접대 룸'으로 변했으니, 다용도 방이었던 셈이다.

정우네 가게가 바닷가 바로 앞에 있었기 때문에 나는 가끔 낚시를 하고 놀다가 정우네 집에 들르곤 하였는데, 그때마다 정우의 엄마는 항상 술에 취해 있었던 것 같다. 오후 한두 시밖에 되지 않았을 시간에 벌써부터 술에 절어 버린 친구의 엄마. 그녀는 홀에 딸린 방에 앉아 젓가락으로 밥상을 두드리며

노래를 부르곤 했었다. 물론 아들인 정우와 친구인 나는 안중
에도 없었고 말이다.

　그런가 하면 또 이런 일도 있었다. 그 날은 수업을 일찍 마
치는 대신 단체 영화를 보러 가는 날이었다. 정우와 나는 책
가방을 두고 극장에 가려는 생각으로 잠시 정우네 집에 들르
게 되었다.

　그런데 정우네 집엘 와보니 그야말로 태풍이 지나간 자리가
따로 없었다. 알고 보니 점심에 들른 뱃사람들(그 곳에서는 뱃
놈들이라고 한다)끼리 싸움이 붙은 모양이었다. 홀에 있는 테
이블에서 뱃놈들 몇 명이 술을 마시고 있었는데, 방 안에 돈
좀 있는 선주와 선장들이 든 것이다. 당연히 접대부 아가씨들
은 그 방에만 신경을 쓰게 되고, 두 명의 아가씨 모두 홀에는
잠깐씩 얼굴만 내비칠 뿐 방에서 나올 줄을 모르니, 홀에 있
는 뱃놈들이 그야말로 스팀이 돈 것이다. 그렇게 해서 정우의
집은 뱃놈들이 벌이고 간 한판 싸움에 폭탄 맞은 자리로 변했
던 것이었다. 그러나 그나마 이런 일은 '술집이니까' 이해하고
넘어갈 수 있는 편에 속한다.

　당시 정우네 가게에는 '명희'라는 이름의 시골 처녀가 한 명
와 있었는데, 그 집의 단골이었던 대동호 선원들을 비롯해 많
은 남자들의 인기를 한몸에 얻던 아가씨였다. 그러니 자연히
정우네 집은 이 아가씨 한 명으로 인해 매일 새벽부터 손님들
이 들끓기 시작했다.

　어찌됐건 정우네를 먹여 살리는 손님들이니 마다할 순 없는
일이었지만, 문제는 이들이 통금 시간을 교묘히 이용한다는

것에 있었다.

통행 금지 시간이 있었던 당시에는, 사이렌이 울리는 11시 30분 이후에는 돌아다닐 수가 없었다. 특히 속초는 최북단 시였기 때문에 방공이 엄격했고, 특히 야간 경비가 심했다.

하여간 모든 술집과 음식점들이 이 시간 이후에는 소등을 해야 했고, 만약 심야에 술을 팔거나 거리를 활보했다가는 바로 즉결 심판으로 넘어가는 것이다.

그러다 보니 손님들 중에는 이를 이용해 정우네 집에서 하룻밤 신세를 지려는 무뢰한들이 꽤 많았다. 인기 있는 아가씨 '명희'는 물론, 가끔은 정우의 엄마와 연민의 정을 나누고 싶은 남자들이 일부터 통금 시간까지 죽치고 앉아 있는 것이다.

방이라곤 두 개밖에 없는데, 정우네 가족이 자야 할 방에 술에 취한 주정뱅이들이 쓰러져 자고 있기라도 한다면 정우에게 있어 그 날 밤은 '이미 샌 것'과 다름이 없었다.

단골이라 섣불리 쫓아낼 수도 없고, 만약 쫓아낸다고 해도 바로 잡혀가 정우네 술집까지 난리가 날 것이니, 이불을 덮어주는 것밖에는 도리가 없는 것이었다. 아버지도 아니면서 한 이불을 덮게 된 그 남자가 밤새 꽥꽥거리며 토하는 것은 차라리 나았다.

술에 취하면 정말 눈에 뵈는 것이 없는지, 심지어 아이들 옆에서 자고 있는 정우 엄마를 건드리려는 남자들도 있었으니까. 필사적으로 울며 매달리는 정우와 그런 정우에게 손을 드는 낯선 남자, 그리고 그 남자에게 사정을 하는 엄마로 인해 정우는 뜬눈으로 밤을 지새워야 하는 일이 많았던 모양이다.

학교에 온 친구 녀석이 하루 종일 꾸벅꾸벅 조는 날이라든지, 체육 시간에도 운동은 하지 않고 운동장 양지쪽에서 애처롭게 졸고 있는 날은 정우가 어젯밤 또 한 차례 시련을 겪은 것으로 봐야 했다.

그러나 정말 아이러니컬하게도, 그토록 장사가 잘 되는 정우네였건만, 정우는 항상 굶주려 있었던 것 같다.

그 당시 학교에서는 육상 부원들에게 옥수수빵을 나누어 주곤 했는데, 잘 뛰지도 못하는 정우가 오로지 이 빵을 먹기 위해 육상부에 들어간다는 것이었다. 술집을 하니 돈도 많고 먹을 것도 풍족히 먹을 줄 알았었는데, 알고 보니 정우는 매 끼니를 남은 술안주로 때우고 있었다는 것이다. 손님들이 남기고 간 동태 찌개나 도루묵 찌개를 데워 먹는 것이 다였는데, 술꾼들의 행동에 질려 버린 어린 정우는 이제 안주만 봐도 구역질이 난다는 것이었다.

실제로도 정우네 집은 겉모양에 비해 그다지 풍족하진 않았던 것 같다. 정우네 집을 찾은 술꾼들이 모두 돈을 내고 먹는 것이 아니었으니, 돈 대신 자신들이 잡은 고기를 들고 오는 사람도 꽤 많았다고 한다.

하여간 내 친구 정우는 자신의 집이 되어 버린 '홍등가'로 인해 꽤 불행한 어린 시절을 보냈다. 그러고 보니 그 시절에는 무얼 조금만 잘못해도 무조건 구속감이었는데, 왜 술꾼들에 대한 제재만은 그렇게 느슨했는지 모르겠다.

박정희 대통령이 '새마을 운동'에 쏟아부은 노력의 절반만큼이라도 '음주 문화'에 관심을 가졌다면 내 친구 정우가 그렇게 불행한 유년 시절을 겪지도, '전 국민의 20퍼센트가 알코올 중독'이라는 오늘에 이르지도 않았을 텐데 말이다.

지금은 어디에서 무얼 하고 있는지. 만약 이 친구가 지금 국회의원이나 법무부 장관이라도 되었다면 일단 '술꾼들 다루는 법'부터 만들었을 거라는 생각이 든다. 여하튼 내 친구의 집이자 술집 역사의 한 페이지를 장식하는 '홍등가'는 나에게 많은 의미를 가지는 술집이다.

법원 공무원 연수

‘룸’을 찾는 사람들

　본격적인 ‘룸 이야기’에 들어가기 앞서 먼저 밝혀두고 싶은 것이 있다. 내가 말하는 ‘룸살롱의 모태’나 ‘룸살롱의 역사’ 등을 절대적인 것으로 보진 말아달라는 것이다.

　룸살롱의 출발을 피난민들의 ‘홍등가’로 보는 내 생각과는 달리, 다른 견해도 분명 존재할 거라 본다. 사실 ‘룸살롱이 어디서 어떻게 시작되었다’는 것은 섣불리 단정지을 수 있는 성질의 것이 아니다. ‘1 더하기 2는 3이다’와 같은 절대적 진리가 아닌 이상 여러 의견들이 있을 수 있다는 것이다.

　따라서 내가 지금까지 말한 부분과 아울러, 이제부터 말할 내용들 역시 어디까지나 룸살롱과 함께 10여 년을 보낸 종사자로서의 체험과 판단에서 비롯된 것임을 염두에 두길 바란다.

너희가 '룸'을 아느냐

　룸이란 말 그대로 사방이 밀폐된 곳이다. 쉽게 말해 '방'에서 서빙하는 여자들을 옆에 두고 술과 음식을 먹는 곳이다. 내가 룸살롱의 모체를 '홍등가'에서 찾은 것도 이 때문이다.

　생각해 보면 사실 그때나 지금이나 특별히 달라진 것은 없다. 한국의 전통 막걸리나 소주가 전량 수입 양주로 바뀐 것, 아가씨들의 질이 나아진 것, 그리고 인테리어가 고급스러워진 것을 제외하면 말이다.

　80년대 초만 하더라도 '룸살롱'이란 대개 요정을 뜻했다. 종로의 O요정이나 삼청동의 S요정, 그리고 시내의 고급 한정식 집이 일부 사회 인사들을 대상으로 오늘날의 룸살롱과 같은 영업을 해 왔던 것이다.

　요정은 알다시피 여러 개의 방으로 이루어져 있다. 다만 그 방이란 것이 '안방' 스타일이라는 것과 술 못지않게 '요리'가 중요하게 취급되었다는 것에 차이가 있다. 주대는 보통 1인당 금액제로 받았는데, 술상에 따라 요금을 받는 곳도 있었다.

　흔히 '밀실 정치의 요람'이라고 더 많이 알려진 요정. 그래서

그런지 요정은 단순한 '유
흥업소'라기보다는, 일부 중
산층이나 경제적으로 안정
된 부유층들이 밀담을 나누
는 장소에 가까웠다.

그런가 하면 일부 샐러리
맨들이 정기적으로 드나들
면서 인기를 끌던 미아리
텍사스촌이나 용주골 등의
윤락가 역시 룸살롱 같은

스타일을 하고 있다. 진짜 룸살롱과의 차이라면 주목적이 '윤
락'에 있기 때문에 룸에서 술 마시는 시간이 길지 않다는 것이다.

텍사스촌의 룸에서는 아가씨를 옆에 두고 술을 마시긴 마시
되 여유를 가지고 여흥을 즐기며 마시지 않는다. 짧게 술을
마신 후에는 흩어져서 재빨리 2차를 해결한다. 그야말로 신
속, 정확이다. 대부분은 1시간 이상을 소요하지 않는다.

물론 경제적인 여유만 있다면 아예 문을 닫고서 아도(전세)
를 내어 놀 수도 있다. 가끔씩 그러는 사람들도 있긴 하다.
그러나 대부분은 정해진 시스템에 따라 재빨리 이용(?)하고
가는 것이 보통이다.

7, 80년대 당시에도 강남이나 사대문 안에서 '룸살롱'이란
간판을 내걸고 꽤 모양새를 갖추어 영업을 하는 곳이 몇 군데
있기는 했다. 그러나 일반인들에게 많이 알려지지는 않았으니
사람들에게 '룸살롱'으로 더 많이 알려진 곳은 아마 변두리의

조그만 술집들이 아니었나 싶다.

앞에서 잠깐 얘기했던 것처럼, 변두리의 조그만 술집들 역시 몇 개의 내실을 갖춘 후 엄연히 '룸살롱'이란 이름을 달고 영업을 했다. 물론 정통 룸살롱과는 질 면에서 하늘과 땅 차이지만 말이다.

나에게도 이로 인한 에피소드가 하나 있으니, 그때가 아마 군 입대를 앞둔 70년대 중반 즈음이었던 것으로 기억된다. '룸살롱'이라고 씌어진 찻집 스타일의 작은 술집에서 술을 먹은 일이 있었는데, 그 이후 '룸살롱에서 술을 먹었노라'며 자랑을 하고 다니던 적이 있었다. 지금도 가끔 생각이 나곤 하는데, 정말 우스운 일이 아닐 수 없다.

그런데 2, 30년이 지난 오늘날에도 진정한 '룸살롱'이 무엇인지를 아는 사람은 우리 국민 중 그다지 많지 않은 것 같다. 비즈니스 클럽이나 미인촌·단란주점을 룸살롱으로 착각하는 사람들이 부지기수다. 또한 '노래 클럽'엘 다녀온 후 '룸살롱을 다녀왔다'고 하는 사람들도 있는데, 이는 그나마 나은 편이다. 'room salon'이라고 씌어진 변두리 술집을 진짜 '룸살롱'이라 여기는 사람들도 있으니 말이다.

시골에서 방앗간을 운영하고 있는 최 이장. 동네에선 그래도 손가락 안에 드는 유지요, 읍내만 나가도 어깨에 힘깨나 들어가는 사람이다. 그러던 최 이장이 하루는 기계 하나 장만할 생각으로 청계천에 왔다. 버스 정류장에 내려 시간을 보니 저녁 7시 반. 청계천 상가는 7~8시면 거의 문을 닫는 것을 그만 깜빡한 것이다.

‘에이, 할 수 없다. 이 부근에서 자고 내일 아침 일찍 기계 사서 내려가야지. 시간도 때울 겸 어디 가서 한잔할까?’

저녁을 먹고 이곳 저곳을 기웃거리던 최 이장의 발길이 ‘황진이’라는 간판에 ‘room salon’이라는 글자가 새겨진 술집 앞에 멈춘다. 여기가 바로 말로만 듣던 ‘룸살롱’인가, 어디 한번 구경이나 해 볼까 하고 문을 연다. 들어가 보니 테이블 서너 개가 있는 홀에 방이 하나 딸린 작은 술집이다. 허름한 찻집 스타일인 모양새를 보니 술값도 그다지 비쌀 것 같지는 않다.

그러나 시골에서 상경한 최 이장의 등장에 눈이 휘둥그래진 주인 마담은 이게 웬 떡이냐, 오늘은 이것으로 장사 끝이다 싶다.

“어머 사장님! 전번에 오셨던 분이죠? 그 동안 왜 그렇게 뜸 하셨어요. 어서 앉으세요.”

‘황진이’라는 술집은 물론 청계천도 오늘이 처음이건만 마담의 간드러지는 호들갑에 최 이장은 나름대로 시치미를 떼고 넘어간다.

“애, 영희야! 오랜만에 오빠 오셨어! 너 오늘 잘 해드려야 해~ 그리구 아영이도 나와서 인사드리라고 해. 우리 오빠 오늘 지방 출장 갔다 온 모양이다.”

그렇게 해서 시작된 술자리. 처음엔 홀에 있는 테이블에 앉아 맥주 몇 병으로 시작한다. 그러다가 어느 정도 분위기도 무르익고, 또 오늘은 다른 손님받기 글렀다 싶으면 그 때부터 본격적인 ‘수작’이 시작되는 것이다.

“아 참, 영희야. 그러지 말구 우리 오빠 룸으로 안내해 드려라.”

'룸살롱'이란 간판에 끌려 들어오긴 했지만, 막상 '룸'이란 말을 들으니 도대체 그 안에서 무엇을 하는 건가 궁금하기도 하고, 또 조금 망설여지기도 한다.

먼저 룸으로 들어간 아가씨들의 성화에 못 이기는 척 발을 들여놓은 최 이장. 그 룸이란 것은 다름 아닌 그들의 숙소였다. 주인 마담과 아가씨들의 옷가지가 너저분하게 걸려 있고, 옆에는 쪽문이 하나 더 달린 방이었던 것이다.

'이런 것을 룸이라고 하는구나. 쳇, 별것 아니네….'

여하튼 이렇게 '룸'이라고 해서 막상 들어가고 나니 그 다음부터 마담이 한다는 소리가,

"영희야, 그리고 아영아. 오늘은 그냥 다른 손님받지 말아라. 그리구 오늘 우리 오빠 맥주만 마셔서 배부르겠다. 어디 계속 먹겠니? 그러지 말고 그거 한 번 가져와 봐. 높은 사람들이

즐겨 먹는다고 신문 광고에 선전하는 것 말야."

　기껏해야 방앗간 사장님, 동네 이장님 대우에 우쭐하던 사람이 그야말로 최고의 귀빈 대접을 받는 것이다. 마담과 아가씨들의 수작에 정신이 쏙 빠져 버린 최 이장. 술에 취하고 분위기에 취해 양주가 얼마인지, 몇 병이 들어왔는지도 모른다. 그렇게 룸살롱 아닌 룸살롱에서 몇 시간 술을 마시고 난 후 계산서를 보니 백 만원이 넘는다. 기계고 뭐고 다 물 건너간 것이다.

　'홀 안에 방도 있고, 듣던 대로 술값도 눈이 뒤집히게 비싼 것으로 보아 룸살롱은 룸살롱인가 보다.'

　기계 사러 상경했다 우연히 '룸살롱 아닌 룸살롱'의 맛을 본 최 이장은 평생을 그런 착각 속에서 살아가는 것이다.

　이는 비단 시골에서 상경한 최 이장의 경우에만 해당되는 것은 아니다. 나이 60이 되도록 평생을 룸살롱 한 번 못 가본 사람들이 허다한 것이 사실이다. 그나마 지금은 사대문 안의 나이트 클럽 중 상당수가 룸살롱으로 바뀌다 보니 일반 샐러리맨들도 상사나 동료를 따라 가 볼 기회가 많아지긴 하였다. 그러나 몇 년 전까지만 하더라도 일반인들에게 있어 '정통 룸살롱'은 쉽게 접할 수 없는 곳이었다. 제 아무리 잘 나간다고 큰소리치는 사람들도 진정한 룸이 무엇인지, 정통 룸살롱이 어떤 곳인지는 잘 모르는 것이 대부분이었다.

　시내의 고급 룸이나 강남의 룸살롱들은 들어가는 입구부터가 웅장하다. 바닥에는 고급 대리석이 깔려 있고, 말끔한 정장을 한 마담들과 붉은 조끼에 검은 나비 넥타이를 맨 웨이터들이 죽 늘어서서 인사를 한다. 그들의 우렁찬 인사 복창을 들으며 그 사이를 걸어 들어오는 것이 정통 룸살롱의 패턴이자 모양새니, 그야말로 입장하는 순간부터 손님은 '왕'이 되는 것이다.

이렇듯 정통 '룸살롱'이 버젓이 눈을 뜨고 있건만, 일반인들은 '룸'이라는 글자에만 현혹되어 룸을 갖춘 미인촌이나 노래클럽 등에서 술을 마시고는 '룸살롱에 다녀왔다'고 하는 것이다. 어쨌든 밀폐된 공간인 '룸'에서 술을 마셨으니 '룸살롱'이라는 것이다.

물론 '미인촌을 룸살롱이라 했다'고 큰일이 나는 것은 아니다. 룸이건 마당이건 그 판단은 손님의 몫이다. 다만 보다 세련된 음주 문화를 위해 이왕이면 제대로 알고서나 드나들자는 것이다.

한때 '룸'으로 통했던 요정도 윤락가도, 물론 단골로 드나드는 남자들도 꽤 있긴 하지만, 그래도 그리 대중적이진 못한 편이다. 더욱이 이들은 사양길에 접어든 지 오래인데, 사실 '룸살롱'이 보편화되기 시작한 것은 얼마 되지 않았다. 그렇다면 '룸살롱'이란 것은 과연 언제부터 어떤 방법으로 우리 골목골목을 점령하기 시작한 것일까.

'룸'이 대중 속으로 파고든 계기는 나이트의 활성화와 관련이 있다. 나이트를 찾은 일부 계층의 손님들이 나이트 안에 자리한 룸으로 들어가기 시작하면서 '룸'의 개념이 점차 알려지게 된 것이다.

나이트에서 룸으로

　요정, 윤락가와는 달리 '나이트'는 남녀 모두에게 비교적 '열린' 장소다. 다시 말해 누구든 부담 없이 드나들 수 있는 곳이다. 친구는 물론 직장 동료, 상사, 심지어는 부모와도 함께 동행할 수 있는 곳이 바로 '나이트'다.

　이런 나이트가 가진 단점이라면 '홀'이 가진 지나친 개방성이라고나 할까. 스테이지를 중심으로 탁 트인 공간이다 보니 옆테이블의 사람에게 신경도 쓰이고 마음 편하게 술을 마실 수 없는 것이 사실이다. 또한 시끄러운 음악 소리 때문에 사업차 만난 파트너와의 비즈니스 장소로는 이용할 수 없다는 단점도 있다.

　그러다 보니 모양새를 중시하는 양주 손님이라든가, 남의 시선을 의식하는 손님들을 중심으로 '룸'을 찾는 사람들이 늘어나게 된 것이다. 품위 있는 분위기에서 술도 마실 수 있고, 또 아무리 선수 같은 아가씨가 옆에 앉아도 남의 이목을 신경쓸 필요가 없기 때문이다.

　'룸을 선호하는 것'은 업소의 입장에서도 마찬가지다. 매상으로 따져보아 홀에서 기본 맥주를 마시는 손님보다는 룸에서 양주를 마시는 손님이 더 반가울 수밖에 없다(룸은 일단 100 퍼센트 양주 손님으로 봐야 한다). 또한 같은 양주를 마셔도 홀에서 마시는 것과 룸에서 마시는 것에는 차이가 있다. 룸에서 마시는 손님들은 밴드를 부르기도 하고 업소 아가씨를 찾기도 하기 때문에 여러 가지로 돈벌이가 쏠쏠할 수밖에 없는 것이다.

경제적으로 여유가 있는 사람이라면 이왕 마실 거 좀더 좋은 분위기에서 마시고 싶어하는 것은 당연한 일이다. '룸'을 찾는 사람들을 이해하지 못하는 것은 아니다. 다만 한 가지 기이한 현상은, 이젠 돈이 있고 없고를 떠나 누구나 다 '룸'을 찾는 시대라는 것이다.

내가 나이트에 근무할 시절만 해도 나이트의 룸은 일부 경제적 여유가 있는 사람들의 전유물이었다. 주가가 상한가를 쳤다든지, 보너스를 탔다든지, 경마나 카드, 또는 고스톱 등에서 대박이 터졌다든지. 이런저런 사유로 주머니가 두둑해진 사람, 아니면 성격상 개방된 공간에서 술 마시기를 싫어하는 일부 사람들이 '룸'의 고객이었다. 소수를 제외한 대부분의 사람들은 그냥 홀에서 놀았던 것이다.

그러던 것이 약 5~7년 전부터인가. 들어오면 아예 홀은 쳐다보지도 않고 룸으로 직행하는 손님들이 늘어나기 시작했다. 언제 그렇게 돈을 모아 다들 부자가 된 것인지. 아니면 돈이 없어도 자존심 하나 믿고 과감히 '출혈'을 하는 것인지.

아무튼 사람들이 '룸'으로 몰리기 시작하면서 때아닌 룸 싸움

이 벌어지기 시작했다. 강
남은 물론 강북까지도, 일
부 명성 있는 나이트의 경
우 조금만 늦게 가도 룸을
차지하기 힘들어진 것이다.
  '룸 쟁탈전'에서 이길 수
있는 가장 확실하고 단순
한 방법은 '일찍 오는 것'.
그러나 퇴근 후 바로 나이
트로 출근한다는 것은 가
까운 친구 사이라면 몰라
도 비즈니스나 접대 차원

에서는 사실 불가능한 일이다.

  비즈니스에서는 일단 한두 시간 여유를 가지고 식사를 하면
서 중요한 얘기를 비롯해 이런저런 이야기를 하는 것이 우선
이다. 반주로 어느 정도 취기가 올라 약간 알딸딸한 기분이
되면 그때 '룸'으로 이동해 본격적으로 술을 마시는 것이다. 1
차에서 다져둔 비즈니스의 '확인 절차'라고나 할까.

  아무튼 이들 '룸 족'들의 특징은 '룸에 죽고 룸에 산다'는 것
이다. 다시 말해 홀에는 잠시도 있지 않으려 한다. 간혹 룸이
다 차 있어 잠깐 홀에서 기다려 달라고 하면 "할 수 없지 뭐.
다른 곳으로 가야지" 하며 나가버린다.

  그러면 손님 입장도 입장이지만, 우선 업주들만 해도 맥이
풀려 버리는 것이다. 사실 20~30개의 맥주 기본 테이블에

해당하는 매상을 단 한 테이블에 올려주는 손님이 바로 '룸 손님' 아닌가. 홀에 있는 백 개의 테이블을 모두 채워 맥주를 팔아본들 서너 개의 룸 손님만 못한 것이다.

그런가 하면 영양가 없는 맥주 손님 끌어모으기 위해 괜히 겉모습만 번지르르하게 대형 간판 내걸어 놓으니 그래도 '나이트'라고 관공서 공무원들 눈치 보기 바쁘다. 그러나 나이트의 룸은 실질적으로 규제를 받지 않으니, 손님만 얌전히 놀다 가면 매상을 비롯해 모든 면이 일사천리로 해결되는 것이다.

손님의 관심사가 바뀌기 시작하자 업주들의 생각도 바뀌기 시작했다. 10~20년간 명성을 떨쳐온 시내의 유명 나이트 클럽들조차 서서히 '룸'으로 변하기 시작한 것이다.

밤이면 밤마다 불야성을 이루던 시내의 P호텔 나이트. 인기 스타들조차 그 무대에 한 번 서보는 것이 소원이었을 정도로 유명했던 P호텔 나이트가 '룸'으로 개조된 것이 그 시초가 아니었나 싶다.

한두 군데의 유명 나이트가 룸으로 변하는가 싶더니, 서울 시내의 주요 나이트들도 모두 따라서 룸으로 옷을 갈아입기 시작했다. 정들었던 나이트를 넘기며 허전한 발걸음을 돌리던 일부 업주들 중에는 재기를 위해 다시 한 번 영업을 시도하는 이들도 있었지만, 그들에겐 '대세'를 거스를 만한 힘은 없었다.

대한민국 사대문 안의 나이트가 거의 룸살롱으로 변해 버린 오늘이 있기까지는, 이렇듯 일부 국민들의 자발적인(?) 참여가 있었던 것이다.

　　업주들이 룸살롱을 만든 것이 아니다. 물론 매상으로 보아 맥주 손님보다 룸 손님이 반가운 것은 어쩔 수 없는 일이다. 하지만 업주가 아무리 그렇다 해도 룸 손님이 많지 않다면 룸을 늘릴 필요도, 나이트를 아예 룸으로 바꿀 일도 없는 것이다. 손님들 자체가 고급화되면서 분명 룸에서 술 마실 처지가 아닌데도 우리 고유의 ‘자존심’만 가지고 룸을 찾는 것이다. 나이트에 오면 예전과 같이 홀에서 부킹도 하고 스테이지에 나가 춤도 추며 노는 것이 정상인데, 마치 자신이 무슨 재벌 그룹의 임원이라도 되는 듯, 무슨 대단한 비즈니스라도 하는 듯 룸으로만 들어가는 것이다.

　　사실 나이트를 룸으로 바꾸는 것은 절대 만만한 일이 아니다. 나이트 경영도 물론 쉬운 일은 아니지만, 룸을 경영하기 위해서는 더욱 많은 노하우와 자본·인력이 필요한 것이다.

그럼에도 불구하고 업주들은 '울며 겨자 먹기'로 룸을 선택할 수밖에 없었던 것이다.

나이트의 몰락을 되새겨보는 지금, 언젠가 텔레비전 다큐멘터리에서 본 한 장면이 떠오른다. 알을 품고 있던 어미 문어가 새끼들이 부화하는 순간 자신의 몸을 그들의 먹이로 내어주는 것이었다.

나이트를 찾는 손님들 중 극소수를 위해 몇 개 비치해 두었던 '룸'에 잠식되어 버린 '나이트'를 생각할 때 느닷없이 '문어의 모정'이 떠오르는 이유는 무엇일까. 자신이 품고 있던 '룸'에게 자리를 빼앗긴 나이트의 생명이 언제까지 이어질 수 있을는지. '대세'에 따라 어쩔 수 없이 나이트에서 룸살롱으로 옮길 수밖에 없었던 나 역시 '나이트'를 생각하면 마음 한쪽이 아련해진다.

여하튼 이렇게 해서 '룸살롱'이 하나둘 문을 열기 시작했고, 양주만을 취급하는 룸살롱의 특성상 손님들의 입맛도 고급화되기 시작했다. 위스키 소비가 상승 곡선을 이루는가 싶더니, 급기야 얼마 전에는 세계 술 소비 1위에 양주 수입 2위국이라는 오명을 기록하기에 이른 것이다.

참 많이 변한 것이다. 국민 소득 수준과 GNP는 둘째 치고라도, 그 독한 양주 소비에 있어서 추위를 이기려고 독주를 마시는 러시아를 물리치고 당당히 1위를 차지한 것이다. 그러고 보면 우리는 참으로 대단한 민족이다.

'룸'들의 전쟁

겉으론 화려한 네온사인을 두르고 안으론 고급스런 인테리어로 치장한 룸살롱. 통크고 손큰 술꾼들의 출입으로 하룻밤에도 수천만 원이란 거금을 거저 쓸어담는 곳. 일반인들이 생각하는 룸살롱이란 아마 이런 곳이 아닐까 싶다.

결론부터 말하자면 이는 큰 착각이다. 지금부터 룸살롱의 또 다른 얼굴들, 화려함과는 거리가 먼 룸살롱의 내면을 얘기할까 한다.

우후 죽순처럼 생겨난 업소들 틈에서 살아남기 위해 룸살롱들은 오늘 하루도 치열한 생존 경쟁을 벌인다. 좀더 나은 아가씨를 유치하기 위해 제 살 깎아먹기인 줄 알면서도 출혈을 마다 않는다. 이 출혈은 그대로 웨이터들에게 돌아오고, 이에 더해 웨이터들은 손님들이 '빚으로 지고 간' 술값까지 짊어진 채 거리로 내몰린다.

신고합니다!

　간혹 룸살롱과 단란주점의 차이도 모른 채 단란주점에서 아가씨를 찾는 남자 손님들이 있다. 단란주점에서는 아가씨의 접대를 받을 수 없으니, 혹 그런 경험이 있다면 그건 업주가 불법 영업을 한 것이라고 보면 된다.

　그러나 무턱대고 불법 영업을 한 업주만을 나무랄 수도 없는 일이니, '아가씨가 단란주점으로 간 이유'는 바로 무지한 손님들 때문이다. 단란주점에는 당연히 아가씨가 있을 것으로 알고 아가씨를 찾는, 심하게는 행패를 부리는 골치 아픈 손님들 때문에 업주는 '위험'을 감수하고 모험을 할 수밖에 없는 것이다.

　단란주점에 접대부를 두는 것은 법적으로 용서받지 못한다. 따라서 단란주점에서 아가씨를 구하는 일은 사실 쉬운 일이 아니다. 그것은 접대부로 나설 아가씨들이라도 이왕이면 대접받는 룸살롱으로 가지 위험을 감수하면서 단란주점에 있을 이유는 없기 때문이다. 따라서 단란주점에서 하는 수 없이 미성년자를 고용하게 되는 경우가 있는데, 가끔 '단란주점에서의 미성년자 접대'가 뉴스거리를 장식하는 것은 이런 것에서 기인한 것이다.

　실제 일부 영세 단란주점의 경우, 겨우겨우 빚을 내어 업소를 차린 후 손님들의 성화에 아가씨를 고용했다가 가는 날이 장날이라고 며칠 만에 단속에 걸려 어려움을 겪는 일도 허다하다. 앞에서도 누누이 강조했던 얘기지만, 그래서 술집은 알고 드나드는 것이 중요한 것이다.

　그럼 말이 나온 김에 단란주점과 룸살롱의 차이를 짚어보고 넘어가자. 일단 이 두 업소는 영업 허가부터가 다르다. 룸살롱은 1종, 단란주점은 2종이다.

　먼저 2종 단란주점 안으로 살짝 들어가 볼까.

　단란주점은 일단 그 규모부터 제한을 받는다. 너무 적어도 (업주의 입장에선) 곤란하겠지만, 너무 커도 규제를 받는다. 룸살롱과 나이트야 아무리 대형으로 지어도 상관이 없지만, 단란주점은 정해진 평수를 넘어서는 안 된다. 그러다 보니 일부

대형 단란주점들은 한 업소를 열기 위해 두 군데의 허가를 받기도 하니, 따지고 보면 여간 불편한 것이 아니다.

또한 그 내부 시설을 살펴보자면, 우선 개방된 '홀'이 있어야 한다. 단란주점을 찾은 회식 손님들이 가끔 '전국 노래자랑' 분위기를 만들 수 있는 것도, 여성들의 출입이 자유로울 수 있는 것도 어찌 보면 모두 이 '홀'이 있기에 가능한 것이다.

이 홀을 둘러싸고 '룸'이 비치되어 있는데, 룸 역시 복도에서 안을 들여다볼 수 있는 투명한 유리를 사용해야 한다. 다시 말해 밀폐된 공간은 허락되지 않는 셈이다.

그러나 대부분의 단란주점 업주들은 일단 허가를 받고 나면 손님들이 좋아할 만한(?) 분위기를 만드는 것이 보통이다. 룸 유리에 짙게 썬팅을 한다거나, 그 외의 인테리어로 안을 잘 볼 수 없게 만드는 것이다. 하지만 가끔씩 나오는 단속을 생각하면 이 역시 여간 성가신 일이 아니니 이것이 바로 2종 허가 업소의 한계인 것이다.

그럼 이번에는 1종 허가를 가진 룸살롱으로 가볼까.

규모의 제한이 없는 룸살롱의 가장 큰 특징은 '아가씨'가 있다는 것이다. 룸살롱과 아가씨의 관계는 뒤에서 다시 다루기로 하자.

단란주점과 달리 룸살롱에는 '홀'이 없다. 복도를 빼면 모조리 '방'들이 있을 뿐이다. 게다가 그 방들 역시 밖에서 안을 절대 볼 수 없도록 철저히 차단되어 있다. 완벽하게 밀폐된 공간인 것이다.

사방이 밀폐된 공간을 만들 수 있는 것을 비롯해 규모나 시설 등의 모든 것이 대부분 '자율'에 맡겨지는 1종 주점 룸살롱. 그러나 사실 룸살롱들이 '1종 허가'를 달고 이 많은 자유를 누리기 시작한 것은 얼마 되지 않은 일이다. 6공 시절 '범죄와의 전쟁'이 선포된 이래, 룸살롱에 해당하는 1종 허가를 받기란 거의 불가능했다. 불과 5년 전만 하더라도 우리 나라의 정책상 1종 허가는 거의 발급이 되지 않았던 것이다.

그래서 일부 업주들은 마치 개인 택시 거래마냥 많은 프리미엄을 주고 '1종 허가'를 사와 룸살롱을 운영하기도 했던 것이다. 그러다 보니 '1종 유흥주점 허가증'을 가진 업주가 허가증을 무슨 자격증처럼 대여해 주고 자기는 앉아서 돈을 받는 경우도 허다했다.

허가만 받았다고 다된 것은 아니었으니, '입지'도 꽤 골치 아픈 문제였다. 즉, 유흥업소가 들어설 곳은 근린 상업 지역에 속하면서 동시에 주변에 학교가 없어야 한다. 초등학교든 유치원이든 교육부 산하에 등록된 곳이 반경 몇 미터 안에 있으면 허가가 나질 않는 것이다.

물론 업자들 역시 학교 옆에 업소를 열고 싶어하는 것은 아니다. 그러나 많은 돈을 투자한 그들이니만큼 그들은 '몫이 좋은 곳'을 선호할 수밖에 없고, 자리를 따지다 보면 학교가 걸림돌이 되는 일이 없을 수가 없다. 따라서 유흥업소가 하나 들어설라치면 각 구청마다 담당 공무원과 업자들 사이에 옥신각신하는 일이 마치 하나의 관례처럼 되어 버리곤 했었다.

그러던 것이 몇 년 전부터인가부터 허가가 완화되기 시작했

다. 비즈니스 클럽이다 미인촌이다 해서 단란주점과 흡사한 업소들이 번창하면서 지역에 따라 주점 허가를 많이 완화해 주었다. 이런 즈음에 때맞춰 '룸살롱' 바람이 불기 시작했고, 이에 '1종 허가제'는 '1종 신고제'로 바뀌기에 이르렀다.

새로운 룸살롱들이 탄생한 것에 더 해, 많은 단란주점 업주들까지 가세해 '반신반의'하는 심정으로 룸살롱으로의 업종 변경 신고를 했다. 몇 가지 행정상의 결격 사유만 없다면 신고만 하면 바로 되는 것이다.

더 이상 허가를 못 얻어 고생하는 업자는 없다. 그러나 그들 앞에는 더 큰 장애물이 기다리고 있었으니 바로 '생존 전략'이었다. 물론 초기에는 룸살롱을 열어 큰돈을 모은 사람들도 많았다. 그러나 우후 죽순처럼 룸살롱들이 생겨나자 생존 경쟁은 더욱 치열해졌고, 하루에도 수십 개의 룸살롱이 문을 닫는 사태에 이른 것이다.

사대문 안에서도 잘 나가던 룸살롱 몇 군데가 실제로 이미 공중 분해된 바 있다. 다시 재기할 날을 기다리며 계속 버티는 업주들도 있지만, 어떻게든 살아남기 위해 과다한 출혈을 하다보면 결과는 거의 같다. 뱁새가 황새를 쫓아가려 하면 가랑이가 찢어진다고, 마지막 발악으로 비싼 사채까지 썼다가 결국 남 좋은 일만 시키고는 문을 닫고 마는 것이다. 잠 못 자고 뼈 빠지게 번 돈으로 결국 사채업자만 살찌운 셈이 되어버린 것이다.

다른 업종과 다르게 '한 방에 가는' 것이 바로 유흥업소다. 업소가 문을 닫으면 그야말로 '공중 분해'다. 아가씨나 마담은 물론, 구좌 웨이터나 유급 사원 등 많은 직원들이 뿔뿔이 흩어지는 것이다.

룸살롱 업자들에게 가장 무서운 적은 단속반이 아니라 같은 일을 하는 업자들이다. 단속반이 알아서 나온 경우보다는 주변 업소의 신고에 단속을 나온 경우가 더 많은 것이다.

홀로 있을 때 장사가 잘 되는 업종이 있는가 하면, 몰려 있을 때 더 잘 되는 것이 있다. 유흥업은 전자에 속한다. 자신의 업소가 그 구역을 대표할 수 있을 만큼 자리를 잡아야 손님도 많이 몰린다는 것이다. 물론 업주마다의 견해 차이는 있겠지만 대부분 '나 홀로 경영'을 바라는 것이 유흥 문화다.

누군가 없어져야 내가 산다는 식의 생존경쟁의 세계에서 룸살롱들은 오늘 하루도 소리없는 전쟁을 치르고 있는 것이다.

1종 허가가 '신고제'로 바뀌었을 때 많은 단란주점 업자들이 업종 신고를 했다. 단란주점을 둘러싼 수많은 규제에서 벗어나 자유롭게 영업을 하기 위한 것이었다.

그러나 그럼에도 불구하고 1종 신고를 하지 못한 채 전전긍긍하던 업자들도 있었으니, 그 이유는 바로 세금에 있다.

사실 2종 단란주점과 1종 룸살롱의 세금 차이는 어마어마하다. 룸살롱의 규모를 제한하지 않는 이유도 바로 이것에 있으니, 규모를 마음껏 크게 하되 그만큼 많은 세금을 내라는 뜻인 것이다.

예상하다시피 룸살롱의 매출은 워낙 크다. 또한 매출의 규모가 크다 보니 거의가 카드 손님이고, 따라서 매출액을 속이는 것은 불가능하다. 국세청에 통보가 되면 그 중 4분의 1이 세금인 셈이니, 원가에서 구좌 웨이터 봉사료 등을 빼고 각종 세금을 36퍼센트 이상을 내고 나면 업주는 적자인 셈이다.

어디 그뿐인가. 종합소득세·특소세·부가세 등의 각종 세금 외에도 중과세라는 것이 있으니, 때로는 단란주점이나 식당 수십, 수백 곳에서 내는 세금이 룸살롱 한 군데와 맞먹기도 하는 것이다.

어떻게 보면 '세금과의 전쟁'을 치르는 형편이니, 한때 이른바 '카드깡'이 유행할 때에는 많은 업자들이 그 덕을 보기도 했었다. 사실 카드깡의 덕을 한 2년 동안만 걸리지 않고 제대로 본다면 한 밑천 건지는 것도 가능하던 때였다.

그러나 지금은 사정이 다르다. 카드깡 업자나 각종 유흥업소의 카드 전표 외부 유출에 대한 특별 감사가 있고 나서부터는 카드깡하는 룸살롱은 거의 사라졌다고 봐야 한다. 카드깡하다 걸려 벌금을 무느니 아예 세금을 낸다는 것이다. 그러고 보면 현재 대한민국에서 룸살롱만큼 정확하고 투명한 세금을 내는 곳도 없을 것 같다.

한국에서 어깨에 가장 힘을 주고 다니는 이들이 바로 국세청 직원들이라지만, 사실 오늘날의 룸살롱은 그 앞에서도 떳떳하지 못할 것이 없다. 그만큼 정직하게 세금을 낸다는 것이다. 그러나 딱 한 가지 정부의 눈치를 봐야 하는 것이 있으니 바로 '아가씨들의 2차' 문제다.

사실 룸살롱치고 2차 없는 룸살롱은 없다. 그것이 현실이니만큼 정부에서도 많이 봐주고는 있지만, 어쨌든 윤락은 윤락인 것이다. 세금 문제에 있어서는 전혀 눈치를 볼 것이 없는데, 다만 '아가씨' 문제에 있어서만큼은 공무원들에게 고개를 숙여가며 영업을 해야 하는 것이다.

룸살롱에게 있어서 붕어빵의 앙금과도 존재인 아가씨. 이제부턴 '아가씨' 얘기를 해 볼까 한다.

아가씨 전쟁

　유흥주점의 1종 허가제가 신고제로 바뀌고 나서부터 많은 단란주점들이 룸살롱으로 탈바꿈을 했다. 그러나 그 많은 세금을 감수할 마음으로 시작한 룸살롱이건만, 그들 앞에는 또 다른 문제가 기다리고 있었으니 바로 '아가씨 확보'였다.

　룸을 찾은 손님들은 제아무리 중요한 비즈니스를 한다고 하더라도 아가씨 없이 자기들끼리 술을 마시지는 않는다. 대한민국 룸살롱에서 아가씨 동석 없이 술을 마시는 남자들이 과연 얼마나 될까. 장담하건대 거의 없다고 본다.

　처음 1, 20분은 자기들끼리 대화를 나누지만 얼마 안 있으면 피디(요즘은 마담을 '피디'라고 부른다)가 들어가고, 그 다음으로 그 마담 아래 있는 아가씨들이 들어가게 되어 있다.

　룸살롱의 간판은 사실 '아가씨'라고 해도 과언이 아니다. 업주가 경제적인 여유가 있어 대대적으로 돈을 투자해 입이 떡 벌어지는 규모와 시설을 갖추어 놓았다 해도 아가씨가 별로라면 그 업소는 몇 개월 안에 문을 닫게 되어 있다. 인테리어는 나중 문제요, 얼마나 예쁜 아가씨를 많이 확보하느냐에 따라

업소의 생사가 판가름나니 이것은 절대적인 공식이요, 과거·
현재는 물론, 앞으로도 사실일 것이다. 그래서 '룸' 하면 아가
씨 전쟁인 것이다.

예쁜 아가씨를 데려오려면 일단 유능한 마담이 있어야 한다.
일단 업주들은 유명하고 능력 있는 마담을 섭외해 다시 그 마
담이 아가씨들을 불러모으게 한다. 그러다 보니 결국엔 아가
씨들의 페이(봉사료)만 하늘 높은 줄 모르고 치솟는 것이다.

강북의 룸살롱에서는 한 테이블에 아가씨 일인당 5~7만 원
정도의 봉사료를 받는다. 강남은 이의 1.5배에 해당하는
7~9만 원을 받는데, 여기에 10~20퍼센트가 추가될 수도 있
다.

그리고 보면 실제 술값은 얼마 안 되는 셈이다. 아가씨들의
봉사료나 룸비·밴드비·호텔비 등의 부대 비용이 더 나간다.
사실상의 주대는 얼마 되지 않는데, 손님 입장에서는 토털로
계산을 하게 되니 술값이 비싸다고만 느껴지는 것이다.

어쨌든 룸이 많아지면서부터 '아가씨 품귀 현상'이 일어나기
시작하자 업소들 간에는 '예쁜 아가씨 보유 전쟁'이 일어날 수
밖에 없다. 업주는 업주들끼리 마담 확보 전쟁을 벌이고, 마
담은 마담들끼리 자기 아가씨 확보에 열을 올리는 것이다.

언제인가 모 룸살롱에서, '어차피 아가씨 싸움이니 우리 가
게 아가씨 봉사료를 만 원 올리자'는 얘기가 시작된 적이 있었
다. 이에 올리자는 업주 측과 반대하는 구좌 웨이터들 간에
약간의 마찰이 빚어지기도 하였다.

전체 주대를 생각할 때 아가씨 봉사료 1만 원 인상은 사실

많은 액수가 아니다. 2명을 기준으로 보아도 주대는 최소한 백만 원이 넘어가기 때문이다. 강북을 기준으로 본다면 2명의 최소 주대는 1백15만 원 선이다. 보조 팁이나 대리 기사비를 제외하고 밴드비·룸비·에프터비 등 모든 부대 비용을 포함한 금액이다.

그럼에도 불구하고 일부 구좌 웨이터들이 반발한 까닭은, 한두 명이 보았을 때는 돈 만 원이지만, 인원이 많아지게 되면 액수도 늘어나고 차후 손님 관리 차원에서 불이익이라는 것이었다.

그러나 단 1만 원이라도 아가씨들의 봉사료가 올라야 예쁜 아가씨들이 몰릴 것이라는 다수의 의견에 따라 결국 '인상'으로 결론이 내려졌다. 더욱이 당시 그 업소는 다른 업소들에 비해 경제적인 여유가 있었던 터라 흔쾌히 그렇게 한 것이었다.

처음에는 어느 정도 효과를 보는 듯했다. 그러나 그리 오래 가진 않았으니, 사실 이는 한 마담의 계획에서 나온 것이었다. 섭외 중인 아가씨 몇 명이 높은 페이를 부르자, 마담이 그것에 맞춰주기 위해 업소에 '페이 인상'을 제의한 것이다. 페이가 올라 섭외했던 아가씨들이 들어온 것까지는 좋았는데, 그 다음부터가 문제였다.

사실 신문보다 더 빠른 것이 유흥업소의 정보통이요, 그 중에서도 아가씨들의 입소문이다. 함께 '새벽 별 보기 운동'을 하는 처지다 보니 자기네들끼리 모여 입방아를 찧을 수밖에 없고, 그렇게 해서 소문이 난 것이다.

있던 아가씨마저 빼앗
기지 않기 위해, 그 주변
의 업소들 모두 '페이 인
상' 정책을 따라가야만 했
다.

사실 새로운 아가씨를
불러오는 일보다 중요한
일이 있던 아가씨를 지키
는 일이다. 그녀들에겐
정말 미안한 말이지만,
정말 믿을 것이 못 되는

것 중 하나가 아가씨들의 '의리'다. 한동안 손님이 아무리 많
았다 하더라도 한 며칠 없다 싶으면 아가씨들은 인정사정없이
나가 버린다. 마담과 업주가 아무리 달래도 사정을 해도 소용
이 없다. 냉정하게 돌아서는 것이다.

그녀들이 이토록 냉정하고 치열한 이유는 무엇인가. 아가씨
들 중에는 사채업자에게서 일수를 쓰는 이들이 많다. 따라서
하루라도 공을 치게 되면 다음 날은 배로 일수를 찍어야 하니
여간 부담이 되는 것이 아니다. 노는 날이 많아져 빚이 눈덩
이같이 불어나게 되면 결국 아가씨들은 사채업자에게 좋은 일
만 하고 야반 도주를 하는 경우도 많다. 업주나 마담이 아가
씨를 고용하기 전에 일단 일수나 사채가 얼마나 있는지부터
파악을 하려는 이유도 여기에 있다.

아무튼 이런 이유로 인해 아가씨들은 가망이 없다 싶은 업

소는 물론, 조금 더 좋은 조건을 제시하는 업소가 있다면 주저없이 떠나는 것이다. 손님과 아가씨는 불가분의 관계이다. 손님이 떠나면 아가씨도 떠나며, 반대로 아가씨들이 떠나면 손님도 떠난다.

한 업소가 시작한 '페이 인상'을 재정 상태가 좋지 않은 소규모 업소들도 울며 겨자 먹기로 따라할 수밖에 없었던 이유도 바로 여기에 있는 것이다.

아무튼 업소들이 연달아 아가씨들의 봉사료를 올리기 시작하자, 이에 가장 먼저 페이를 올려 한동안 재미를 봤던 그 업소는 다시 가격을 올리기에 이르렀다. 다같이 오른 마당에 조금 더 차별을 두기 위해서였다.

능력 있는 룸살롱 업자들이 소규모 업자들의 추격을 막기 위해 다시 봉사료를 올리기 시작하면서 아가씨들의 주가는 상승하기 시작했고, 한 단 한 단 오르기 시작한 액수가 오늘날의 봉사료에 이른 것이다.

그런데 이는 어디까지나 제 살 깎아 먹기식 경쟁이었다. 물론 업소 측에서도 이를 모르는 것은 아니다.

경기가 좋을 때야 그냥 넘어갈 수 있지만, 경기가 그다지 좋지 않을 때라든지 일부 룸살롱 매니아들에게는 아가씨들의 봉사료가 부담이 되는 것이다. 설령 1~2만원의 차이라 해도 말이다. 결국 그들의 발길은 미인촌이나 비즈니스 클럽 등으로 향하게 된다. 물론 룸살롱 아가씨들보다야 못 하지만 저렴한 가격에 가끔 '진주'를 캘 수도 있기 때문이다. 사실 '미인촌'이라고 해서 모든 접대부들이 과부나 미시들인 것만은 아니다.

또한 아가씨 봉사료가 아무리 오른들 그 밥에 그 나물이라는 점도 있다. 돈 몇 만 원 더 올린다고 해서 다른 일을 그만두고 룸살롱 접대부로 뛰어들 예쁜 아가씨가 세상에 얼마나 되겠는가. 결국 있던 아가씨가 예뻐지는 것을 기대할 수밖에 없는데, 수백에서 수천만 원하는 성형 수술에 기꺼이 돈을 투자할 아가씨 역시 몇 명에 불과하다는 것이다. 자질이나 미모는 거기서 거기일 뿐, 봉사료가 오른 만큼의 값을 하지는 못하는 것이다.

또한 '예쁜 아가씨'라는 기준 그 자체도 참 모호한 것이니, 사실 사람마다 여자를 보는 눈은 제각기 다른 것이 아닌가. 통통한 스타일을 좋아하는가 하면 빼빼 마른 스타일을 선호하는 사람이 있고, 몸매 역시 가슴을 보는 사람이 있는가 하면 입술이나 엉덩이·다리를 보는 사람이 있듯이 각양각색인 것이다.

그러나 이렇게 불 보듯 뻔한 이치에도 불구하고 아가씨들의 봉사료는 지금도 계속 오르고 있다. '이 요금이면 아가씨들이 안 온다, 저 집은 얼마를 준다더라'는 등의 루머와 낭설 속에 룸살롱 업주들은 오늘 하루도 '과다 출혈'을 마다않는 것이다.

그러나 이러한 과다 출혈의 직접적인 피해는 업주도 마담도 아닌 '웨이터'들이 고스란히 받는 셈이니, 어찌 보면 가장 큰 피해자는 웨이터들인 셈이다.

작고도 무서운 적, 노래방

술값으로 보나 각종 서비스로 보나 유흥업계의 최고봉이요 일인자는 단연 '룸살롱'이다. 그러나 이렇듯 최고의 자리에 앉은 룸살롱이지만 그 곁에는 많은 적들이 도사리고 있으니, 우선 룸살롱의 가장 큰 적은 '룸살롱'이다. 룸살롱 간의 전쟁이 일어날 수밖에 없었던 이유는 앞서 얘기한 바 있으니 더 이상 언급하지 않겠다.

비록 '룸살롱'에는 미치지 못하지만 그렇다고 무시할 수만은 없는 '단란주점'과 '미시촌' 등의 업소 역시 룸살롱의 적이라면 적이다. 그런가 하면 가장 작고도 무서운 적이 또 하나 있으니 바로 '노래방'이다.

노래방과 룸살롱의 적대 관계를 쉽게 납득하는 사람은 아마 없을 듯하다. 그러나 일부 지방에서는 룸살롱 업자와 노래방 업자 간의 마찰이 심심찮게 일어나는 것이 사실이다. 그렇다면 과연 이 둘의 악연은 언제 어떻게 시작된 것일까.

신고만 하면 룸살롱을 차릴 수 있는 시대가 오면서 유흥업계에는 이른바 '변종' 바람이 불기 시작했다. 아가씨를 고용하기 위해 '룸살롱 신고'를 하자니 세금에 앞이 캄캄하고, 그렇다고 아가씨 없이 장사를 하려니 손님들에게 외면을 당하게 되자 '룸살롱 아닌 룸살롱'들이 생겨난 것이다.

그 대표적인 것 중 하나가 바로 '노래 클럽'. 노래방에서 노래 클럽으로 이름을 바꾸고는 마치 룸살롱과 같은 영업을 하기 시작한 것이다(물론 '노래방'이란 이름을 그대로 달고 변종 영업을 하는 곳도 있다).

노래방을 노래 클럽으로 바꾼 이들 역시 업소 주인이 아닌 '손님'들이다.

"이 집은 아직 장사 초보구먼! 요즘 노래방에 여자 없는 집이 어디 있어."

노래방엔 당연히 여자가 있어야 하고, 여자 없는 노래방이라면 들어왔다가도 다시 나가 버리는 손님들로 인해 주인은 아가씨, 즉 노래방 도우미를 고용하기에 이른 것이다.

물론 '노래방 도우미'란 길거리 판촉이나 개업 행사에서 볼 수 있는 젊고 예쁜 아가씨들이 아니다. 사실 노래를 부르는데 무슨 도움이 필요한가. 옆에 서서 같이 불러주고 탬버린 쳐주는 것도 '도움'에 속한다면 모르겠지만 말이다.

어쨌든 이들은 대부분 미시족 아줌마들이다. 이들이 손님 옆에서 노래를 불러주고 받는 수당은 보통 1시간당 만 원 정도

이지만 개중에는 2만 원씩 받는 곳도 있다.

룸살롱 아가씨에 비하면 터무니없이 적은 액수를 받는 노래방 도우미들. 게다가 노래방비란 아무리 시간을 끌어본들 룸살롱에 비한다면 그야말로 '껌값'에 불과할 텐데 왜 룸살롱 업주들과 노래 클럽 업주들 간에 냉기가 흐르는 것인지 의문이 생길 것이다.

손님들의 발길이 룸살롱 아닌 노래 클럽으로 돌려지는 가장 큰 이유는 바로 '낮은 문턱'에 있다. 사실 룸살롱은 웬만한 경제력을 갖추지 않은 이상 마음을 단단히 먹고 가야 하는 곳이다. 한 번 출입할 때마다 보통 샐러리맨들의 한 달 월급이 통째로 날아가는 셈이니, 가뿐한 마음으로 룸살롱 출입을 할 사람은 별로 없다. '접대'나 '비즈니스'를 빌미로 회사에서 법인 카드라도 받으면 몰라도 말이다.

그러나 '노래 클럽'은 일단 부담이 없다. '룸'비라고 해 봤자 고작해야 시간당 1만 원에서 1만 5천 원 사이다. 여기에 세 명의 노래방 도우미를 부른다 해도 토털 5만 원이 채 안 되는 것이다.

물론 룸살롱 아가씨들만큼 젊고 예쁜 여자들은 아니지만, 이렇게 싼 가격에 룸살롱 분위기 내가며 놀 수 있다는 게 '노래 클럽'만의 매력인 것이다.

어디 그뿐인가. 노래 클럽의 아줌마 도우미들은 일단 '서비스' 하나만은 확실하다. 손님이 진상이건 VIP건 극진한 대우를 받는다. 룸살롱 아가씨가 받는 액수의 반의 반도 받지 못하지만 손님에 대한 서비스는 룸살롱 못지않은 것이다.

질적인 면에서는 어쨌든 룸살롱과는 비교가 되지 않는 것은 사실이다. 하지만 일반 중산층들이나 샐러리맨의 입장에서는 일인당 수십만 원에 이르는 룸살롱 출입이 쉽지가 않으니, 그 대신 노래 클럽을 찾게 되는 것이다. 비록 룸살롱은 아니지만 '룸' 비슷한 분위기에서 여자와 술도 마시고 노래도 부르며 '대리 만족'을 느끼는 게 아닐까.

하지만 이러한 노래 클럽에도 나름대로 함정은 있다. 한 시간의 노래방비와 도우미 비용을 합해 나오는 5만 원이라는 비용은 절대 토털이 아니라는 것이다.

노래 클럽에 와서 도우미 아줌마들까지 불러 놀면서 기껏 한 시간만 놀다 가는 사람은 거의 없다. 대개는 서너 시간가량 있기 마련인 것이다. 한 시간이 추가될 때마다 노래방비를 포함해 도우미 비용도 함께 더블로 계산되니 순식간에 요금은 눈덩이처럼 불어나는 것이다.

게다가 또 노래만 부를 리 있겠는가. 당연히 술도 마셔야 할 테고 안주도 시켜야 한다. 물론 술 대신 음료수만 시켜도 되지만, 손님에게 한소리 듣지 않으려면 주인은 눈치껏 알아서 술을 가져다주는 게 보통이다. 만약 손님들이 술을 시킬 눈치가 아니라 해도 사정은 마찬가지다.

눈치 빠른 도우미들은 손님들이 술을 시키게끔 분위기를 조성하는 법이니까 말이다. 노래 클럽에서 마시는 맥주는 물론 일반 술집보다 비싸다. 그러나 가격을 물어보고 술을 시키는 손님은 없다. 대한민국 남자들이 가진 그놈의 자존심 때문이다.

'아무리 놀아봤자 노래방인데 뭐'하는 생각을 가지고 들어가는 대부분의 손님들은 처음에는 뭐든 도우미들이 하자는 대로 한다. 도우미들이 가져오는 대로 술을 마시고 안주도 먹어가며 시간 가는 줄 모르고 노는 것이다. 그리고 그렇게 한 세 시간 가량을 놀고 보면 20만 원에 달하는 거금이 나오기도 하는 것이다. 거의 단란주점에 맞먹는 액수인 것이다. '노래방'이라는 친근한 이미지에 앞뒤 가리지 않고 놀았다가 뒤통수를 맞기도 하는 것이다.

처음에는 '노래방'으로서의 굳은 신념을 가지고 아가씨 고용하기를 꺼리던 업주들도 이렇게 해서 돈맛을 보게 되면 절대 그만두지 못하는 것이다. 불법이기에 언제나 위험이 도사리고 있긴 하지만, 노래방을 차려놓고 미시촌이나 단란주점에 버금가는 수익을 올리니 기꺼이 모험을 하게 되는 것이다.

사정이 이렇게 돌아가다 보니 룸살롱 업자들은 골머리를 앓게 되는 것이다. 그 동안 단란주점이다 뭐다 해서 영업에 많은 지장을 받았는데, 이젠 미인촌에 더 해 '노래방'까지 가세를 했으니 속이 편할 리 없는 것이다. 그깟 노래방이 손님을 뺏어봤자 얼마나 뺏을 수 있겠냐고 생각하는 사람이 있을지

모르겠지만, 성냥 한 개비가 집 한 채를 태울 수도 있는 것이
다.

그나마 서울에서는 룸살롱 업자들이 덜 터치를 하는 편이지
만, 지방으로 갈수록 두 업소간 마찰이 심해지는 편이다. '불
법'이라는 것을 빌미로 으름장을 놓기도 하고, 실제로 신고를
하는 업주들도 많다. 단속반이 따로 없는 것이다.

그러나 노래 클럽 업주들도 결코 만만치만은 않다. 여차하면
그냥 이 곳을 '룸살롱'으로 신고만 하면 된다고 맞불을 놓는
것이다. 그렇게 될 경우 세금이 문제가 되겠지만, 어쨌든 상
업지구에 들어선 이상 신고만 하면 허가가 나는 셈이니 사실
억지는 아니다. 돈을 긁어모은 어떤 노래 클럽들은 실제로 룸
을 조금 손봐 '룸살롱' 허가를 받기도 하니 근거 없는 말도 아
닌 것이다.

불법 노래 클럽을 철저하게 단속해 달라는 룸살롱 업자들과
이런 불경기 속에서 현상 유지를 하기 위해선 어쩔 수 없다는
노래 클럽 업자들 간의 팽팽한 줄다리기는 오늘도 계속되고
있는 것이다.

하지만 이는 어디까지나 업소 관계자들의 이해 타산에 관련
된 것이고, 손님들의 입장에선 남의 일일 수밖에 없다. 자기
돈 내고 술 먹는 입장에서 정부랑 싸우건 옆집이랑 싸우건 사
실 아무 상관이 없다.

그럼에도 불구하고 내가 이런 얘기를 하는 이유는, 손님으로
서 좀 알고 드나들라는 것이다. 노래 클럽에서 룸살롱에 이르
기까지 비슷한 한편, 알고보면 천차만별인 술집 출입에 있어

서 사전 지식을 가지자는 것이다. '노래방' 간판을 보고 들어
갔는데, 단란주점과 맞먹는 요금이 나오고, '단란주점' 간판이
붙어 있어 갔는데, 알고보니 술값은 룸살롱 주대가 나오는 일
이 없으려면 말이다.

VIP가 되는 법

　'룸살롱에 출입한다' 하는 사람들은 대부분 돈과 함께 사회적 명성을 지닌 사람들이다. 정계·재계 사람들이나, 각종 '사'자 들어가는 사람들, 잘 나가는 자영업자나 학자들이 많은 것이다.

　그런데 아무리 부와 명성을 가진 사람이라 하더라도 모두 'VIP' 대접을 받는 것은 아니다. 아, 물론 손님으로 들어온 이상 겉으로는 다 그럴 듯한 대접을 받는다. 여기에서 말하는 VIP란 웨이터와 아가씨들로부터 마음에서 우러나오는 서비스를 받는 '진정한 VIP'를 말한다.

　그렇다면 웨이터와 아가씨들로부터 최고의 대접을 받는 멋진 손님들은 어떤 사람들일까. 지금부터 그 비결을 공개한다.

초저녁 손님이 되라

　룸살롱에서 최고의 대우를 받고 싶다면 부지런을 떠는 것이 좋다. 사실 '룸' 하면 '아가씨'다. 그런데 초저녁에 룸살롱을 찾으면 보다 다양한 선택권이 주어지는 것은 물론, 예쁜 아가씨의 서비스를 받을 수 있는 기회도 그만큼 많아진다.

　초저녁에 룸살롱을 찾는 손님이라면 기본으로 수차례의 아가씨 초이스(선택)를 할 수 있다. 심지어 원하기만 한다면 그날 출근한 수십 명의 아가씨를 모두 다 불러다 놓고 초이스를 하는 것도 가능하니, 룸살롱에서 누릴 수 있는 최고의 특권인 셈이다.

　이런 초저녁 손님은 웨이터들로부터도 환영받는다. 선택의 폭이 넓어지다 보니 아무리 까다로운 손님이라 하더라도 마음에 드는 아가씨가 적어도 한 명은 있기 마련. 그러나 혹 손님의 마음에 드는 아가씨가 한 명도 없다 해도 문제가 되지는 않는다. 왜냐 하면 아가씨들을 마음대로 골랐다는 그 사실 자체만으로도 그 손님은 크게 불만을 표하지 않을 것이기 때문이다. 따라서 담당 구좌 웨이터도 그만큼 여유를 가질 수 있

고, 그만큼 손님에게 잘 하게 되는 것이다. 따라서 '누이 좋고 매부 좋은' 셈이다.

그러나 '초저녁 손님'은 흔치 않은 손님인 것이 사실이다. 사실 술꾼들에게 있어 룸살롱은 두루두루 다니다 마지막으로 들르는 '종점'인 셈이니 말이다. 개중에는 룸살롱 뒤에 해장국집이나, 하다 못 해 동네 포장마차에까지 들러 뿌리를 뽑는 사람들도 있지만, 대부분은 룸살롱을 마지막으로, 혹은 룸살롱 애프터(2차)를 끝으로 귀가한다.

사실 업무가 끝나자마자 룸살롱을 찾는 사람들이 몇이나 있을까. 일단 식사를 하고 2차로 호프집이나 바 같은 곳에 들렀다가 3차 즈음에 룸살롱을 찾는 것이 보통이다. 그러다 보니 자연히 시간대도 9~10시, 혹 12시가 다 되어 오는 경우도 많다.

문제는 특정 시간대에만 손님이 집중적으로 몰린다는 것이다. 그도 그럴 것이 모두들 1~2차를 거치고 왔으니 시간이 비슷할 수밖에. 3차의 성격이 강한 '룸살롱'의 특성상 어쩔 수 없는 일인 것이다.

손님이 몰리다 보니 아가씨들도 따라서 '동이 난다'. 대부분 8~9시가 되면 예쁜 아가씨들은 다 빠져나가고, 아무리 불황이라도 오후 10시가 넘으면 룸살롱은 거의 '풀'이다.

사정이 이렇게 되면 룸살롱 안에서도 때아닌 '아가씨 쟁탈전'이 벌어지니 일단 손님들부터가 난리가 난다. '만약 내가 데려온 바이어의 심기가 불편해지면 나는 회사에서 입장이 난처해진다', '저분한테 우리 회사의 사활이 걸려 있다'는 등, 자기가 가진 파워란 파워는 모두 내세워 별의별 엄포를 다 놓는 것이다.

꼭 비즈니스 문제가 아니라 해도, 비싼 돈 내고 술 먹으러 왔는데, 게다가 전작이 있어 기분도 알딸딸한데 마음에 드는 아가씨가 없으니 여간 까다롭게 구는 것이 아닌 것이다.

그러나 룸살롱은 결코 웨이터 혼자 장사하는 곳이 아니니, 제아무리 잘난 손님이라 하더라도 어쩔 수 없는 것이다. 그러면 여기서 잠깐 아가씨와 마담·웨이터 간의 관계를 짚고넘어가 볼까.

일단 아가씨를 관리하는 것은 마담이고, 테이블 술값을 관리하는 것은 웨이터다. 그러나 이는 강북식으로, 요즘에는 강북의 룸살롱이 늘어나다 보니 이러한 강북 스타일이 점점 보편화되는 추세다.

대개 강남에서는 담당 웨이터 대신 마담이 술값을 받는다. 다시 말해 마담이 장사를 하는 것이다. 그러다 보니 강남 룸살롱의 웬만한 마담이라면 스카웃 비용이 5천만 원에서 1~3억대로 보통 억대다.

업주가 마담을 데려오기 위해 주는 이 돈은 물론 공짜가 아니라 '빌려' 주는 것이니, 마담이 그 업소에서 나가려면 전액 환불해 주어야 한다. 때에 따라서는 업주와 '매상 계약'을 맺어 그만큼의 액수를 팔아주는 것으로 받은 구좌가 다 정리되기도 한다. 그러나 이때에도 스카웃 비용에 해당하는 만큼의 성과를 거두지 못한다면 다 돈으로 물어주어야 하는 것이다.

그래서 강남의 마담들은 자기 밑으로 돈 관리를 해 주는 전무나 상무를 고용한다. 그리고 그 밑에(강북의 보조에 해당하는) 담당 웨이터를 고용하니 3인 1조로 활동하는 셈이다.

그 밖에 각 마담은 자기 밑에 새끼 마담을 두어 아가씨들을 적게는 5~6명에서, 많게는 10~15명까지 데리고 있는데, 대부분은 7~8명 정도이다. 그러나 아가씨들 중에 잘 나가는 아가씨가 있는가 하면, 대기실 반장 아가씨도 있을 수밖에 없으니, 마담들은 언제 올지 모르는 '지명 손님'을 위해 일단 예쁜 아가씨들은 빼놓는 편이다(지명 손님과 순번 손님의 이야기는 앞서 나이트에서 했다. 룸살롱의 손님 제도도 비슷하다고 보면 된다).

그렇게 해서 지명 손님이 오면 다행인데, 만약 오지 않는다면 그 날은 '공치게' 되는 것이다. 물론 한 팀도 없는 경우는 드물지만 가끔은 그럴 수도 있는 것이다.

이렇게 손님이 너무 없어도 문제이지만, 또 손님이 너무 많은 날도 문제이다. 데리고 있는 아가씨가 십여 명 안팎이다 보니, 사실 테이블 두세 개만 받으면 끝인 것이다.

그런가 하면 강남 룸살롱에는 아가씨들이 십 프로와 이십 프로로 나뉘는 곳도 있다. '십 프로'란 이차를 가지 않는 아가씨를 말하며 '이십 프로'란 그 반대의 아가씨다. 따라서 십 프로 아가씨와 술을 마시던 손님이 2차를 원할 경우, 이십 프로 아가씨를 대주어야 한다.

사정이 이렇다 보니 어느 룸이건 간에 마담 혼자서는 영업을 하기 힘들다. 마담들끼리 서로서로 협조를 해 자기 아가씨를 빌려주기도, 때로는 빌려오기도 해야 하는 것이다. 자기

아가씨만 가지고는 장사를 할 수는 없으니 공존 공생을 해야 하는 것이다.

아무튼 이렇게 많은 이들의 이해 관계가 얽혀 있다 보니, 이른 시간이 아니고서는 아가씨들을 마음대로 빼올 수가 없는 것이다.

그러나 이러한 사정을 알 리 없는 손님들은 무턱대고 예쁜 아가씨를 찾아댄다. 그리고 혹 단골이라면 자신의 지명 아가씨를 찾아댄다. 지난번에 함께 술을 마셨던 아가씨를 불러달

라고 하는 것이다.

서로 부담도 없고 취향도 어느 정도 파악한 상태이니 이왕이면 안면 있는 아가씨와 술을 마시고 싶어하는 심정은 이해가 간다. 이는 룸살롱뿐 아니라 단란주점이나 미인촌에서도 마찬가지일 것이다.

물론 그 지명 아가씨가 대기실에 있다면 문제는 없다. 그런데 한창 피크일 시간에 특정 아가씨를 찾는다면 그 아가씨는 이미 다른 테이블에서 서빙을 하고 있을 확률이 높으니 문제가 되는 것이다.

결국엔 아가씨가 두 테이블을 오가며 이른바 '따블' 영업을 하기도 하는데, 대부분은 이해를 해 주지만 개중에는 이를 절대 용납하지 않는 손님도 있다. 남이 먼저 손댄 것은 싫다는 속셈이다. 같은 남자로서 이해 안 가는 것은 아니지만, 그래도 우스울 뿐이다.

이렇듯 손님들은 '아가씨'를 가지고 계속해서 무리한 요구를 해대니 그 모든 방패막이는 담당 웨이터의 몫이다. 담당 웨이터들은 일단 손님을 진정시키고 난 후 다시 마담과의 눈치 전쟁을 벌인다. 지금쯤 다른 룸에 들어가 있을 아가씨들을 조금이라도 빨리 손님에게 데려다 주기 위한 것이다. 손님과 아가씨, 그리고 마담 사이에서 담당 웨이터들은 이리 치이고 저리 치이며 숨가쁜 밤을 보내고 있는 것이다.

모처럼 기분 좋게 간 룸살롱에서 '품위 없게' 아가씨 쟁탈전을 벌이고 싶지 않은 사람이라면 가급적 일찍 가는 것이 좋다. 중요한 접대의 자리라면 더욱 그렇고 말이다. 어떻게 접

대 손님을 초저녁부터 룸살롱에 데려갈 수가 있겠느냐고 물을지 모르지만, 사실 그건 모르는 말이다.

한때 내가 신촌에서 공동으로 룸을 경영했을 때의 일이다. 당시 우리는 강북의 잘 나가는 마담들 5명을 데리고 나이트 클럽 자리를 인수해서 초대형 '룸살롱'을 만들었다. 그런데 룸살롱이라고 다 같은 룸살롱이 아니었으니 '신촌'이라는 곳의 지역적 특성상 손님들에게도 차이가 있는 것이었다.

한여름의 신촌은 7~8시라 해도 한낮이다. 그런데 그렇게 이른 시간에 손님들이 룸살롱을 드나드는 것이 아닌가. 부근의 다른 룸살롱을 지켜보니 그 곳은 더욱 가관이었다.

그 곳 구좌 웨이터들은 아예 점심 시간부터 손님의 주위를 맴돌고 있었다. 시내나 손님 사무실 옆에서 대기하고 있다가 손님과 점심을 같이하기도 한다. 그러다가 손님의 퇴근 시간이 되면 6~7시라는 이른 시간에 아예 손님을 모시고 오는 것이다(물론 이는 손님의 자청이지 웨이터가 강압적으로 데려온 것은 아니다). 그러면 손님은 룸에서 갈비탕이나 도가니탕·설렁탕으로 저녁 식사를 해결한 후 바로 룸을 이용하는 것이다.

룸살롱 아가씨들의 출근 시간대는 거의 7시 30분이다. 동절기나 하절기에 따라 30분 정도 차이가 있지만, 대부분은 7시에서 7시 30분이다.
따라서 아가씨들이 출
근하는 이 시간대에 맞
추어, 아예 룸에서 저
녁 식사부터 시작하는
손님들은 초이스나 서
비스나 모든 면에서 순
조롭다는 것이다.

초저녁 손님은 이렇
게 혜택이 많은 것이다. 그런데 왜 그렇게 다들 '룸살롱은 3차
로 가야 한다'는 고정 관념에 사로잡혀 있는 건지. 왜 다들 한
시간대에만 몰려와 비싼 돈 내고 한바탕 전쟁을 치르고들 가
는 것인지. 1~2차를 거처 고주망태가 된 상태에서 12시쯤
룸살롱을 찾는다면, 예쁜 아가씨는 물론이고 술맛도 잘 모르
는 셈이니, 그야말로 돈 낭비가 따로 없는 것이다.

마찬가지로 사업상 만난 귀한 손님을 이리저리 끌고다니다
가 제일 마지막으로 룸에 데려와서는, 저 손님은 나에게 특별
한 손님이다 뭐다 아무리 하소연을 해 본들 소용이 없는 것이다.

회사에 일찍 출근하는 사람이 인정받고 성공하듯이 룸살롱
도 마찬가지다. 일찍 출근하는 손님이 환영받고, 비즈니스도
성공적으로 한다. 룸을 이용하려는 손님이라면, 혹 사업상 접
대를 해야 하는 손님이라면 더더욱 일찍 서둘러라. VIP가 되
는 지름길이다.

장미에는 가시가 있다

    룸살롱에 있는 아가씨들은 '손님 접대'를 위해 있는 여자들이다. 그러나 자칫 잘못하다가는 그런 아가씨들을 오히려 '접대'하고 오는 경우도 있다. 실제로 이런 어처구니없는 상황을 많이 봐 왔으니, 바로 예쁜 아가씨를 밝히는 손님들의 경우다.

    먹을 것에 비유해서 좀 안됐지만, 물론 '보기 좋은 떡이 먹기도 좋은 법'이다. 룸살롱에는 어련히 미인들이 있겠거니 기대를 하고 오고, 또 그런만큼 예쁘고 몸매 좋은 여자를 찾는 것이 남자다.

    그러나 나의 경험으로 미루어 보건대, 아가씨는 아가씨다. 룸살롱은 선보는 장소가 아닌, 그저 즐기는 장소이며, 아가씨 역시 '술시중 드는 여자'에 불과한 것이다. 그런데 그런 아가씨를 뭘 그리 까다롭게 고르고 또 고르는 것인지, 사실 웨이터들에게 가장 골칫거리인 것이 '손님들의 아가씨 초이스' 문제이기도 하다.

    일행이 오면 그 중에는 까다로운 사람이 꼭 있기 마련이다. 머릿수에 맞추어 아가씨들이 들어오면 그 중에서 적당히 한

명 고르면 될 텐데, 그 까다로운 손님은 이리 재고 저리 재느라 시간이 다 간다. 다른 사람들이 한 명씩 고르는 동안 그는 몇 번이고 퇴짜를 놓는다.

또한 자기가 어렵게 고른 아가씨건만 시간이 좀 흐르면 또 다른 아가씨가 눈에 들어온다. 남의 떡이 더 커 보인다고, 자기가 퇴짜를 놓아 할 수 없이 일행의 파트너가 되었건만, 혹 그 아가씨가 귀엽게 잘 놀기라도 하면 왠지 또 배가 아파지는 것이다. 그러면서 서서히 후회를 하는 것이다.

그런가 하면 막상 자기가 고른 파트너는 몸매로나 얼굴로나 빠지지 않는 그 업소의 퀸카다. 당연히 지명 손님도 많고 주위에는 항상 멋지고 능력 있는 손님들로 북적대니 콧대가 높을 수밖에 없는 것이다.

사실 이런 '예쁜' 아가씨들에게서 극진한 대접까지는 기대하지 말아야 한다. 돈이라도 많이 쥐어주면 되지 않을까 생각할 수도 있겠지만, 사실 그녀들에게는 웬만한 돈은 통하지도 않는다.

손님들은 대개 자기들이 룸에서 수백만 원 정도를 쓰면 아주 대단한 것으로 생각하는데, 이런 아가씨들 앞에서는 사실 어림없는 소리다. 그녀들 곁에는 그들보다 더 한 손님들이 얼마든지 있는 것이다. 따라서 어중간한 경제적 여유를 가지고 큰소리칠 생각은 아예 접어두는 것이 좋다.

그런가 하면 일부 양귀비 같은 아가씨들은 어차피 그 손님이 아니더라도 손님들이 언제고 줄을 서서 기다린다는 착각에 빠져 살기도 한다. 따라서 그 테이블이 진상 테이블이다 싶으면 양해도 구하지 않고 그냥 나와 버리는 수도 허다하다. 그러면 담당 웨이터나 마담은 그야말로 난리가 나지만, 아가씨 하나가 아쉬운 입장에서 '예쁜' 아가씨에게 뭐라고 할 수는 없는 것이다. 상황이 이러니 이들의 공주병은 치유될 길이 없는 것이다.

이렇게 실속 없이 예쁜 아가씨만 찾았다가 술맛 떨어지고 마는 손님들을 나는 수도 없이 보아 왔다. 룸살롱에서 예쁘고 쭉쭉빵빵한 아가씨와 술을 마시고 싶은 것은 당연한 남자들의 마음이겠지만, 아주 싫은 인상이 아닌 이상 웬만한 아가씨라면 그냥 넘어가는 것이 현명하기 않을까 싶다. 평생 데리고 살 것도 아니요, 어차피 하룻밤 즐기는 것이 아닌가.

이런 나의 조언에 따를 남자가 얼마나 있을까 싶지만, 사실 콧대만 높은 예쁜 아가씨보다는 차라리 조금 못생긴 아가씨가

더 낫다. 이른바 '대기실 반장'으로 불리는 아가씨가 숨은 진주인 경우도 많은 것이다.

이들 '대기실 반장 아가씨'들은 자기가 왜 날마다 대기실을 지켜야 하는지를 잘 알고 있다. 즉, 자기 얼굴을 아는 것이다. 따라서 착하고 겸손한 이 아가씨들은 간혹 손님이 자신을 골라주기라도 할 때면 그 손님에게 정성을 다 하는 것이다. 애프터를 가도, 이들은 온몸으로 정성을 쏟는 편이다.

　업소의 특성상 아가씨들의 화장이 거의 '분장' 수준이다 보니, 사실 예쁜 아가씨들의 얼굴도 백 퍼센트 믿을 것은 못 된다. 내가 보기에 아가씨들의 얼굴에서 화장발이 70퍼센트다. 화장을 지우고 안 지우고에 따라 전혀 다른 모습이 된다는 것이다.

　2차를 나갔다가 화장이 지워지는 바람에 나갈 때는 알아보고, 들어올 때는 못 알아보는 아가씨들도 상당수다. 반대로 낮에 화장 지운 얼굴을 보면 대기실 반장이 더 순수하고 한국적인 미인상인 경우도 있다.

　또한 요즘은 성형술의 발달로 돈만 있으면 최진실이나 고소영처럼 비슷하게나마 만들어지는 세상이 아닌가. 룸살롱에 와서 성형 수술했니 안 했니를 따지라는 말이 아니다. 다만 너무 겉모습에만 집착하지는 말라는 얘기다. 장미에는 가시가 있는 법이다.

　그러나 못된 건 용서해도 못생긴 건 용서가 안 된다는 남자라면 방법이 없다. 일찍 오는 수밖에. 하지만 그렇지 않을 경우라면 차라리 '대기실 반장'을 고르는 것이 낫다. '남이 이미 손댄 것은 싫다'는 굳은 신념을 가진 남자라면 더더욱 말이다.

속전 속결의 원칙

　앞서 미아리나 용줏골 등을 룸살롱과 비교하면서 '속전 속결'을 얘기한 바 있다. 룸살롱과 달리 그런 곳에서는 보통 1시간을 넘기지 않는다는 얘기를 한 것 같다.

　혹 이를 잘못 이해한 나머지 룸살롱에서는 하루 종일 있어도 괜찮은 것으로 아는 사람이 있을까 봐서 하는 얘긴데, 룸살롱에도 '시간'은 있다.

　룸에서는 가능한 한 시간을 길게 끌지 말아야 한다. 룸살롱에서는 손님이 들어온 시간을 체크해서 2시간 내지 3시간으로 시간을 정하는데, 대부분 2시간 30분 정도다. 한 명이 와서 일행들을 기다리는 경우라 해도 카운트다운은 시작된다.

　그럼 이 '2시간 30분'이 지나면 어떻게 되느냐. 물론 손님을 강제 퇴장시키는 일은 절대 없다. 대신 담당 웨이터들이 초과 시간에 따라 벌금을 물어야 한다. 10분당 만 원을 무는 곳이 있는가 하면, 20분당 만 원을 내야 하는 업소도 있다. 그런가 하면 3시간이 넘을 경우 아가씨 봉사료를 더블로 주어야 하는 곳도 있다. 그러나 이러한 제도를 손님들은 알 턱이 없으니 그 피해는 고스란히 웨이터의 몫인 것이다.

손님의 입장에선 '오래 앉아 술을 많이 마셔주면 좋아하겠지' 생각하는 것이 보통이다. 물론 많이 마시는 것은 좋아한다. 그러나 오래 마시는 것은 절대 환영받지 못한다. 한 손님이 많이 마시는 것보다는 조금씩 마시더라도 여러 테이블을 받는 것이 룸살롱에게는 여러 모로 이익이기 때문이다.

요즘이야 경기가 좋지 않아서 조금 덜한 편인데, 사실 얼마 전까지만 해도 보통 10~11시가 되면 대부분의 룸살롱은 불야성을 이루었다. 아가씨뿐만이 아니라 룸도 부족한 상태인데, 벌써 네 시간째 죽치고 있는 테이블이라도 있으면 웨이터는 물론 업주들의 입장에서도 입이 바짝바짝 타들어 가는 것이다.

그런가 하면 아가씨들의 입장도 마찬가지다. 몇 시간 째 죽치고 앉은 손님들을 아가씨들은 '진상'이라고 하는데, 아가씨들이 그들을 싫어하는 이유는 두 가지다.

첫째 이유는 일단 금전적인 문제다.

미인촌이나 과부촌 같은 곳의 아가씨들(미시들)은 주대에서 봉사료가 나가기 때문에 손님이 오래 앉아 많이 먹고 가는 것을 좋아한다. 그러나 테이블당 페이를 받는 아가씨들의 입장에선, 손님이 술 많이 먹는 것과 자신의 수입은 아무 관계가 없다.

가령 손님이 발렌타인 17년산 몇 병을 마시건, 아니면 그보다 더 좋은 수입 위스키 루이 몇 세니 하는 것을 마신다 해도 아가씨는 좋아하지 않는다. 비싼 술을 먹으면 담당 구좌 웨이

터에게는 도움이 될지 모르지만, 아가씨들에게는 그림의 떡일
뿐 아무 소용 없는 일인 것이다.

  손님들 중에는 비싼 술을 시키면 아가씨 서비스도 더 좋아
질 것으로 기대하는 사람들이 있다. 그러나 최고급 위스키를
시킨다고 해서 좋아할 아가씨는 없다. 초보 아가씨라면 간혹
'이렇게 비싼 술을' 하고 놀라긴 하겠지만, 사실 아가씨 입장
에선 손님이 술을 시키면 자기도 먹어야 하니 '속만 버릴 뿐'
이다. 아가씨에게 좋은 서비스를 받고 싶다면 차라리 개인 팁
을 넉넉히 주는 것이 좋다.

  아가씨들은 여기에 앉아 술 몇 잔 얻어먹고 있기보단 어서
어서 한 테이블이라도 더 받고 싶은 것이다.

  물론 아직 일에 익숙지 못한 초짜 아가씨들은 나가면 다시
테이블을 받아야 하므로, 차라리 한 테이블에 오래 머무르는
것을 선호하기도 한다. 그러나 아가씨가 그럴 경우 마담들이
성화를 해대니 아가씨 자신을 생각해서도 '속전 속결'이 좋을
수밖에 없는 것이다.

  그런가 하면 두 번째 이유는 심리적인 이유다.

  오래 앉아 있는 '진상' 손님들 중에는 학식가가 많아서 아가
씨들을 '말로써' 괴롭히는 경우가 수두룩하다.

  예를 들어 옆에 앉은 아가씨에게 '너는 어떻게 이런 곳에 오
게 되었냐?'에서부터 시작해 '이 곳에 올 인물이 아니다', '절
대로 잘못 왔다' 등으로 이어진다. 그런가 하면 '어디에 사느
냐?', '가족 사항이 어떻게 되느냐?' 등 때아닌 동사무소 호구
조사가 이루어지기도 한다.

　이런 사람들의 또 한 가지 공통점이 있으니, 입버릇 못지않게 손버릇도 나쁘다는 것이다. 처음에는 이렇듯 고상하게 나가지만 조금 있으면 자꾸만 손이 아래로 간다든지 변태적인 행동을 일삼는다.

　여기서 아가씨들이 말하는 '변태적인 행동'이란 남들이 좀처럼 하지 않는 행동을 말한다. 아무리 유흥업소 접대부라 해도 대부분의 손님들은 '선'을 지켜주는데, 그 선을 넘으려는 사람들이 간혹 있다. 아무리 비싼 술을 마시건, 제아무리 판검사에 교수건 간에 아가씨들은 이런 손님을 절대 반기지 않는다.

　괜히 아가씨들 붙잡고 횡설수설하며 죽치고 앉아 있는 '진상 손님'이 되지 말고 적당히 즐기다가 깔끔하게 털고 일어서는 'VIP 손님'이 되라. 사실 말이 '속전 속결'이지, 2시간 30분이란 시간은 술 마시며 놀기에 그리 짧은 시간이 아니다. 엉덩이에 쥐 날 정도로 앉아 있을 필요는 없는 것이다.

빚지는 손님

늦은 시간에 와서 예쁜 아가씨 찾는 손님이나 네다섯 시간 죽치고 앉아 있는 손님들은 사실 애교로 봐줄 수 있다. 정작 웨이터들의 숨통을 죄는 것은 '빚지고 가는 손님'들이다.

최고의 VIP는 바로 '제 돈 내고 술 먹는' 손님이다. 너무나 당연한 얘기 아니냐고 물을지 모르지만, 오늘 하루도 수많은 웨이터가 손님이 지고 간 '빚'에 짓눌려 힘겹게 하루하루를 살아가고 있는 것이다.

위에서도 언급했듯이 두세 명이 룸살롱을 하룻밤 이용할 때 나오는 금액은 1백50만 원에서 2백만 원을 호가한다. 그러다 보니 술값을 현금으로 계산하는 사람이 거의 없다는 것이 문제다.

십만원 권 수표라도 한 20~30장 넣고 다니자면 상당한 부피를 차지하는데, 어느 누가 수백만 원을 현금으로 내겠는가.

그렇다고 술을 먹은 두세 명이 50~70만 원씩 나누어 더치페이를 하는 경우는 더더욱 없으니, 한마디로 '쪽팔린다'는 이유에서이다. 일행 중 어느 한 사람이 사기로 한 경우가 아니라면 일단 그 자리에선 무조건 한 사람이 계산한다. 물론 나중에 서로 분배해서 계산을 하겠지만 말이다. 자랑스런 '한국인'으로 태어나 계산대 앞에서 머뭇거리며 돈 계산을 하면 창피하기 때문이다. 친구든 형제든, 아니면 모르는 사람과의 첫 만남이었든 일단은 한 사람이 계산하고 보는 것이 한국의 룸 문화다. 아니, 이는 비단 '룸'에서만 일어나는 일은 아닌 듯 하니 넓게 보아 '한국인의 음주 문화'라 해도 무방할 듯하다.

과거에는 당좌수표나 어음을 받기도 했지만, 요즘은 이런 것들이 사라지면서 대부분이 카드 아니면 사인(외상)이다.

그나마 카드는 별 문제될 것이 없다. 문제는 바로 '사인'이다. 손님이 사인을 하게 되면 웨이터들은 일단 술값 백퍼센트를 모두 받지 못하는 것으로 봐야 한다. 결제를 할 때 손님측에서는 10~20퍼센트 정도를 깎아달라고 하는 것이 보통이고, 그러한 단골의 부탁을 거절하는 웨이터들은 없다. 다 받기 미안해서라도 깎아주게 되는 것이다. 사실 미안할 것도 없는데 말이다.

술값을 깎을망정, 계산을 제때 맞춰주는 손님은 그나마 나은 편이다. 매달 결제일이 되면 웨이터들은 업주에게 자신의 매출에 해당하는 금액을 입금시켜야 한다. 그런데 그 날까지도 손님이 결제를 해 주지 않는다면 웨이터들은 입금은커녕 업주에게 각종 불이익을 당하게 되는 것이다.

예를 들어 자신의 매출액 1천만 원을 업주에게 입금시켜야 하는 상황이라고 가정해 보자. 웨이터들은 그 동안 사인을 해 간 손님들을 찾아다니며 결제를 받아 와야 한다. 그 중 2백

50만 원어치 술값을 사인해 간 손님이 있어 찾아가 결제를 받으려 하니 30만 원을 깎아 2백 20만 원만 준다. 그런데 그것도 현금이 아닌 카드로 결제를 해 준다고 해 보자.

이렇게 카드로나마 겨우겨우 결재를 해 업소로 가져오면 경리부에서는 업주의 지시대로 다시 10~20퍼센트를 공제한다. 이 카드 공제율은 업소마다 다르지만, 수금 카드의 경우 대부분의 업소에서 10~20퍼센트 정도 공제를 하는 편이다.

그런데 그 손님의 술값 250만 원, 아니 손님에게 깎이고 경리부에서 깎여 2백만 원 남짓 된 금액이 모두 웨이터에게 들어오는 것은 아니다. 아가씨의 봉사료와 밴드비·룸비·호텔비 등의 각종 부대비용이 포함된 돈이다. 결국 그토록 애를 쓰며 수금을 하러 다녔건만 그 중에서 웨이터가 가져가는 돈은 얼마 되지 않는 것이다.

룸살롱 웨이터들이 받는 봉사료는 나이트나 다른 업종의 웨이터들이 받는 그것에 비해 많은 편이다. 심지어 나이트 웨이터들이 받는 봉사료의 두 배에 가까운 돈을 받기도 한다.

그런데 여기서 가장 중요한 것은, 담당 웨이터가 아무리 한 달에 수천만 원의 매상을 올렸다 하더라도 위에서 말한 계산법대로 제하고 나면 오히려 나이트 웨이터보다도 수입이 적어지는 경우도 생긴다는 것이다.

룸살롱 하나를 정해 두고 그 웨이터들을 살펴보면 한 가게에 한두 명, 많게는 서너 명은 그래도 자기가 노력한 만큼의 대가를 가져가는 편이다. 그러나 그 아래의 서너 명은 항상 제자리, 다시 말해 현상 유지다. 그리고 그 밑의 전부는 거의

다 빚더미에 앉아 있다. 업주에게 수백에서 수천만 원의 빚을 진 채 영업을 하고 있는 이들이다. 이것이 바로 룸살롱 웨이터들의 세계인 것이다.

따라서 이들 룸살롱 웨이터들에게 있어 야반 도주나 도피 생활은 예사다. 견디다 견디다 벼랑 끝까지 다다르면 잠수를 해버리는 것이다. 잠적을 감춰 버린 이들이 그나마 다른 곳에서 돈이라도 벌어 정리를 할 수 있으면 다행이다. 업주에게 자수를 해서 얼마 정도 탕감이라도 받으면 그나마 깨끗한 결말인 것이다. 혹 도망간 웨이터를 지방에서 붙잡아 왔다 해도, 역시 돈 한푼 없으니 방법이 없는 것이다. 사실 오죽했으면 야반 도주를 했겠는가.

이런 웨이터들이 잡혀 파출소에서 연락이 오면 업주의 입장에서는 다른 업소에라도 다시 팔아 얼마라도 챙기는 것이 최선이다.

웨이터들 중에는 카드노름이나 경륜·경마 등의 도박에 빠져 빚을 지는 사람들도 있지만 십중 팔구는 '사인' 손님으로 인해 빚쟁이 아닌 빚쟁이가 된다. 그들의 파산은 어쩌면 우리 모두의 책임일지도 모르는 것이다.

손님이 빚을 내어 먹은 그 비싼 수입 양주의 값을 웨이터가 지불하는 셈이다. 그들이 룸살롱에서 하룻밤 신나게 놀고 마신 대가를 담당 웨이터가 치러야 하는 꼴이다.

헤네시 로얄 살로트나 나폴레옹을 마시는 손님보다 더 귀한 손님은 '사인 안 하고' 술값 제대로 계산해 주는 손님이다. 국산 양주를 마셨다 해도 '사인' 처리만 하지 않는다면, 혹 사인으로 한다 해도 깎지 않고 제때 계산해 준다면 웨이터에게는 VIP다.

비싼 술 잔뜩 마시고 사인으로 처리한 후 술값을 깎아 봐라. 손님의 입장에서는 전체에서 10~20퍼센트가 뭐가 대단하냐고 할지 모르지만, 그 손님이 생각하는 '새 발의 피'가 웨이터에게는 치명타가 될 수도 있는 것이다.

그러나 룸살롱에서 비싼 술을 먹긴 먹되 술값 다 내는 것은 왠지 억울하게 생각하는 사람들이 항상 있다. 그런 사람들을 위해 한 가지 팁을 알려줄까 한다.

룸살롱이라고 해서 모두 다 같은 운영 체제를 가진 것은 아니다. 정통 룸살롱 중 어느 정도의 규모를 가진 업소라면 각 웨이터와 마담들이 자기 장사를 하지만, 소규모 룸살롱이나 '룸살롱'을 표방한 일부 술집들은 구좌 직원 없이 업주 직영으로 운영되는 곳이 있다. 업주 혼자서, 아니면 몇 명의 동업자가 직접 장사를 하는 이런 곳에서는 사실 계산서 그대로를 낼 필요는 없다. 할인을 요구해도 무방하다는 것이다.

구좌 웨이터나 마담들처럼 중간업자가 없다 보니 사실 업주의 입장에서는 남는 것이 많다. 기껏해야 술과 안주 등의 원가만 따져보아도 얼마 안 들어간다는 것이다. 따라서 어느 정도의 주대 할인을 받는 것이 가능하다. 그렇게 해서라도 자주 찾아주는 것이 업주의 입장에선 오히려 이득인 것이다.

그러나 이런 직영 체제가 아닌, 구좌 마담과 구좌 웨이터들이 있는 룸살롱에서는 사실 값을 깎으려 해서는 안 된다. 꼭 룸살롱이 아니더라도, 미인촌이나 나이트 등에서도 구좌 영업을 하는 곳에서는 가능한 한 할인을 요구하지 말하는 얘기다.

구좌 업소에서 손님은 업주가 아닌 담당 웨이터와 1 대 1 거래를 하는 것이다. 그리고 그 웨이터 뒤에는 자신의 매출을 보고하고 입금해야 하는 업주가 있다. 만약 손님이 값을 지나치게 깎으려 한다든지, 외상으로 처리한 후 결재를 미룬다면 그것이 바로 그 담당 웨이터를 진상으로 이끄는 지름길인 것이다.

룸살롱 웨이터들은 각종 유흥업소 중에서 가장 높은 봉사료를 받지만, 그만큼 많은 모험과 고통이 뒤따른다. 발도 자리를 보아 가며 뻗으라는 말처럼, 술값도 자리를 보아 가며 깎아라. 백화점에서 수백만 원짜리 가격표가 붙은 옷값을 깎을망정 시장에서 몇 백 원짜리 콩나물 값은 제발 깎지 말라는 얘기다.

아울러 이 자리를 빌려 술 문화에 있어서만큼은 '과유 불급(過猶不及)'의 뜻을 새기자는 것을 당부해 두고 싶다. 우리나라 사람들은 어쩜 그렇게 다들 넉넉하고 인정들도 많은 것인지. 그들에게 '모자람'이란 절대 용서할 수 없는 것인가 보다.

세 명이 룸살롱을 왔다 하면 보통 두 병 정도를 시킨다. 독한 양주다 보니 사실 세 명이 두 병을 먹는 것은 절대 모자란 것이 아니다. 그런데 남은 술을 세 잔에 따르자니 술이 조금 부족할 수가 있다. 그러면 그 '부족함'을 그냥 넘길 수 없어 기어이 한 병을 더 시키는 것이다. 이미 취해 더 마실 수 없는 상태라도 대부분은 그렇게 한다.

이는 비단 룸살롱에만 해당되는 얘기는 아니니, 포장마차든 호프집이든 파장된 술자리를 보면 항상 술병에 술이 남아 있다. 빈 병에 부어보면 한 병 가까이 나오는 것은 예사다.

물론 주류 회사 측에서 병에 술을 채울 때 잔 수를 계산하기 때문에 벌어지는 일이기도 하다. 그러나 그건 어디까지나 기업의 마케팅 전략일 뿐이다. 그들도 먹고 살려니 어쩔 수 없는 것이다. 다만 우리가 그들의 전략에 장단을 맞춰줄 필요는 없는 것이다.

어디 그뿐인가. 사실 주류 회사의 탓으로만 돌리기엔 무리가 있다. 고깃집을 비롯한 각종 음식점을 가도 마찬가지이니 말이다. 사람들이 일어서는 자리를 보면 불판에 어김없이 고기가 남아 있다. 어떨 땐 1~2인분에 가까운 양이 남기도 한다. 도대체 풍요롭게 먹고 산 지 얼마나 되었다고들 그러는 것인지.

얘기가 조금 새나간 것 같은데, 아무튼 술이건 음식이건 간에 적당히 시켜 적당히 먹고, 또 자기가 먹은 값은 하라는 얘기다. 사실 너무나 당연한 얘기들이 아닌가.

룸살롱 사람들

'룸살롱'의 계보를 만든다면, 가장 윗자리를 차지하는 사람이 바로 '업주'다. 룸살롱이 들어설 곳을 선정하고, 인테리어를 하고, 웨이터나 마담을 불러들이는 일, 그리고 가장 중요한 아가씨 문제까지 크게 본다면 모두 '업주'의 관할이다. 하나의 룸살롱을 차리고 운영해 나가기 위해서는 많은 노하우가 필요하니, 이런 노하우가 없다면 제아무리 호텔 내부에 자리를 잡고 앉아 이태리 대리석을 깔아놓은들 아무 소용이 없는 것이다.

노하우에 더불어 '경제적인 문제'도 무시할 수 없다. 업주가 룸살롱을 차린 후 그 업소를 경영해 나가기 위해서는 어느 정도 여유 자금이 있어야 한다. 수입이 많은 반면 불안정할 수밖에 없는 룸살롱의 특성상 그런 여유 자금이 없이는 1년을 버티기가 힘들어지는 것이다. 돈이 여유치 않으면 결국 사채를 쓸 수밖에 없으니 여기에는 선택의 여지가 없다. 거금을 들여 만든 업소를 하루 아침에 포기할 수는 없으니, 울며 겨자 먹기로 비싼 사채를 쓰는 것이다.

업주들 밑에 있는 것이 바로 간부급 직원들이 있다. 룸살롱의 실질적인 운영진인 이들 간부들이 하는 일은 능력 있는 웨이터와 마담을 섭외하는 일이다. 동시에 자기 장사를 하는 이들도 있으니, 이른바 '팀장 웨이터'나 '부장 마담'이니 불리는 이들이 바로 그들이다.

간부들이 마담만을 섭외해 마담이 다시 웨이터를 데려오는 경우도 있고, 반대로 웨이터만 섭외해 그 웨이터가 마담을 섭외하는 경우도 있다. 또한 업주가 마담을 직접 섭외하는 경우도 있으니, 이는 지역별·업소별로 차이가 있다.

그렇게 해서 데려온 마담이 '대마담'이다. 이 대마담은 다시 자기 밑으로 새끼마담을 섭외해야 한다. 규모에 따라 인원수에 차이가 있지만, 대부분은 한 명의 새끼마담을 둔다. 그러면 이들 새끼마담들이 대마담과의 공조하에 아가씨들을 확보해 나가는 것이다. 이것이 유흥업소의 조직이고 계보인 것이다. 마담 얘기는 뒤에 가서 더 자세히 하기로 하고. 참고로 요즘은 마담을 '피디'라고 부른다.

업주가 일단 업소를 차려놓으면 실질적인 장사는 마담과 웨이터들의 몫이다. 웨이터와 마담들은 각각 자기 장사를 해서 매달 자신의 구좌에 입금을 시켜야 한다. 가끔 웨이터와 마담들을 '구좌 웨이터', '구좌 마담'이라 부르는 이유도 여기에 있다. 룸살롱의 구좌 입금일은 매달 초순으로 1일에서 5일 사이인데, 대부분 5일이다.

그러나 이 5일에 맞추어 자신의 구좌에 정확한 액수의 돈을 입금하는 경우는 흔치 않다. 사인(외상) 손님들이 있는 이상

전직원이 100퍼센트를 막는다는 것은 사실 불가능한 일이다. 이렇게 정해진 날짜에 구좌를 막지 못한 직원에 대한 처분은 업주의 재량에 달려 있다. 조금의 부족분에 한해서는 부도 처리를 안 하고 아량을 베푸는 업주들도 있지만, 대부분은 그 업소의 규칙에 의해 처리하는 것이 보통이다. 이를테면 그에 대한 벌금을 매기는 것이다.

그러다 보니 5일날만큼은 어떻게든 업주에게 100퍼센트 입금을 하려 애를 쓰는 것이 보통이다. 고리 이자로 돈을 융통해서라도 말이다. 자영업을 하는 사업가가 은행에서 온 수표를 막는 것과 크게 다르지 않다고 보면 될 듯하다.

또한 매출에서 발생한 부족 자금의 책임, 다시 말해 각 구좌들이 결산일에 금액을 맞추지 못한 책임은 모두 간부급 직원들에게 돌아간다. 업주는 그들에게 모든 책임을 묻는 것이다. 욕을 먹어도 간부가 먹고 칭찬을 들어도 간부가 듣는다. 잘했건 못 했건 모든 것은 간부의 능력으로 돌려진다. 따라서 간부들은 모든 총대를 맨 채 각 웨이터와 마담들의 구좌 관리에 신경을 써야 하는 것이다.

뿐만 아니라 간부들은 웨이터나 마담들, 즉 업소 직원들과의 긴밀한 유대 관계를 형성해 나가야 한다. 혹 직원들의 조그마한 실수 하나에도 그냥 넘어가지 못하고 하나하나 짚고넘어가는 '속 좁은' 모습을 보였다가는 금방 소문이 나기 마련이다. 한번 그렇게 소문이 난 간부는 다음에 사람을 조각(모집)할 때 그 대가를 톡톡히 치르게 되는 것이다.

그런가 하면 업주들에게 지나치게 잘 보이려 노력하는 간부

연세대대학생 대상 (밤의 비즈니스 성공전략) 특강 후

들도 직원들에게는 인기를 얻지 못한다. 자신이 업주에게 아무리 충성을 다 한들, 직원들은 자신의 부름조차 따르지 않게 되는 것이다.

이에 더 해 간부는 자신의 업소를 제외한 타업소의 사람들까지도 관리할 수 있는 능력을 가져야 한다. 즉, 사교성과 함께 깊고 넓은 인맥을 가진 '마당발'이어야 하는 것이다. 웨이터들에게는 '얼마나 많은 손님을 알고 있느냐'가 중요하듯이 이들 간부들에게는 '얼마나 많은 웨이터와 마담을 알고 있느냐'가 중요하다.

주변의 웨이터나 마담을 많이 알고 있으면서 그들과 꾸준히 친분을 쌓아두어야 한다. 같은 업소에서 일하지 않는다 하더라도 가끔은 일이 끝난 후 해장국을 사주면서 고민을 들어준다든가, 하다 못 해 안부 전화라도 꾸준히 해두어야 하는 것이다. 혹 예기치 못한 일이 생겨 갑작스럽게 웨이터나 마담의 자리가 비워지게 되면, 그때 그때 사람을 조달할 수 있는 '위기 대처 능력'은 바로 이런 사소한 인맥 관리에서부터 시작되는 것이다.

물론 그렇다고 해서 물불을 가리지 않고 모든 웨이터와 마담들에게 잘 보여야 하는 것은 아니다. 능력이 있는, 아니면 적어도 '가능성이 보이는' 이들에게만 해당되는 얘기다. 양보다 중요한 것이 바로 '질'이다. 많은 마이킹(구좌)을 끊어주고 데려온 마담이나 웨이터가 알고 보니 진상(손님도 없고 능력 없는 사람)이었다든지, 어느 날 갑자기 야반 도주를 해 버리기라도 한다면, 그 모든 책임 역시 그를 데려온 간부에게 돌아가는 것이다.

룸살롱의 '인사권'을 쥐고 있는 존재이니만큼 간부급 직원들의 어깨에는 힘이 들어가 있기 마련이다. 책임이 큰 만큼 권한도 큰 것이다. 그러나 그렇다고 해서 간부가 무슨 조폭의 중간 보스나 힘깨나 쓰는 건달들인 것은 아니다.

물론 처음 내가 룸살롱 생활을 시작할 당시에는 간부들 중에는 이른바 '어깨'들이 많았다. 그러나 지금은 거의 다 웨이터 출신이라든가, 자기 장사를 겸하는 팀장 웨이터들이다. 웨이터 생활을 오래 한 사람이 업소에 일정 금액의 지분을 출자하는 경우가 있고, 아니면 웨이터 출신 업주가 자신의 학연·

지연으로 능력 있는 사람을 간부로 채용하는 경우도 있다.

 능력 있는 간부의 경우 업주로부터 억대의 몸값을 받고 스카웃되기도 한다. 물론 이 역시 간부가 그냥 주는 돈은 아니다. 간혹 가다 계약일 수에 따라 스카웃비의 일부분을 주는 곳도 있지만, 대부분은 무이자로 빌려주는 것이다.

 그런가 하면 변두리나 일부 업소에서는 웨이터 출신들이 한데 뭉쳐 마치 벤처 회사같이 업소를 여는 경우도 있다. 즉, 대표 역할을 해 줄 이른바 '바지 사장'을 하나 정해 두고 동업을 시작한 웨이터들이 간부로서 실세를 쥐고 있는 형식이다.

 이렇게 막중한 책임과 권한을 가졌는가 하면, 가장 위태로운 자리에 있는 이들도 바로 '간부들'이다. 언제고 업주가 바뀌기만 하면 제일 먼저 간부부터 아웃이다. 간부 다음의 타자는 경리·주방장 등의 유급 사원들이고, 그 다음이 웨이터와 마담들이다. 새 업주가 이들을 안고 들어오는 것이라면 다행이지만, 대부분은 밖에서 자기 사람으로 조각을 해 와 인수하는 것이 보통이니 사실상 물갈이가 되는 것으로 봐야 한다.

 운이 없으면 하루 아침에 쫓겨날 수도 있는, 그야말로 '파리 목숨'을 가진 룸살롱 사람들. 그런데 이들 유흥업소 직원들에게는 퇴직금이란 것이 없다. 1년을 일했건 10년을 일했건 마찬가지다. 보너스 역시 업주의 재량에 달렸다. 주고 싶으면 주고, 말고 싶으면 마는 것이다.

아가씨 이야기

그녀들이 룸으로 간 까닭

    얼마 전 한 주요 일간지에서 '한국의 성 매매 규모와 현황'을 읽은 적이 있다. 여성부의 조사 보고서에 따르면, 성 매매에 종사하는 전업 여성은 약 33만 명에 이르며, 성 매매와 관련된 여성의 숫자는 무려 80만 명으로 전체 가임 여성의 10퍼센트가 매춘과 연관을 가지고 있다고 한다. 일반인들이 생각하는 것보다 훨씬 더 많은 숫자의 여성들이 유흥업소 접대부로 일하고 있다는 얘기다.

    그러나 유흥업에 직접 몸담고 있는 종사자의 입장에서 보건대, 이러한 수치 역시 정확한 것은 아니라고 본다. 이는 어디까지나 설문에 응한 이들을 통해 나온 결과일 뿐, 조사에 응하지 않은 여성들까지 포함시킨다면 훨씬 더 많은 숫자가 나올 것이라는 얘기다. 이보다 많으면 많았지 절대 적지는 않을 것이다. 사대문 안에 위치한 룸살롱의 경우, 하루 평균 30~50여 명의 아가씨가 출근을 한다. 좀 많은 곳은 50~80여 명에 이르기도 한다. 대도시의 룸살롱 개수를 감안한다면 그야말로 엄청난 숫자가 나오는 것이다. 또 밖으로 나가면 나갈수록 숫자는 더욱 불어난다. 천호동이나 미아리·장안동 등의 변두리나 일산·분당·안산·평택·안양 등지로 가면 훨씬 더 많은 룸살롱과 아가씨들이 포진해 있다는 것이다. 그런데 어디 아가씨들이 있는 곳이 룸살롱뿐이던가. 단란주점을 비롯한 각종 유흥업소를 모두 포함시킨다면 그야말로 천문학적인 숫자가 나오는 것이다.

사실 룸살롱을 비롯한 전국의 유흥업소에 과연 몇 명의 아가씨들이 종사하고 있는지는 정확히 알 수 없다. 지난 2001년 원천 징수의 대상이 된 이래, 아가씨들은 꼬박꼬박 세금을 내왔다. 그러나 그럼에도 불구하고 아가씨들은 사회적으로 직장인 대우를 받지 못한다. 또한 그녀들 자신 역시 주위의 시선을 의식해 드러내기를 꺼리다 보니 정확한 숫자 파악이 어려운 것이다.

한 해 24조 원이라는 화대를 지불하고 여성들의 성을 사는 술집의 남자들, 그리고 남성들만의 성역에서 웃음을 팔고 그 대가로 하루를 살아가는 여인들. 그녀들과 술집의 인연은 어디에서부터 시작되는 것일까. 물론 그 근원을 찾아나가자면 한도 끝도 없을 것이다. 멀리는 조선 시대 기생에서부터, 더 멀리는 '여자와 술은 불가분의 관계'라는 인간의 원초적 본능까지 거론할 수 있을 테니 말이다.

여기서는 짧게 끊어서 '룸살롱 접대부'들이 탄생하게 된 배경부터를 살펴보고자 한다. 그녀들의 전신(前身)은 초창기 룸살롱에 해당하는 삼청각·대원각 등의 요정에서 찾아볼 수 있다. 안방에서 방석을 깔고 앉아 가야금 장단에 맞추어 음주 가무를 즐기던 시절. 그 시절 한복을 곱게 차려입고 술시중을 들던 아가씨들은 그래도 어느 정도 지성과 교양을 갖춘 여성들이었다. 풍류와 지성을 겸비했던 전형적인 조선 시대 기생의 모습에 가까웠으며, 따라서 일반 홍등가의 잡부들과는 차이가 있었던 것이다.

그러나 80년대 중·후반부터인가, 음주 문화에 서구화 바람이 불기 시작하면서부터 그녀들의 모습도 점점 서구화되어 갔다. 일단 안방에서 방석을 깔고 마시던 자리가 테이블로 옮겨졌다. 술의 종류만 해도 정종·맥주가 고작이었던 것이, 국산 양주가 선보이는가 싶더니, 어느 새 수입 양주가 테이블을 독점하기에 이르렀다.

자연히 아가씨들의 복장도 바뀌었다. 한복 대신에 서구식 테이블과 잘 어울리면서도 몸매가 드러나는 의상을 입게 되었

다. 아가씨들의 몸매와 얼굴이 강조되면서 지성과 교양은 뒷전으로 밀려났고, 대신에 애프터, 즉 2차가 요구되는 오늘에 이른 것이다.

여기서 잠깐 말이 나온 김에 아가씨들의 룸살롱 '애프터'란 것에 대해 잠깐 짚고 넘어가기로 하자.

앞에서도 말했듯이, 룸살롱의 '1종 허가'는 접대부 아가씨를 고용할 수 있는 유흥업 최고의 골드 허가다. 나이트건 미인촌이건 비즈니스 클럽이건, 그 형태가 어떻든 간에 허가를 받기만 하면 서빙하는 아가씨들을 동석시켜 영업을 할 수 있다는 것이다. 그러나 어디까지나 '술시중'만 가능할 뿐 애프터에 해당되는 윤락은 법적으로 금지된 것이 사실이다.

하지만 내가 장담하건대 대한민국 룸살롱 중 애프터가 없는 곳은 없다. 설사 검찰총장이 와서 술자리를 갖는다 해도 그 자리의 아가씨는 2차를 나가는 것이다. 만약 아가씨들이 애프터를 안 나간다고 하면 오히려 손님들이 반문을 한다.

"아니, 대한민국에 이런 룸살롱도 있단 말인가?"

한때 모 사회 단체에서 〈유흥업소 접대부의 윤락〉과 관련하여 여론 조사 겸 공청회를 한 적이 있었던 것 같다. 일단 일부 여성 단체를 비롯한 시민들이 '여성의 성 상품화'와 '여성의 인권과 존엄성' 등의 이유를 들며 반대를 했었다.

반면, 이를 찬성하는 입장도 있었는데, 그들의 주장은 성범죄 예방을 위해 윤락이 필요하다는 것이었다. 세계 최강국이자 정치와 경제의 중심이라는 뉴욕에서도 매춘과 윤락이 성행함을 들며, 오히려 법적인 보호 속에서 윤락이 이루어진다면 지금저럼 무분별한 원조 교제나 인터넷 채팅을 통한 음성적 매매춘이 근절될 것이라는 것이다.

찬반의 결과는 막상막하로 오르내리다가 거의 50 대 50으로 마무리되면서 흐지부지된 것으로 기억된다. 이 공청회를 지켜본 시민의 입장으로, 그리고 유흥업에 몸담고 있는 종사자의 입장에서 나의 의견을 밝히자면… 글쎄, 룸살롱 2차는 '필요악' 정도로 보아야 하지 않을까 싶다.

아무튼 대한민국 룸살롱에서는 100퍼센트 2차, 즉 윤락이 이루어진다. 그런가 하면 변두리의 찻집 스타일 술집에서부터 비즈니스 클럽·나이트·미인촌, 소수 남아 있는 방석집(요정) 등에서도 공공연히 윤락이 행해지기도 한다. 한 가지 주목할 것은 이들 모두 아가씨들의 '자발적인 선택'에 의한 것이라는 점이다.

개중에는 강남 룸살롱의 '십 프로 아가씨'처럼 2차를 안 나가는 조건으로 근무를 하는 아가씨들도 있지만, 사실 아무리 십 프로라 하여도 나가고 안 나가는 것은 본인의 마음에 달려 있다. 예쁜 얼굴에 끝내 주는 몸매를 가진 아가씨가 '2차 없이 일한다'는 조건으로 출근을 하는 경우, 업주와 마담의 입장에선 일단 아가씨의 의사에 따라 계약을 한다. 그러나 점차 '한 주에 한 번'식으로 아가씨의 애프터를 독려하게 되는 것이다.

물론 예전과 같은 '강요'는 절대 없다. 그전 같으면 영업부 직원들이나 간부들이 눈만 한 번 부릅떠도 아가씨들은 어쩔 수 없이 2차를 나가야 했다. 그러나 지금은 사정이 다르다. 아무리 수백만 원짜리 술자리라 해도 아가씨가 싫다면 싫은 것이다. 처음에는 마담이나 간부들이 달래도 보고 사정도 해 보지만, 끝가지 안 된다면 할 수 없는 것이다. 만약 윽박지르고 욕이라도 했다가는 그 아가씨는 다음 날부턴 출근을 안 해 버리기 때문이다.

그러나 진정한 '십 프로' 아가씨는 사실 별로 없는 편이다. 처음에는 굳은 의지와 절개를 가지고 들어왔다 하더라도 접대 생활에 익숙해지기 시작하면 십 프로와 이십 프로 간 경제적인 차이를 극복하지 못하고 '이십 프로 아가씨'라는 대세를 따르게 되어 있다.

물론 아무리 접대부 아가씨라 해도 낯선 남자와의 잠자리를 반길 사람은 없다. 다만 생계 유지를 비롯한 금전적인 문제로 인해 이를 자청하게 되는 것이다. 스스로의 선택으로 몸을 파는 아가씨들과 그들의 고객이 되어주는 남자들. 윤리·도덕적인 면으로 보아 룸살롱 2차는 분명 바람직한 것은 아니다. 그러나 그로 인해 생계를 유지해 나가는 아가씨들이나, 또 그로 인해 사회 생활에서 쌓인 스트레스를 해소하는 남자들을 보면 또한 고개가 끄덕거려지는 것도 사실이다.

다시 원래 이야기로 돌아와서. 아가씨들의 접대 스타일이 서구화되고 '윤락'이라는 것이 더욱 공공연해지자 요정 접대부들의 인기는 하락하고, 이들 '나가요 걸'들에 대한 수요는 급증하기 시작했다. 일류 호텔 나이트의 룸이나 강북·강남의 유명한 몇몇 룸살롱을 중심으로, 이른바 '나가요 걸'을 모집하기 위해, 각종 광고를 비롯하여 별의별 수단이 다 동원되기도 하였다.

심지어 '룸살롱'이 한창 무르익던 시절에는 강남의 카페나 술집에서 여대생들이나 무명 연예인들과 접촉해 룸살롱 마담에게 이어주는 뚜쟁이들이 활개를 치기도 하였다. 이를 직업 삼아 이 일만 전문으로 하는 뚜쟁이들도 있었지만, 대부분은 유흥업소에 종사했던 사람들이 어느 정도의 노하우를 바탕으로 중매를 서곤 했다.

이렇게 늘어나는 수요에 더 해, 때맞춰 불기 시작한 '3D 기피 현상'이 여성들을 유흥업으로 내모는 데 결정적인 역할을 했다고 보는 것이 나의 입장이다.

한때 '샛별 보기 운동'이니 '새마을 사업'이니 해서 열악한 환경 속에서도 국민 모두가 힘든 일을 마다하지 않던 때가 있었다. 이억 만리 땅 중동에 가서도 한국 근로자들은 모래바람을 맞아가며 열심히 시멘트를 날랐다. 언제 포탄이 떨어질지 모르는 전쟁의 복판에서 수많은 한국인들이 위험을 무릅쓰고 일했던 것이다. 그런데 언제부터 다들 그렇게 먹고 살기 편해진 것인지. 더럽고 힘들고 위험한 일, 즉 3D는 더 이상 못 하겠다는 풍조가 불기 시작하면서 자연히 유흥업을 비롯한 서비스업으로 사람들이 몰리기 시작한 것이다.

중동 쿠웨이트 타워 앞에서

그러다 보니 한때 '가뭄'이 따로 없었던 아가씨 수급 문제 역시 '해갈'을 맞기 시작했다. 더욱이 일부 신문 제작 통제가 해제되면서 각종 생활 정보지가 난무하게 되었고, 손에 잡히는 정보지에는 어김없이 '월수 2~3백만 원, 출퇴근 가능', 또는 '기본급 1백만 원, 월급 외 수당 포함 월수 5백만 원' 등의 광고가 자리를 잡게 된 것이다.

물론 룸살롱 아가씨들의 대부분은 이런 광고를 보고 찾아오기보다는 선후배의 소개로 들어오는 것이 보통이다. 하지만 아르바이트 겸 나오는 여대생을 비롯해 정상적으로 직장에 다니던 여성들까지 룸살롱으로 흘러들어온 것에는 이런 생활 정보지들도 한몫을 톡톡히 했다는 것을 부인할 수는 없다.

또한 카드의 역할도 무시할 수 없다. '금전 문제' 때문에 룸살롱을 찾게 된다는 것에는 예나 지금이나 변함이 없다. 그런데 예전에는 그 금전 문제라는 것이 가정 형편에 의한 것이었다. 집에 아픈 식구가 있다거나, 아버지 사업이 부도가 났다거나, 아니면 동생들의 학비를 대야하는데 돈이 여의치 않을 경우 두 눈 딱 감고 룸살롱에 나오는 것이었다.

그러나 요즘은 사정이 달라도 한참 다르다. 가정 형편이 아닌 '개인 사정'에 의해 룸에 나오는 아가씨가 많아졌다. 일정한 수입도 없이 카드를 써놓고는 더 이상의 빚독촉을 견딜 수 없자, 멀쩡하게 학교 다니던 여대생들조차 '나가요 걸'이 되고 마는 것이다. 한때 수입에 관계없이 무분별하게 카드를 발급해 준 덕분에 나이 어린 아가씨들까지 룸살롱에 발을 들여놓는 것은 물론, 심지어 그녀들의 인생 방향을 통째로 바꾸어 놓기도 하는 것이다.

밤에 출근해야 하는 아가씨들이 가족이나 주위 사람에게 가장 많이 둘러대는 것이 바로 '동대문 시장 아르바이트'다. 동대문 패션 몰이나 남대문 의류 상가에서 아르바이트를 한다고 하면 아무도 의심을 하지 않는다. 그도 그럴 것이 동대문과 남대문 시장의 영업 시간이 룸살롱 영업 시간과 거의 맞아떨어지기 때문이다.

주영이의 선택

"오늘은 내가 다 살게! 이거 먹고 또 다른 데 가자!"

"어라, 니가 무슨 돈이 있다구그래? 어디 가서 돈 많은 놈 하나라도 문 거니?"

"그러게. 혜림아, 너 어떻게 된 거야?"

한동안 뜸하던 혜림이가 오랜만에 여고 동창 모임에 얼굴을 비쳤다. 그것도 180도 달라진 모습으로. 성격상 그리고 주머니 사정상 한턱 내는 것과는 거리가 멀던 아이였는데, 오늘은 한턱을 내도 아주 제대로 낸다는 것이 아닌가. 어디 그뿐인가. 값비싼 유명 브랜드 옷을 몸에 두르고 액세서리 역시 이미테이션 아닌 진품으로 무장을 했다.

"이 언니가 요즘 돈을 좀 벌잖니. 그 기념이야!"

"어디 취직했는데그래?"

"다 그런 게 있어~."

혜림이의 변신에 어리둥절해진 친구들은 혜림이가 무슨 횡재라도 한 것일까 궁금해서 안달이 났다. 주영이 역시 예외는 아니었다.

'도대체 저것이 나보다 공부를 잘 해, 뭐를 잘 해. 기껏해야 조금 날씬하단 것뿐인데. 대체 어느 회살 들어갔길래 저렇게 신세가 핀 거지?'

집에 돌아온 후로도 주영이의 머릿속에는 혜림이의 옷이며 장신구며 또 돈을 펑펑 써대는 모습이 떠나지를 않는다. 궁금증에 밤을 뜬눈으로 지새다시피 한 주영이는 결국 다음 날 혜림이를 찾아갔다.

"실은… 나 요즘 룸살롱 나가. 왜 있잖아, 나가요 걸이라구."

"뭐? 기껏 좋은 자리 취직했다는 게 고작 빠순이냐? 야 이 년아 정신차려! 니네 시골 부모님 아시면 어쩔려구그래!"

잔뜩 기대에 부풀어 혜림이를 만났다가 도리어 면박을 주고 돌아온 주영이. 그러나 혜림이를 만나면 만날수록 자신의 신세가 처량해지는 것은 어쩔 수 없다.

아침이면 8시 30분이라는 출근 시간을 맞추기 위해 새벽 6시부터 일어나 수선을 떨어야 한다. 1시간 30분의 거리를 전철과 버스를 갈아타고 가 저녁 6시까지 파김치가 되도록 일을 하건만, 사회 초년생인 그녀의 한 달 월급은 고작해야 1백만원이 조금 넘는다.

남자들처럼 진급이 빨라 월급이 오르는 것도 아니고, 그 쥐꼬리만한 월급으로 어려운 가정 형편 돌보고 동생들 챙기자니 정작 자신을 위해 쓸 돈은 없는 것이다. 명품 백 한번 둘러보는 것은커녕 모임에 입고 나갈 옷조차 부담이 될 지경이니 친구들에게 한턱을 낸다는 것은 상상할 수도 없는 것이다.

그런데 저녁 7시 즈음에나 출근을 해서 네다섯 시간가량 일

한다는 혜림이는 날이 갈수록 호사스러워진다. 옷이며 신발이
며, 귀티가 철철 넘쳐흐르고, 친구들을 만나면 유명 레스토랑
에서 스테이크에 와인까지 곁들인 후 자기가 계산을 하는 것
이다.

미모로 보나 머리로 보나 분명 자신보다 못 한 혜림이인데,
저렇게 여유롭게 사는 것을 보니 아니꼽기도 하고 샘도 난다.
그렇다고 혜림이가 하고 있는 일을 하자니 조금 겁도 나고,
지난번에 면박을 준 것을 생각하면 체면도 서질 않는 것이다.

"저… 혜림아. 너 출근하는 시간에 나는 퇴근하잖아. 그래서
말인데, 혹시 말야… 나 퇴근한 다음에 아르바이트로 뭐 할
것 좀 없을까?"

용기를 내어 어렵게 말을 꺼낸 주영이. 저번 일을 생각해 혜
림이로부터 한소리 듣지 않을까 걱정을 하고 있었는데 혜림이
의 반응은 의외로 순순하다. 그도 그럴 것이 혜림이는 어젯밤

일을 생각하고 있었던 것이다.

"야, 너네들 말야. 주위에 친구나 선후배들 있으면 좀 데리고 와. 그래야 테이블 하나라도 더 넣어주잖아. 다른 마담들은 다들 열 명 이상인데 우리만 여덟 명이잖아. 그러니까 상무님이 맨날 우리 뒤에다 순번을 받지. 너희들도 일 끝나면 싸돌아다닐 생각 말구 친구들이나 다른 업소 다니는 애들한테 좀 연락도 하고그래. 알았어?"

전날치 일당(봉사료)을 받을 때면 어김없이 흘러나오는 마담 언니의 레퍼토리였다.

하지만 '2차'를 생각하니 주영이에게 괜한 일을 권하는 것은 아닌가 하는 생각도 든다.

"저기 주영아. 너는 말야. 우리 같이 학교 다닐 때부터 반에서도 늘 1, 2등이었고, 전교에서도 늘 상위권이었구. 게다가 너처럼 얌전하고 조신한 애가 어떻게 술집에서 일을 해."

그러나 이런 '네가 감히 어떻게'식의 야릇한 거절은 상대방을 더 자극하는 법이다.

"야 혜림아. 너는 모르겠지만, 지금 내가 하는 일이 어떤지 아니? 매일 무슨 일이 그렇게 많은지 해도해도 끝이 없어. 일 많이 시킨 만큼 돈이나 많이 주면 말을 안 해. 그렇게 뼈빠지게 일해 봤자 내 월급 가지구는 동생하고 지내는 방세랑 교통비밖에 안 나와. 쌀이야 시골에서 보내주니 그나마 밥은 안 굶지…"

주영이의 적극적인 공세에 혜림이는 일단 마담언니에게 말이나 해 봐야겠다 싶다.

"언니, 내 친구 중에 얼굴 복스러운 애가 있거든…."

"몸매는? 55야, 66이야?"

"얼굴만 동그래서 그렇지 몸매는 거의 내 수준이야. 거기다 애는 완전 글래머라니깐. 그 왜 S그룹 박부장 같은 경우는 얼굴 안 보고 꼭 글래머만 찾잖아."

"음. 그래? 그럼 한번 데리고 와 봐."

"그런데 언니, 애는 지금 직장 다니는 애라서 출근 시간도 한 30분 늦춰 줘야 돼. 아 참, 그리구 애는 2차 절대 안 돼."

"뭐? 걔는 밑에다 금테 둘렀다니? 왜 안 된다는 거야?"

"그게 말야. 얘기하려면 좀 복잡해. 어쨌든 애는 절대 안 돼. 착한 애야."

"야 이년아. 누구는 안 착하고 처음부터 '나가요'였냐? 일단 한번 데리고 와 봐. 상무님한테 얘기 잘 해 볼게. 다른 마담 애들 중에 2차 안 나가는 애들이 있기는 한데 걔들은 미모가 워낙 되니까 간부들도 이해해 주는 거지 뭐."

이렇게 해서 주영이는 2차를 나가지 않는다는 조건의 '십 퍼센트 아가씨'가 되어 룸살롱 아르바이트를 시작하게 되었다. 처음에는 입을 만한 옷도 없어 혜림이의 옷을 빌려 입었는데, 시간이 조금 지나자 남대문에 가서 직접 자신의 홀 복을 장만하기에 이르렀다.

"주영아, 홀 복은 가능한 한 야해야 해. 그리구 무슨 '모델 심사 본다' 생각하고 옷하고 화장에 신경 많이 써야 돼. 아까 김부장님 테이블에 들어간 현이라는 애 말야. 걔만 해도 화장 지워 놓으면 우리보다 더 못생기고 별 볼일 없어. 그런데도 하루에 테이블 두세 개는 봐. 2차까지 해서 한 달에 수백은 족히 벌걸? 자기 말로는 딱 2년만 한 다음에 화장품 가게 하나 차릴 거라나."

갓 아가씨 생활을 시작한 친구를 위해 혜림이는 주변의 성공담을 마치 제 자랑처럼 늘어 놓는다.

"한동안 나랑 같이 있던 언니는 낮에는 미용 기술 배우고 밤에는 여기 나오고 그랬어. 한동안 코피까지 쏟으면서 고생하더니 결국엔 자격증도 따고 지난달엔 변두리에 자기 미용실까지 하나 냈다니까. 이런 일 남들은 안 좋게 생각할지 몰라도 열심히만 하면 웬만한 직장 생활보다 나아."

"그래도 난… 돈 아무리 많이 준대도 2차는 절대 안 나갈 꺼야."

"그래그래, 니 맘 알겠다. 역시 넌 현모 양처감이야."

그렇게 해서 주영이가 아가씨 생활을 시작한 지도 어느 새 한 달이 흘렀다. 혹 진상 손님이나 아는 사람이라도 만나게 될까 봐 늘 노심초사하던 초보 아가씨였는데, 그런 주영이에게도 지명 단골들이 생긴 것이다. 단골 손님은 건설 자제를 취급하는 최사장과 H기업의 정과장이었다.

당시는 한창 아파트 붐이 일 때라 건설자제 상들이 꽤 짭짤한 수입을 올리던 때였고 따라서 최사장 역시 일주일에 두 번씩은 술을 마시러 왔다.

화장을 진하게 한 프로 아가씨들의 접대에 식상한 그는 순수한 십 프로 아가씨 주영이를 여간 마음에 들어하지 않았다. 적어도 일 주일에 두 번은 찾아와 그때마다 주영이를 불러주었다.

　그런가 하면 정과장 역시 하루가 멀다 하고 비즈니스 관계로 룸살롱을 들락날락하는 사람이었다. 최사장과 마찬가지로 선수 같은 아가씨들은 이제 질릴 때도 된 것이다. 따라서 그 역시 주영이의 순수한 모습에 끌리게 되었고, 주영이의 단골 손님이 되었다. 몇 군데의 단골 업소를 가진 그이기에 접대가 조금만 서툴러도 다른 집으로 옮기고 했던 사람이었는데, 주영이를 본 이후부터는 백 퍼센트 이 업소만을 찾는 것이었다.

　사실 대한민국 남자들의 대부분이 야한 여성은 한 번의 엔조이 상대로 여기지만, 순수한 여성은 왠지 모를 정을 느껴 관계를 오랫동안 지속하고 싶어한다. 연민의 정이라고 해야 할까, 아니면 보호 본능이라고 해야 할까.

　어쨌든 주영이에게는 이렇게 한 달 만에 서너 명의 단골 손님이 생기게 되었다. 가끔 진상 손님이 2차를 가자고 조르는 것을 빼고는 특별한 문제 없는 순탄한 시작이었다.

　그러던 어느 날이었다. 하루는 정과장이 접대 손님을 데려왔는데, 그 바이어가 아가씨들을 데리고 나가 자기가 묵고 있는 호텔 바에서 한 잔씩을 더 하자고 제안을 해 온 것이다. 같이 움직여야만 하는 부득이한 상황이 벌어진 것이다.

　"주영아, 정과장이 우리 가게에서 얼마나 귀한 손님인지 알지? 직책이야 과장이지만, 사실 다른 회사 이사나 사장보다 더 귀중한 손님이야. 특히 저분은 꼭 너 때문에 마담도 지명으로 나를 찾는다는 거 알잖아. 덕분에 우리 애들도 공 안 치는 거구."

"언니, 난… 이것만은 정말 안 돼."

어떻게든 주영이를 달래 2차를 내보내야 하는데 눈에 눈물까지 그렁그렁한 주영이를 보니 마담은 속이 타는 것이다. 하는 수 없이 마담언니는 정과장을 몰래 다른 룸으로 불렀다.

"자기야, 주영이가 안 간다고 하니 어쩌지?"

"주영이는 사실 저런 모습 때문에 더 좋아. 어떻게 좀 해봐. 내가 얘기하는 것보다 낫잖아."

"어휴, 오빠. 내가 얼마나 달랬는데. 그럼 말야. 있다가 계산서에다가 다른 애 몰래 주영이만 더블 차지를 주면 어떨까?"

"그렇게 해. 오늘은 어차피 접대 처리할 거니까 조금 많이 나와도 괜찮아."

그렇게 해서 마담언니는 다시 한 번 시도를 한다.

"주영아, 넌 그냥 나가서 술만 마시고 들어와."

"정말 그래도 되는 거야?"

"이년아, 정과장은 내 말보다 니 말 더 잘 듣잖아. 뭐가 걱정이야?"

이에 주영이는 더블 팁은 필요 없으니 2차 요금에 술만 마시기로 하고 따라나섰다.

사실 룸살롱에서 2차를 갈 때 호텔로 직행하지 않고 다른 곳에 들렀다 가는 것은 특별 케이스다. 한 테이블이라도 더 받기 위해서는 무엇이든 속전 속결이어야 하는 아가씨들의 입장에서 본다면 시간은 곧 돈이기 때문이다. 그렇기 때문에 이런 경우 대부분은 더블 팁을 주어야 한다.

아무튼 주영이는 정과장 일행을 따라 바이어가 묵고 있다는

L호텔로 향했다. 그러나 호텔이라고는 평생 구경해 본 적이 없는 주영이의 입장에서 난생 처음 발을 들여놓게 된 특급호텔은 중세 유럽의 궁전이 따로 없었다. 고급 대리석 바닥에 천장에는 눈부신 샹들리에가 달려 있고, 은은한 선율이 울려 퍼지는 가운데 말끔한 웨이터와 웨이트리스들이 자신을 향해 인사를 하는 것이다.

이런 꿈결 같은 분위기 속에서 수입 양주를 마시니 그 독하던 술도 달콤한 꿀맛이다. 룸에서는 석 잔만 마셔도 얼굴이 빨개지던 것이 몇 잔을 마셔도 알딸딸할 뿐 취하는 줄을 모른다. 독한 양주를 마치 칵테일처럼 홀짝홀짝 마시기 시작한 것이다.

그렇게 해서 서서히 취기가 오를 즈음이었다.

"내일 출국하시려면 오늘은 푹 쉬셔야죠. 시간도 그러니 그만 일어날까요?"

일행과 함께 있는데 분위기를 깰 수 없어 어쩔 수 없이 엘리베이터 앞까지 간 주영. 불안하긴 하지만 드러낼 수는 없고, 그렇게 우왕좌왕 하는 사이 엘리베이터가 왔고 주영은 뒤에 있는 사람들에게 떠밀려 엘리베이터에 오르게 되었다.

엘리베이터에서 내려 복도를 걸어가니 정과장의 룸이 먼저 나오고 그 다음이 바이어의 룸이었다.

"그럼 좋은 시간 되십시오."

기분 좋게 접대를 받은 바이어가 정과장이 들어가는 모습을 지켜보려 기다리고 선 것이 아닌가. 주영이와 정과장 간의 약속을 알 리 없는 바이어가 나름대로 접대에 대한 감사를 표현하는 방법이었다.

그렇게 해서 남자 손님과 호텔 방에 들어서게 된 주영. 물론 그 동안 사귀던 남자가 없었던 것은 아니었지만, 그래도 가벼운 스킨십이 다였을 정도로 주영은 순진한 여자였다.

"주영아, 오빠가 약속했잖아. 괜찮아. 일단 여기까지 왔는데 잠깐 얘기나 하다 가자. 여기 룸비도 만만치 않거든. 그리고 마담언니한테는 주영이 차지 더블로 계산해 놨어. 그러니 걱정 마."

"오빠, 내가 언제 차지 때문에 그래?"

술기운으로 발갛게 상기된 볼에 눈에는 눈물이 글썽글썽한 주영의 모습에 정과장은 미안함을 느끼는 한편, 더욱 주영이가 탐이 나는 것이다.

둘은 어색한 분위기를 깨려고 냉장고에서 맥주를 꺼내 마셨다. 그러나 여러 차례 전작이 있었던 터라 맥주 몇 잔에도 금방 취기가 올랐다. 호텔 룸이 자아내는 따스하고 은은한 분위기 속에서 주영이는 술에 취해, 분위기에 취해, 그만 '십 프로 아가씨'의 딱지를 떼고 말았다.

물론 손님과의 한번 2차를 나갔다고 해서 그날부터 무조건

'이십 프로 아가씨'가 되는 것은 아니다. 자신의 의사에 따라 끝까지 십 프로 아가씨로 남을 수도 있다. 그러나 한번 일이 그렇게 되어 버리면 정작 아가씨 쪽에서 먼저 십 프로 딱지를 떼어 버리는 것이다. 도둑질도 처음에만 어려운 법이다.

또한 한 번이라도 2차 팁을 받아본 아가씨는 절대 그 돈맛을 잊지 못한다. 다들 2차까지 다녀와서 두둑하게 받는데, 자신만 테이블 봉사료를 받자니 괜히 손해보는 것 같기도 하고 은근히 짜증도 나는 것이다.

주영이에게 찾아온 변화는 이뿐만이 아니었다. 아침 8시 반부터 저녁 6시까지는 직장에 나가고, 또 7시부터 새벽 한두 시까지 룸살롱에 나오다 보니 체력이 점점 바닥이 나는 것이었다. 또한 그 독한 술을 매일 마시자니 속도 좋지 않을뿐더러, 다음 날 근무에까지 영향이 미친다.

점심 시간이 되어도 밥 먹을 생각은커녕 잠시라도 눈 붙일 곳을 찾는가 싶더니, 급기야는 근무 시간에까지 드러내 놓고 졸기 시작했다. 주위의 눈치와 스스로의 자책감에 주영은 어쩔 수 없이 직장에 사표를 냈다. 아르바이트차 시작했던 일이 본업으로 바뀌고 만 것이다.

이는 비단 주영에게만 해당되는 일은 아니다. 사실 처음부터 룸살롱에만 매진할 생각으로 들어오는 여성들은 그리 많지 않다. 단기간에 몫돈을 마련할 생각으로 짧게는 몇 달에서, 길게는 일이 년 정도 계획을 잡고 일을 시작하는 것이 절대 다수다. 그러나 이렇게 시작된 몇 주간의 아르바이트는 몇 달 몇 년으로 이어지다가 결국 직업이 되어 버리고 만다.

업소에 발을 들여놓는 것은 쉽다. 그러나 한번 일을 시작하게 되면 그만두는 것은 하늘에 별 따기만큼이나 어려운 것이다. 누가 나오라고 강요하는 것도 아닌데도 말이다. 심지어 요즘에는 미아리나 용주골 같은 사창가도 출퇴근하는 시대가 아닌가. 포주 때문이 아니라 스스로가 그만두지를 못하는 것이다.

"아름아, 우리는 딱 방학 때만 하는 거야. 두 달만 하고 카드빚 갚으면 하지 말자."

"그래. 그리고 우리는 절대 2차 안 가는 거야. 사장님한테 우리는 학생이니까 못 나간다고 하자."

이렇게 굳은 다짐과 맹세를 하며 들어왔건만, 하루 일을 마치고 다음 날 파릇파릇한 돈을 만져보니 점점 욕심도 나고 서서히 마음도 변해 가는 것이다.

실제로 아르바이트차 룸살롱을 찾은 여대생들의 반 이상은 그냥 눌러앉고 만다. 아니면 대학을 졸업한 후 다시 룸살롱으로 와 본격적으로 일을 시작하는 경우도 있다.

또한 처음에야 분명한 목표를 가지고 들어왔으니 알뜰살뜰 저축도 하고 자신의 계획대로 잘 지켜나간다. 그러나 한 몇 달 돈을 벌게 되면 갑자기 만져보는 큰 액수에 자신도 모르게 씀씀이가 커지게 된다. 버는 족족 유흥비와 의복비 등으로 다 써 버리는 것이다.

일이 끝나기가 무섭게 호스트 바로 달려가는 아가씨가 있는가 하면, 나이트에 놀러가 부킹을 하는 아가씨들도 있다. 새벽 시간대 나이트를 채우는 것은 거의 선수 출신 빠순이들이다. 물론 이들은 자신이 선수임을 숨긴다. 부킹이 되더라도 자신을 직장인이라고 소개한다.

그런가 하면 카드 도박에 빠지는 아가씨들도 꽤 있다. 대기실에서 혹은 자신들의 숙소에서 게임을 하는데, 처음에는 적게 시작하지만, 서서히 배팅이 커지면서 나중에는 일반인들이 보기에 놀랄 정도의 큰 게임을 하는 것이다. 아가씨들의 삼분의 일 정도가 이런 노름에 빠져 있다.

게다가 아가씨들 대부분은 월세를 얻어 혼자나 둘이 자취를 한다. 자기 본가에서 출퇴근하는 사람은 20퍼센트에 지나지 않는다. 그러다 보니 밥은 거의 시켜 먹거나 사 먹는다. 따라서 끼니가 부실할 수밖에 없는 것이다.

반면 술과 담배와는 가까워지게 된다. 업소 생활을 하다 보면 주량이 늘게 되어 있다. 실제로 업소 아가씨들 중 과반수가 5백 밀리짜리 양주 반 병에서 한 병을 먹는다. 많게는 두 병까지 먹는 아가씨들도 상당수다. 따라서 몸도 상할 뿐 아니라, 체력도 저하돼 만사가 다 귀찮아지게 된다. 희망과 꿈에 부풀었던 초심은 온데간데없어지는 것이다.

물론 룸살롱 접대부 여성들 모두가 다 이렇다는 것은 아니다. 개중에는 착실하게 모아 원하던 대로 자신의 가게를 낸 사람도 있고 꿈을 이룬 사람도 있다. 그러나 유흥업의 특성상 갖가지 유혹에 빠지기 쉽고, 또 그만큼 자기 관리가 어려운 것이 사실이다. 웬만한 의지가 없다면 나이가 찰 때까지 계속 이 생활에서 벗어나지 못하는 것이다.

결혼 문제만 해도 그렇다. 짧게 룸살롱 생활을 해서 어느 정도 돈을 번 뒤 좋은 사람 만나 결혼이라도 하게 되면 그나마 다행이다. 다만 룸살롱 경력을 숨길 수밖에 없다는 것이 문제가 된다. 하지만 아무리 숨긴다 해도 언젠가는 드러나기 마련이고, 설령 드러나지 않는다 해도 평생을 초조함 속에서 살아야 하니 그런 고문이 없는 것이다.

같은 업종에서 일한 사람과 결혼하면 문제가 없을 것으로 생각하기도 하지만, 이 역시 반드시 그런 것만은 아니다. 물론 처음의 1~2년은 그런 대로 서로가 서로를 아끼고 이해하려 노력한다. 그러나 살다보면 꼭 한 번은 비틀어지는 수가 생기게 되고, 그때부터는 오히려 걷잡을 수 없이 상황이 나빠질 수 있다는 것이다.

안타까운 일이지만 주위에서 이런 일들을 심심찮게 보아 왔다. 물론 모두가 그런 것은 아니다. 개중에는 유흥업소 종사자끼리 만나 잘사는 사람들도 있다. 그러나 다수는 힘겨운 결혼 생활을 하는 것이 사실이다.

톱 탤런트와의 하룻밤

　내가 이전 업소에 있었을 때에는 연예인들이 놀러오는 일이 심심찮게 있었다. 우리나라 국민이라면 누구나 알 만한 그런 유명한 연예인들이 자신의 매니저나 동료 연예인들과 함께 놀러오는 것이다.

　그러던 어느 날 이었다. 모 탤런트가 매니저를 포함한 일행 셋을 데리고 왔다. 그런데 그는 당시 드라마를 통해 최고의 주가를 올리던, 우리나라 여자라면 누구나 '커피 한 잔쯤' 하고 상상해 봤을 그런 정도의 인기 연예인이었다.

　그가 들어서자 아가씨 대기실은 그야말로 발칵 뒤집혔다.

　"우와~ 저렇게 유명한 탤런트가 우리 가게에 오다니…."

　"언니, 나 저 테이블에 넣어줘요! 나 차지 안 받아도 좋아!"

　"야, 그 탤런트한테는 내가 딱이야! 서마담언니, 나 데려가 줘~."

　아가씨들은 유명 국회의원이나 교수·판검사보다, 탤런트나 배우·운동 선수들을 좋아한다. 아직 어리고 호기심 많은 20대 초반의 나이다 보니 어쩔 수 없는 것이다.

여하튼 서로 들어가겠다고 난리를 치는 아가씨들 때문에 서마담은 한참 동안 곤욕을 치를 수밖에 없었다. 그리고 서로 우왕좌왕하던 끝에 결국은 현수와 유림·선이·지영 이렇게 4명의 아가씨가 들어갔다.

그러나 룸으로 들어갔다고 해서 모두 끝난 것은 아니었다. 아가씨들의 눈은 일제히 그 탤런트에게로 향해 있었으니, 사실 그를 제외하고는 매니저를 비롯한 세 남자들은 별 볼일 없는 것이었다. 결국 탤런트의 파트너가 되는 영광은 유림이가 차지했다. 지영이는 매니저의 파트너가 되었고, 나머지 선이와 현수도 각각 짝을 지어 앉았다.

각기 파트너가 정해졌음에도 불구하고 일제히 탤런트에게로만 쏠리는 아가씨들의 눈길.

"야, 웨이터! 맥주 세 병 가져와 봐! 우선 폭탄주 한 잔씩! 그 다음은 회오리로! 그 다음은 타이타닉! 오케?"

이는 대부분의 인기인들이 룸살롱에서 술을 마시는 방법이자 그들만의 레퍼터리다. 그런데 하필 그 자리에 있던 선이는 술을 정말로 잘 못 하는 아가씨였다. 연예인들이 이렇게 술을 마신다는 것을 알면 스스로가 조심을 하고 들어오지 말았어야 했는데, 너무 유명한 연예인이다 보니 아무 생각 없이 들어와 버린 것이다.

탤런트의 파트너가 된 유림이가 말했다.

"선이야, 너 술 잘 못 마시잖아. 오빠, 재는 정말로 술 못 해."

"뭐야? 너 그러면서 여긴 왜 나와! 이런 싸가지하고는. 누구는 돈이 거저 나는 줄 알아? 돈 벌려면 다 노력을 해야지. 원래는 충성주지만 여자니깐 봐준다. 회오리주로 한 잔 해라!"

'지난번에도 폭탄주 한 잔 먹고 이틀 동안 앓았는데… 어쩌지?'

그러나 이젠 아가씨들까지 성화다.

"야, 그냥 참고 먹어. 얼른 먹고 뱉어 버리면 되잖아."

"그래. 너 때문에 시간 가잖아. 빨리 밴드 시작해야 하는데."

결국 선이는 '에라 모르겠다' 잔을 받았고, 그렇게 해서 결국은 폭탄주를 세 잔이나 마셨다.

그렇게 해서 술잔이 돌아가고 분위기가 어느 정도 무르익을 때 즈음이었다. 탤런트와 일행들이 2차를 갈 모양이었다.

"야! 이제 다들 가서 옷 갈아입고 와!"

그러나 오로지 그 탤런트 한 명 보고자 치열한 경쟁을 뚫고 들어온 아가씨들이다 보니 유림이를 빼놓고는 2차가 달가울 리 없었다. 이젠 볼일 다 봐 버린 아가씨들이 대기실로 돌아와 저마다 불평을 늘어놓는다.

"에이 시팔. 내 파트너는 지가 무슨 국회의원이야? 젊은 놈이 배는 나와가지구."

현수가 말했다.

"난 어떻구. 뭔 놈이 삐쩍 말라가지구. 게다가 아까는 은근슬쩍 내 손을 지 바지로 가져가는데, 마른 놈이 물건은 엄청 크더라구. 현수야, 난 아무래도 저 마른 놈이 변강쇠 같아. 에이, 오늘 제수 옴이다. 그나저나 지영이 넌 돈 많은 매니저니깐 봉 잡았네?"

탤런트 얼굴 한번 보려고 폭탄주를 세 잔이나 들이켜야 했던 선이는 그나마 매니저라도 잡은 지영이가 부럽다. 그러나 지영이 역시 얼굴에 근심이 가득하다.

"언니, 저 매니저는 2차 가면 하지는 않고 맥주만 마신데. 그러고는 꼭 탕 속에 들어가서 자기 물건을 빨아달라고 하고는 절대 삽입은 안 한대. 괜히 시간만 걸리게 생겼어. 서마담 언니, 나 그냥 안 가면 안 될까?"

그러나 그 매니저는 서마담의 단골 손님이었다. 게다가 항상 개인 팁을 두둑이 주는 고마운 손님으로, 사실 서마담의 입장에서는 그 연예인보다 더 귀한 손님인 것이다. 마담의 수입이야 아가씨들 차지에서 십 퍼센트를 먹는 것이 다인데, 그 매니저는 오기만 하면 최소 수표 한 장은 쥐어 주고가니 그야말로 서마담의 VIP인 것이다.

"지영아, 괜찮아. 그 사람 얼마나 매너가 좋은데."

할 수 없이 지영이는 그 매니저를 따라나갔다. 그에 대한 소문은 정확했다. 지영이는 마치 영화의 한 장면 마냥 탕 속에 들어앉아 그와 함께 맥주를 마셔야 했다. 그리고 그의 요구대로 그의 물건을 빨아주며 오랜 시간을 인내해야 했다.

한편, 그 탤런트의 파트너가 된 유림이는 어떻게 됐을까. 유림이는 하늘로 날아오를 듯 들뜨는 기분을 억누를 수가 없었다.

'이게 꿈이야 생시야. 아가씨 생활 3년 만에 나에게 이런 행운이 오다니….'

　신경 써서 샤워를 마친 유림이는 탤런트와 머리를 나란히
하고 누웠다.

　'오, 하나님, 저에게 이런 행운을 주셔서 감사합니다. 그나저
나… 내가 리드를 해야 좋아하겠지?'

　그렇게 해서 유림이가 탤런트의 몸 구석구석을 애무해 나가
기 시작하는데, 그 탤런트가 갑자기 벌떡 일어나 앉는 것이다.

　"야! 거기 말고!"

　"네…? 그럼, 어디여?"

　"밑에… 아, 거기 말고. 그래그래, 발가락."

　좀 이상한 느낌이 들었지만 유림이는 순순히 그가 시키는
대로 했다. 그런데 그는 거기에서 멈추지 않았다. 잠시 후에
는 허리를 굽힌 채 엎드리더니 자신의 항문을 빨아달라고 요
구하는 것이었다.

　'아. 이 새끼 완전 변태구나. 완전히 잘못 걸렸다….'

　유림이는 뒤늦은 후회를 했다. 그러나 그 탤런트는 이제서야
시작인 모양이었다. 혀를 둥글게 말아 항문을 콕콕 쑤셔 달라
는 둥 별의별 희한하고 변태적인 요구를 다 시켜놓고는 자기
혼자 별 괴상한 신음 소리를 내는 것이다.

　탤런트의 변태 행각은 여기에서 끝나지 않았다. 이번에는 유
림이를 침대에 엎어놓은 채 그녀의 질에 손가락을 넣는가 싶
더니 갑자기 항문에 자기 물건을 집어넣는 것이다. 깜짝 놀란
유림이가,

　"오빠! 거기는 안 돼!"

　하고 소리를 치니 그 탤런트가 한다는 소리가,

"안 되긴 뭐가 안 돼? 난 여기 아니면 재미없어."

하는 것이었다. 후회가 막심했지만 이미 엎질러진 물이었다. 항문이 찢어지는 듯한 아픔에 유림이는 한동안 이를 악물고 있어야 했다.

'세상에… 이런 놈이 우리 나라 인기 스타라니. 그나저나 당분간 이차도 못 가게 생겼네. 으앙, 난 어떡하라구… 차라리 딴 놈 파트너가 되는 건데….'

그러나 빼도 박도 못하게 된 상황에서 유림이는 그대로 당하는 수밖에 어쩔 도리가 없었다. 그리고 유림이를 상대로 한 그 탤런트의 변태 행각은 그렇게 1시간이 지나고서야 겨우 끝이 났다.

애프터를 마치고 룸살롱 '아가씨 대기실'로 돌아온 유림이. 이런 사정을 알 리 없는 아가씨들이 기다리고 있었다는 듯 유림이를 둘러쌌다.

"유림아, 어땠어? 좋았겠다, 너. 넌 오늘 봉 잡은 거야."

대충 얼버무린 유림이는 일단 화장실로 자리를 피했다.

'이런 시팔. 뭐라고 하지? 말하기도 쪽 팔린데… 분명 나중에 또 올 텐데. 내가 말 안 하면 다른 애들이 또 당하겠지? 에라, 모르겠다. 불어 버려야지.'

그렇게 해서 유림이는 그 탤런트와의 엽기 행각과 끔찍했던 2차를 모두 털어놓았다. 그리고 그 후로는 그 탤런트가 왔을 때 먼저 들어가겠노라고 나서는 아가씨는 볼 수 없게 되었다. 이것이 바로 아가씨들이 대기실에서 내뱉는 말 한마디의 힘인 것이다.

　말이 나온 김에 룸살롱의 '아가씨 대기실'이란 곳에 대해 잠시 짚고 넘어가자. 아가씨 대기실은 말 그대로 아가씨들이 테이블에 들어가기 전까지 시간을 보내는 곳이다. 그전에는 업주들이 못 쓰는 룸이나 창고 같은 곳을 아가씨 대기실로 정해 두기도 했지만, 요즘은 '아가씨 제일주의'다 보니 룸살롱을 만들 때 아가씨 대기실부터 만드는 곳도 있다.

　이 곳 대기실은 아가씨들의 '사랑방'과도 같은 장소다. 항상 대기실을 지키는 '대기실 반장'을 비롯하여 아가씨들의 발길이 끊이질 않는 곳이다. 출근한 아가씨, 테이블을 보고 나온 아가씨, 2차를 준비하는 아가씨, 애프터를 마치고 온 아가씨.

그녀들이 이 곳에서 하는 일은 간식을 먹거나 카드놀이를 하며 쉬는 일, 그리고 수다를 떨며 정보를 교환하는 일이다.

여기서의 '정보'란 손님에 관한 정보를 말한다. 저 손님은 현재 무슨 일을 하고 있으며, 또 테이블 매너는 어떤지, 애프터를 가면 무엇을 요구하고 또 개인 팁은 얼마나 주는지 등등. 한 아가씨가 자신의 경험을 근거로 손님에 대한 이야기를 하면 다른 아가씨들은 이를 참고로 손님을 가려 받기도 하는 것이다. 이를테면 앞서 말한 유림이의 경우처럼 말이다.

일단 소문이 나쁘게 나면 아가씨들은 서로 들어가기를 꺼린다. 마담과 간부가 통사정을 하면 마지못해 들어가기도 하지만, 어쨌든 한번 나쁘게 나 버린 소문은 회복이 불가능하다. 하지만 반대로, 개인 팁도 많이 주고 매너도 좋은 손님으로 소문이 나면 아가씨들 모두 서로 들어가려고 한바탕 난리가 나는 것이다. 이것이 바로 대기실이 가진 위력인 것이다.

햇병아리 기둥 서방⑴

"참, 탤런트 ××말야, 걔도 한때는 무교동에 있던 아가씨였
대."

"야, 말도 마. 얼마 전에 인기 순위에서 1위 한 가수 OO는
전에 있던 마담 언니가 데리고 다니던 애야. 하루는 방송국
PD가 놀러왔는데, 2차를 갔더니 명함을 주더래는 거야. 룸에
서 보니까 노래 잘 한다고."

"야, 나도 잘하면 팔자 고칠 거 같아. 어제 박부장 손님하고
2차를 갔었는데, 내 몸매를 보더니 모델할 생각 없냐는 거야.
그래서 명함 한 장 받아 왔는데… 어딨더라?"

세영이는 어린 나이에 업소에 발을 붙여 이젠 제법 관록이
붙은 아가씨다. 그런데 얼마 전에 한 손님으로부터 인터넷 성
인 방송 모델 제의를 받고는 신데렐라가 되는 꿈에 들떠 있는
것이다.

실제로 아가씨들 중에는 종종 좋은 스폰서를 만나 성공하는
케이스도 있다. 누구라고 꼬집어 얘기할 수는 없지만, 그렇게
해서 유명 연예인으로 데뷔한 아가씨들도 실제로 있다. 그러

나 이는 정말 소수에 해당하는 얘기일 뿐, 멋도 모르고 사탕발림에 넘어갔다가 결국 몸만 버린 채 사기를 당하는 경우가 더 많은 것이다.

진희도 그 경우에 해당했다. 다만 여느 스폰서와 다른 점이 있다면, 경제력 없고 진희보다 나이도 어린 대학생 남자이다 보니 스폰서보다는 '기둥 서방'에 가깝다는 것이었다.

지금으로부터 3년 전, 당시 스물두 살의 꽃다운 대학생이던 진희가 룸살롱에 발을 들여놓게 된 것은 어려운 가정 형편 때문이었다. 휴학을 하고 잠시 돈을 번다는 것이 어느덧 이렇게 되어 버렸고, 진희는 결국 중퇴를 하고 말았다.

그러던 진희가 민우를 만나게 된 것은 인터넷 채팅을 통해서였다. 잘생긴 얼굴에 큰 키, 게다가 명문대를 다니는 민우는 무엇 하나 빠질 것이 없는 남자였다. 비록 진희보다 나이는 두 살 어렸지만, 학교를 중도에 포기해야만 했던 아픈 과거가 있는 진희에게 '대학생 민우'는 꿈이자 희망이었다. 명문대생 남자 친구와 있는 순간만큼은 자신 역시 명문대생이 된 것 같은 착각에 빠지는 것이다.

자신을 '동대문 패션몰 디자이너'라고 소개한 진희는 민우에게 모든 정성을 쏟았다. 학생이 무슨 돈이 있겠냐며 옷도 사 주고 책값도 대주었다. 한 달에 얼마씩 용돈도 대주었고, 가끔 친구들과 술을 먹고 있으면 나가서 술값도 계산해 주었다.

처음엔 이를 고맙게 생각하던 민우였는데, 시간이 지나자 이런 진희의 도움을 당연한 것으로 여기기 시작했다. 진희의 차를 거의 자기 것처럼 타고 다니는가 하면, 이젠 책값·옷값도 모자라, 생활비 전부를 떠맡겼다. 친구들하고 술이라도 먹으면 이젠 아예 '빨리 나와서 계산을 하라'며 너무도 당당히 요구한다.

진상 손님과 2차를 나가 별 험한 꼴을 다 당해도 오로지 남자 친구 민우 하나만을 믿고 버텨오던 진희에게도 한계가 오기 시작했다.

그러던 어느 날, 동료 아가씨들과 바람도 쐴 겸 청평에 놀러온 진희는 못 볼 것을 보고 말았다. 자신의 남자 친구 민우가 진희의 자동차에 다른 여자를 태우고는 청평에 수상 스키를 타러 온 것이다. 게다가 더욱 기가 막힌 것은 같이 놀러온 여자가 다름 아닌 진희가 예전에 알고 지내던 현 마담의 아가씨였던 것이다.

진희로 인해 돈맛을 알게 된 민우는 자신의 외모와 명문대라는 간판만 믿고 다른 업소 아가씨들과도 계속 만나며 즐겨왔던 것이다. 그러니 거의 1년간 민우에게 순정을 다 받친 진희로서는 뒤집어질 일인 것이다. 그야말로 햇병아리 학생놈에게 당한 것이다.

'이런 시팔. 빠순이 생활 3년에 이게 뭐야. 그놈 때문에 벌어 놓은 돈 다 날리고. 학생놈 주제에 지가 무슨 내 기둥 서방이라고….'

진희는 하도 기가 막혀 눈물도 나오질 않는 것이다.

이것이 요즘 술집의 모습이다. 불과 7~8년 전만 해도 '기둥 서방' 하면 적어도 관록이 붙은 건달들이나 주먹들이었는데, 요즘은 이렇게 같잖은 '피라미 기둥 서방'들이 판을 치는 것이다. 그렇게 아가씨들의 등을 쳐먹는 '햇병아리 기둥 서방'들 중에는 학생도 있고 평범한 샐러리맨들도 있다.

업소 생활을 해서 그렇지 마음은 순수한 아가씨들이기에, 한 번 사귀었다 하면 대개는 물심 양면으로 정성을 다 한다. 따라서 고의적으로 접근해 이를 악용하는 남자들이 있는 것이다.

이들은 진드기마냥 붙어 빼먹을 것 다 빼먹은 후, 한 1~2년이 지나면 십중 팔구 아가씨들을 떠난다. 물론 아가씨들이 계속 돈이라도 많이 쥐어주면 그대로 있지만, 그럴 형편이 안 되면 대부분은 눈을 돌린다. 나는 이런 광경을 수없이 많이 보아 왔다.

아가씨에서 마담으로

서울에서 룸살롱 아가씨로 일하고 있는 민주. 명절을 맞아 고향을 방문한 그녀는 어느 새 일약 스타가 되어 있었다.

"와~ 언니, 이게 다 뭐야? 이거 비싸지 않아?"

"야 너 출세했구나? 도대체 월급을 얼마나 받길래 이렇게 좋은 옷을 입는 거야?"

그도 그럴 것이 민주는 아예 단단히 작정을 하고 내려 온 것이었다. 마담언니는 틈만 나면 주위 친구 좀 데려오라고 성화인데, 사실 시골에서 올라온 민주에게 서울에 그럴 만한 친구가 있을 리 없었다.

'에라, 모르겠다. 맨날 들들 볶이느니 고향에서라도 하나 건져오자.'

명절을 새러 간 김에 순진한 고향 선후배들도 좀 동원해 볼 생각으로 민주는 겸사겸사 고향을 찾은 것이었다.

"오늘 2차는 내가 쏠게!"

명품 옷과 장신구로 한껏 멋을 부리고 와서는 몇 십만 원을 아무렇지도 않게 꺼내놓는 민주의 행동에 고향 친구들은 그야말로 넋을 잃었다. 민주의 휘황찬란한 모습에 비한다면 동네에서 제법 잘 나간다는 이장님 딸 정숙이나 방앗간집 딸 수경이조차 1·4후퇴 부산 피난민의 모습과 다름이 없는 것이다.

그러나 사실 민주의 몸을 휘감고 있는 옷이며 장신구들이 어디 거저 얻은 것들이던가. 술에 취해 행패를 부리는 진상 손님에서부터, 남자의 심볼에 인테리어를 한 변태 손님들까지 온갖 남자들을 상대해서 모은 피 같은 돈이 아닌가.

'아무나 붙잡고 얘기했다간 괜히 동네에 소문만 날 거구. 가만 있자. 누가 좋을까?'

이렇게 해서 민주는 아주 조심스럽게 탐색전을 펼쳐 가며 물망에 오른 애들 한두 명씩을 골라 공략을 하기 시작했다. 순진한 고향 친구들은 민주의 사탕발림에 쉽게도 넘어왔다. 심지어 나중에는 어디서 소문을 들었는지 자신이 먼저 찾아오기도 했으니, 그야말로 꿀을 찾아 날아드는 벌들이 따로 없었다.

하나둘 친구들이 찾아오기 시작하면서 민주는 주마담의 총애를 한몸에 받게 되었고, 동시에 고향 시골 학교의 뚜쟁이로 변해 있었다. 그러나 이런 민주의 노고에도 불구하고 가게 사정이 좋지 않은지 수입은 영 신통치가 않았다.

손님도 부쩍 줄고, 그러다 보니 어느 날은 하루에 두 테이블도 보지 못하는 경우도 있는 것이다. 기본 하나, 2차 하나 해서 적어도 두 테이블은 뛰어야 안정된 생활이 가능한 민주로서는 애가 탈 수밖에 없었다.

그러던 어느 날이었다. 평소 알고 지내던 타업소의 김상무가

슬며시 한다는 말이,

"민주야, 너도 이제 나이를 먹었고, 또 니가 데려온 애들도 많고 하니 진급해야 하는 거 아냐? 피디(마담) 한 번 해 볼 생각 없니?"

앞에서도 말했듯이 룸살롱 간부는 타업소에 있는 직원들과도 꾸준히 접촉을 하며 인맥을 형성해 나가는 것이 보통이다. 능력 있는 사람을 자기 사람으로 만들기 위한 하나의 전략인 것이다.

그런 상황에서 아가씨들을 많이 확보한 일등 공신으로 소문이 난 민주를 간부들이 그냥 놔둘 리 없었다. 김상무 역시 비록 마담은 아니지만 민주의 '가능성'을 보고 민주와 계속해서 접촉을 해 왔던 것이다.

한 달에 서너 번은 전화를 해 주고, 가끔 일이 끝나면 해장국이라도 사주고 하며 공을 들여왔다. 그러다가 최근 민주가 일하고 있는 업소의 동향을 살피고는 민주에게 마담 데뷔를 제의한 것이었다.

“아유 상무님, 전 그런 거 싫어요. 괜히 애들한테 뒤에서 욕 먹으면서 그런 거 하고 싶지 않아요”

“어휴~ 민주야, 너 무교동에 정마담 몰라?”

‘무교동의 정마담’ 하면 사실 모르는 사람이 없다. 그녀는 비록 아가씨 인생은 실패했지만, 대신 마담으로 화려하게 데뷔해 전성기를 보내고 있는 성공 케이스다. 마담들 중 상당수가 아가씨를 거쳐 마담으로 데뷔하지만, 사실 그 과정은 결코 쉽지가 않다. 자신의 능력은 물론 주변의 도움도 있어야 하고, 무엇보다 시기를 잘 타야 하는 것이다. 그런데 정마담은 이 삼박자가 딱딱 맞아떨어져 아가씨에서 마담으로의 도약에 성공한 것이다.

지금은 마담으로 대활약을 하고 있는 정마담. 그러나 정마담이 아가씨였을 때 그녀는 대기실 반장이었다. 외모가 따라주지 않는다는 이유로 동료 아가씨들이 모두 룸에 들어간 뒤에도 계속 대기실을 지켜야 하는 신세였다. 간혹 대타 자리가 생긴다든지, 단체 손님이라도 오게 되면 그때서야 얼굴을 비출 수 있었으니, 사실 ‘아가씨’로서는 실패한 인생이었다.

그러던 어느 날이었다. 정마담(당시엔 아가씨)을 데리고 있던 마담언니가 마담 생활을 청산하고 시집을 간다며, 자기 아가씨들을 모두 다른 업소에 있는 홍마담에게 넘긴다는 것이 아닌가.

그러나 업주의 입장에선 이것이 반가울 리 없었다. 마담 한 명 나가는 것도 모자라 아가씨들까지 줄줄이 데리고 나간다는 것은 업소에 적지 않은 치명타가 될 것이기 때문이었다. 아가씨들의 입장에서도 마찬가지였다. 업소를 옮기는 문제도 그렇지만, 무엇보다 다른 업소의 아가씨들과 함께 지내야 하는 것이 못마땅한 것이다. 더욱이 그 아가씨들 대부분은 같은 시골 학교 출신 동창들로 집을 한 채 빌려 같이 살고 있는, 그야말로 '단결' 빼면 시체인 아가씨들이었다.

아니나다를까. 정마담(당시엔 아가씨)과 함께 업소를 옮긴 아가씨들은 홍마담 소속 아가씨들과 티격태격하다가 결국 모두 나와 버리고 말았다. 가뜩이나 아가씨 전쟁인 판에 아가씨들 대여섯 명이 단체로 업소를 나와 버렸다는 소문이 돌자, 각 룸살롱 간부들은 눈에 불을 켜고 이들을 찾아다녔다.

그러던 중 명동의 모 룸살롱 간부가 그녀들의 집주소를 알아내어 찾아가기에 이른 것이다. 간부는 아가씨들 가운데 리더십 있는 아가씨 하나를 마담으로 삼아 팀을 만들어줄 생각이었는데, 그 간부의 눈에 뜨인 것이 바로 정마담, 정은주였다. 다른 친구 아가씨들이 한창 잘 나갈 때조차 많아야 하루 한 테이블이 고작이었던 은주. 은주가 과거에 대기실 반장이었다는 것을 그 간부도 모르는 것은 아니었다. 또한 은주가 마담으로서의 타고난 재질을 지닌 것도 아니었다.

그러나 업소에서 대기실 반장이었음에도 불구하고, 착하고 온순했던 은주는 숙소에서도 밥과 빨래를 도맡아 하는 등 매우 부지런한 아가씨였으며, 그래서 동료들에게도 평이 좋았던 것이다.

그렇게 해서 은주는 '아가씨'를 벗고 '정마담'이라는 직함으로 일하게 되었다. 함께 지내던 동료 아가씨들 다섯 명에다가 다른 업소에서 일하던 아가씨들 두 명을 데려와 정마담은 모두 7명의 아가씨와 일을 시작했다.

아가씨였을 땐 별 볼일 없던 은주였건만, 마담이 되자 은주는 서서히 빛을 발하기 시작했다. 은주의 세심하고 착실한 성격이 그녀를 빛나게 한 것이다. 간혹 자기 소속 아가씨들이 더블 차지를 받거나, 혹 손님한테 모난 행동을 하기라도 한 날이면 정마담은 그 다음 날 꼭 손님을 찾아갔다.

아침 일찍 출근해 손님에게 해장국을 대접한다든지, 아니면 손님 사무실 부근에 가서 기다리고 있다가 차라도 한 잔 사는 등으로 성의 표시를 하는 것이다. 그녀는 그야말로 진흙 속에 묻혀 있던 진주였다.

옛말에 지성이면 감천이라고 했던가. 정마담의 이런 세심한 배려와 꾸준한 노력은 졸지에 정마담을 최고의 스타로 만들었다. 더 많은 손님들이 정마담을 찾아왔으며, 그러다 보니 자연히 아가씨들도 늘었다. 7명이던 아가씨가 두 배 이상으로 늘어 자그마치 15명이 넘는 아가씨들을 데리고 있게 되었다.

정마담의 능력과 인품에 대한 소문이 나자 다른 마담 소속 아가씨들까지 계약이 끝나기가 무섭게 정마담에게 달려오곤 했던 것이다. 그런가 하면 자신과 친한 마담언니 밑에 있는 아가씨들조차 소문만 듣고는 생면 부지의 정마담 밑으로 오고 싶어했다.

사실 룸에서 아가씨 13명 정도면, 아니 10명만 데리고 있어도 그 마담에게는 인센티브를 포함해 상당한 수입이 돌아간다. 여유를 즐기며 풍족한 생활을 할 수 있는 것이다.

　그러나 정마담은 일약 스타로 발돋움한 후에도 늘 한결같은 모습을 보였다. 다른 마담들처럼 사치를 부리지도 않았다. 돈을 좀 만진 마담들이면 한두 번씩들은 손을 대는 카드노름이나 도박에도 관심을 가지지 않았다.

　대신 꾸준히 모은 돈으로 1년 만에 월세를 벗어나 5천만 원짜리 전세를 얻었다. 그리고 또다시 1년이 지나자 이번에는 1억 원짜리 집을 샀다. 비록 변두리의 20평짜리 아파트이지만, 대부분의 업소 사람들이 몇 년이 지나도 월세에서 벗어나지 못하는 것을 생각하면 그야말로 눈부신 성공담이 아닐 수 없는 것이다.

　한때의 대기실 반장 정은주가 이제는 타업소의 간부는 물론

이고, 업주들의 관심까지 한몸에 독차지하는 대마담이 된 것이다. '인간사 새옹지마'는 아마 이런 정마담과 같은 케이스를 두고 하는 말이리라.

사실 민주의 입장에서도 정마담은 선망의 대상이었다. 그 동안 마담을 꿈꾸고 있었던 것은 아니었지만, 막상 '정마담의 성공기'를 들먹거리며 자신에게 데뷔를 권하니 민주의 마음도 동요되기 시작했다.

그런가 하면 요즘 민주를 데리고 있는 주마담을 생각하면 더욱더 독립을 하고 싶다. 최근 들어 호스트 바(남자 웨이트리스가 시중을 드는 곳) 출입이 잦아진 민주의 마담언니는 이젠 아예 돈만 생겼다 하면 그 곳에다 쏟아붙는다. 마담언니의 정신이 그렇게 다른 곳에 팔려 있다 보니 그 아래 있는 아가씨들 역시 예전 같지 못한 것이다. 한때 전성기를 누릴 때도 있었는데, 요즘은 그나마 있던 손님들까지 뜸해지는 것이다.

그렇게 민주의 마음이 차츰차츰 기울어져 가고 있을 무렵, 김상무로부터 다시 한 번 전화가 왔다.

"민주야, 들리는 소문에 의하면 너희네 가게 사장이 요즘 자금이 달려서 어쩌면 다음 달에는 가게를 내놓을지도 모른다는구나."

가뜩이나 손님도 줄어드는 마당에 마담언니 하는 짓거리도 짜증이 났던 민주는 마침내 '이 기회다' 싶었다.

"그래요 그럼. 한번 해 볼게요. 그런데 상무님, 저는 아가씨 소집해 봐야 기껏 한두 명인데 어떡하죠?"

"아, 그건 걱정 마. 민주가 처음 시작하는 거니까 내가 사장님한테 얘기 잘 해서 일단 한 세 명 정도만 나온다고 할게.”

　사실 업주의 입장에서는 한 명이 나오건 두 명이 나오건 선불금만 주지 않아도 된다면 마다할 사람이 없다. 아가씨 한 명이 아쉬운 마당에 이를 싫다 할 업주는 없는 것이다. 이로써　민주는 결심을 굳히게 되었다.

　‘그래, 나도 한번 해 보는 거야. 지금 우리 마담언니도 아가씨 하다가 그나마 학교 후배들이 밀어주니까 그 얼굴 가지고 마담 하는 건데 뭐. 하다 안 되면 다시 선수 생활하면 되는 거지 뭐.’

　하지만 말이 그렇지 한번 마담을 한 후 다시 선수(아가씨) 생활을 하려면 여간 힘든 것이 아니다. 아예 다른 곳으로 옮겨 아는 사람이 없는 곳에서 다시 시작한다면 몰라도 말이다. 요즘 말로 쪽 팔리고 창피한 것이다. 따라서 한번 마담 데뷔를 하면 어떻게 해서든 마담으로 살아남아야 하는 것이다.

　민주는 다시 한번 마음을 먹고 서서히 데뷔 준비에 들어갔다. 일단 함께 일하는 동료 중 가장 친한 친구인 아영이를 따로 불러냈다.

　“아영아, 그니까 니가 좀 도와 줘. 너하구, 전번 마담 밑에서 일했던 지원이랑 우리랑 같이 있다가 다른 데 간 선아랑 하면 세 명은 되잖아.”

　민주는 그렇게 들뜬 마음을 가라앉히고는 며칠 더 출근을 하면서 동정을 살폈다.

　사실, 심부름만 하던 보조가 자금주 하나만 잘 물으면 하루아침에 업주로 변할 수도 있는 곳이 유흥업소다. 무슨 회사처럼 진급 시험이 있는 것도 아니고, 학연이나 지연에 따라 왔다갔다 하는 곳도 아니다. 언제 누가 어떻게 돌변할지 모르는 곳이 바로 룸살롱이다 보니 그만큼 눈치도 치열한 것이다. 따라서 민주 역시 가능한 한 티를 내지 않으려 한동안 출근을 했던 것이다.

그러던 어느 날이었다. 진상 손님에게 걸린 아영이가 2차를 안 가겠다고 버티다가 주마담과 다툼이 인 것이다.

"에이 시팔. 언니, 나 내일부터 이 가게 안 나올래. 오늘 차지는 내일 줄려면 주고 말려면 말어."

그러나 호스트 바에 완전히 빠져 버린 주마담은 아영이 하나쯤 나간다고 해봤자 눈 하나 깜짝 않는다.

어디 그뿐인가. 요즘 들어 부쩍 아가씨들 봉사료도 제때 주지 않는 것이다.

대부분의 룸살롱에서 아가씨 봉사료는 그 다음 날 바로 나오게 되어 있다. 혹 아가씨 차지가 하루라도 밀리면 아가씨들은 쉽게 고개를 돌려 버리기 때문에 일부 변두리나 지방에 위치한 소규모 업소를 제외하곤 웬만해선 거의 다 그렇게 한다.

그럼에도 불구하고 가끔 아가씨에게 주어야 할 돈을 자기가 미리 활용하는 '간 큰 마담'들도 있으니, 민주네 마담언니가 바로 그 경우인 것이다. 다른 마담 밑에 있는 아가씨들은 모두 돈이 나왔다는데 민주네만 안 나왔으니 불 보듯 뻔한 얘기인 것이다.

그 자리에서 문을 박차고 나와 버린 아영이는 그래도 분이 풀리지 않자 아가씨들이 늘 모여 있는 이태원 카페로 향했다.

소문도 내고 여론을 형성해 주마담에게 복수를 할 생각이었던 것이다.

"야, 요즘 우리 언니 변해도 한참 변했어. 그렇지 않니?"

"요새 호빠 다닌다더니. 진짜 그런 거 같아. 예전하고 좀 달라."

여기까진 좋았다. 화가 난 아영이가 동료들의 동조를 받자 그만 하지 말아야 할 얘기를 하게 된 것이다.

"야, 니네 요즘 민주가 왜 안 나오는지 알아?"

"그러고 보니 민주언니 왜 안 나온데? 그 언니 우리한테도 잘 해 주고 꼭 우리 친언니 같았는데."

"야, 민주가 얼마 안 있음 무교동에 있는 라스베가스 마담으로 가잖냐. 야, 우리 다 그리로 따라가자."

그런데 하필이면 그 자리에 주마담과 각별한 사이인 민영이가 있었던 것이다. 그러나 술이 곤드레만드레 취한 아영이가 이를 신경쓸 리 없었다. '내일부터 나는 가게 출근 안 할 거라느니' 하며 집으로 가 버렸다. 그리고 아영이의 취중 진담은 민영이를 통해 마담언니의 귀로 들어갔다.

"뭐? 이런 배은 망덕한 것들!! 민주 이년 어딨어? 당장 쫓아가서 가만 안 놔둘 거야!"

호스트 바에 빠져 가게가 어떻게 돌아가는지도 모르던 마담언니가 뒤늦게 정신을 차리고는 노발대발 난리가 난 것이다.

한편 민주는 마담 생활을 앞두고 새롭게 각오도 다질 겸 며칠 여행을 가 있었다. 핸드폰도 꺼놓은 채 조용히 바람을 쐬러 내려간 것이다. 민주가 핸드폰을 켰을 때 마담언니는 이미 수십 통의 음성을 남긴 후였다. '주민번호 조회해서 경기도 집까지 쫓아간다'느니 어쩌느니 그야말로 난리가 난 것이다.

황당하기도 하고 두렵기도 한 민주는 조심스럽게 전화를 걸었다.

"언니, 도대체 왜 그래? 내가 뭘 잘못했다고 야단이야?"

"뭐? 니가 애들 다 데리구서 무교동 라스베가스 마담으로 올라간다구? 야 이년아! 니가 나를 이렇게 배신할 수 있어!"

"언니, 그건 사실이지만 난 혼자 나오는 거야. 그리구 아영이는 내 친구고, 언니 처음에 마담 시작할 때 우리보고 한 번만 도와달래서 같이 간 거잖아. 이제 나도 나이가 있고 해서 아영이한테 도와달라고 한 건데 그게 뭐 잘못된 거야?"

"야 이년아! 그런데 왜 다른 애들까지도 나간다는 거야? 니가 주동한 게 아님 뭐야! 너 거기 어디야! 내가 니년 머리털을 다 뽑아놓고 말겠어!"

"아냐 언니, 그건 오해야."

그러나 눈에 뵈는 것이 없을 정도로 화가 난 주마담에게 민주의 말이 통할 리가 없었다. 아영이의 실수를 알 턱이 없는 민주 역시 뜻밖의 사태에 어찌할 바를 모르는 것이다. 주마담의 분이 사그라지기를 기다리며 한 달 가까이 지방에 머무르던 민주는 '주마담 밑에서 다시 일하는 것'을 조건으로 서울로 올라갈 수 있었다.

한때 아가씨 시절을 겪었던 주마담이건만 막상 자기가 데리고 있는 아가씨가 마담이 된다니 자기를 배신하는 것 같기도 하고 도저히 두고볼 수가 없었던 것이다. 결국 민주는 친구

아영이의 주사 때문에 '마담 데뷔'에의 화려한 꿈을 접고 다시
아가씨 생활을 해야 했다.

　아가씨 시절엔 찬밥 신세였다가 마담이 되어서야 진가를 발
휘하는 '정마담'과 같은 사람이 있는가 하면, 자기 역시 아가
씨였건만 자기 아가씨가 마담 되는 꼴은 용서가 안 되는 '주마
담' 같은 부류가 있다. 그런가 하면 화려한 아가씨 생활을 마
치고 이제 마담 한번 해 보려다가 오히려 낭패를 보고 마는
'민주'와 같은 아가씨도 있는 것이다.

　온갖 인간 군상들이 모여 때론 울고 때론 웃으며 오늘 하루
도 치열한 삶을 이어가는 곳. 그것이 바로 룸살롱의 세계이다.

마담, 그녀들의 'herstory'

마담이 되는 루트는 다양하다. 애프터 없이 손님을 받는 십 프로 아가씨가 마담이 되는 경우도 있고, 카페를 운영하거나 마담뚜 생활을 하다가 하루 아침에 룸살롱 마담으로 변하기도 한다. 그런가 하면 아예 유흥업과는 관련이 없던 사람이 친구 '마담'의 소개로 뜻하지 않게 마담이 되기도 한다.

그러나 이들은 조금 특수한 경우로, 전체 마담의 80퍼센트 정도는 모두 '선수 생활'을 거친 이들이라고 봐야 한다. 아가 씨 출신 마담은 그 누구보다 더 아가씨들을 잘 이해하는 법이 다. 아가씨들의 애환과 고통을 몸소 겪어 잘 알기에 그들을 잘 거느릴 수 있는 것이고, 따라서 마담으로서의 성공도 가능 한 것이다.

일반인들이 룸살롱 '마담'에 대해 가지는 이미지들은 과연 어 떤 것일까. 퇴역 군인마냥 이제는 한물 간 중년의 작부, 산전 수전 다 겪은 기구한 팔자, 복잡한 남자 관계, 한 번쯤은 실 패했을 듯한 결혼 생활, 불안정한 생활, 도박과 사치, 능청스 러움… 나와 함께 직업 전선을 지켜온 마담들에게는 미안한 애기지만, 사실 '마담'에 대해 긍정적인 생각을 가진 사람은 그다지 많지 않을 듯하다.

처음부터 '술집 마담'을 꿈꿔온 사람은 아마 없었을 테니, 일단 '마담'이라 하면 그 뒤에 무언가 기구한 사연이 있을 듯하다. 이는 곧 '드센 팔자'로 연관지어지고, 따라서 보통 여염집 여자에게서 볼 수 있는 평범함과 소박함과는 거리가 먼 인생으로 여겨진다. 꼬리에 꼬리를 무는 이러한 연상 작용의 결과를 모든 '마담'이라는 이름 앞에 덧씌우는 것이 보통인 것이다.

물론 마담들 가운데는 남들이 생각하듯 그렇게 험한 팔자를 타고 태어나 산전수전 다 겪고 '마담'이 된 여성들도 있다. 학교를 졸업한 후 회사에 들어가 조용히 컴퓨터나 두드리며 전화를 받는 직장 여성들과는 차이가 있다는 것이다.

그러나 이런 마담들이 있는 한편, 그들 뒤에는 더 많은 수의 마담들이 지극히 평범한 인생을 살고 있음을 알아주었으면 한다. 한 가정의 주부이자 한 남자의 아내로, 아이들의 어머니로, 그리고 우리의 평범한 이웃으로, 나아가 보통의 사회인으로 그렇게 살아가고 있다는 것이다.

집안의 경제 사정 때문에 잠깐만 하려고 시작한 일이 어느새 직업이 되어 버렸고, 학교를 졸업하고 회사 대신 들어온 룸살롱이 직장이 되어버렸다는 것 외에, 사실 이들은 남들과 다를 것이 없다.

나는 마담들을 특별히 옹호할 생각도, 그렇다고 비난할 생각도 없다. 다만 이 사회가 '룸살롱 마담'에 가지는 그릇된 편견만은 고쳐보고 싶은 게 내 욕심이라면 욕심이다. 나를 비롯해 룸살롱에서 일하고 있는 사람들이 우리 주변에서 볼 수 있는 평범한 이웃인 것처럼 '마담' 역시 평범한 우리 사회의 구성원일 뿐이다.

　내가 앞으로 할 이야기들 역시 내 주위에 있는 '평범한 마담'들의 이야기이다. 남편과 자식 뒷바라지를 위해 룸살롱으로 돌아온 유마담과, 시골 처녀에서 룸살롱 마담으로 성공한 이마담의 이야기다.

'엄마'의 이름으로(유마담 이야기)

　나이트가 전성기를 누리던 시절, 나이트와 더불어 화려한 전성기를 보낸 여인이 있으니 바로 '유마담'이다. 한때 무려 20여 명이 넘는 아가씨들을 거느리던 유마담은 소위 말해 '잘 나가는' 마담이었다.

　그간 착실히 모은 돈으로 집 한 채를 장만한 유 마담. 그녀가 10년간의 화려한 마담 생활을 접고 사람들의 축복 속에 결혼을 했을 때, 그녀에겐 더 이상 부러울 것이 없는 듯했다. 남편 뒷바라지를 하고 자식을 기르는 그저 평범한 가정 주부일 뿐이었지만, 이는 그녀가 늘 꿈꿔 왔던 생활이요, 이 이상 바랄 것이 없었던 것이다.

　그러나 불행은 너무도 일찍 찾아왔으니, 그녀가 일상의 행복이란 것을 알아가기 시작할 즈음 유마담의 남편이 문제를 일으키기 시작했다. 착실하고 책임감 있는 남자로 믿고 결혼했던 남편이 결혼 3년 만에 도박에 빠지고 만 것이다. 경마를 즐기는 친구를 따라갔던 남편은 중증 도박꾼이 되어 돌아왔다.

　"한 방, 딱 한 방이면 돼. 그때까지만 좀 도와줘…."

남편은 일이고 가족이고 다 내팽개친 채 경마에만 몰두했다. 가족을 위해 돈을 벌어올 생각보다는 어떻게 하면 유마담이 벌어 놓은 돈을 빼내 경마를 할까 하는 생각뿐이었다.

유마담도 마담 생활을 청산한 지 오래인데 남편마저 손을 놓고 있으니 딱히 수입이랄 것이 없었다. 생활비다 뭐다 해서 유마담의 돈은 야금야금 빠져나가기 시작했고, 결국 유마담이 10년을 일해 벌어놓은 피 같은 돈은 2년이 지나자 완전히 바닥을 드러냈다.

그러나 남편의 도박 행각은 여기에서 그치지 않았다. 유마담으로부터 타 쓰던 몇 만 원이 몇 십만 원이 되는가 싶더니 나중엔 몇 백만 원에 이르렀고, 그것도 모자라 결국엔 사채까지 손을 댄 것이다.

돈이 거덜날 대로 거덜난 상태에서 도박에 빠진 남편과 아직 어린아이들을 보고 있자니 그녀에게는 다른 선택이 있을 수 없었다. 배운 게 도둑질이라고, 그렇게 해서 유마담은 5년 만에 룸살롱으로 복귀를 하게 된 것이다. 그녀의 나이 마흔 셋이었다.

그러나 '강산도 변한다는 세월'의 반이 흐른 이상 룸살롱 역시 예외는 아니었다. 지난날 자기 밑에 있던 아가씨들 대부분이 마담 자리를 차지하고 있었고, 착실히 돈을 모은 아가씨들은 미용실이나 카페 여사장이 되어 있었다. 나이 서른이 다 되어가도록 선수 생활을 하고 있는 아가씨들은 사치와 노름을 좋아했거나 아니면 자신처럼 남자를 잘못 만난 이들뿐이었다.

한때 술 취한 남자들의 비위를 맞추어가며 돈을 벌었었고,

룸살롱을 나올 때는 '다시는 돌아오지 않으마' 하늘에 대고 맹세했던 유마담이었다. 그러나 그녀는 어떻게든 가정을 지키고 싶었다.

웬수 같은 남편의 아내이기에 앞서 그녀는 사랑스런 자식들의 '엄마'였다. 그렇게 해서 그녀는 눈물을 머금고 다시 '마담'이 된 것이다.

하지만 상황은 예전 같지 않았다. 한창 활동을 하고 있는 젊은 마담들 사이에서, 5년간의 마음 고생으로 폭삭 늙어 버린 유마담은 설 곳이 없었다.

"애 영희야, 언니 좀 도와줘."

"아니 언니, 뭘 하려고 여긴 또 들어왔어? 이젠 좀 집에서 놀고 그러지."

"말도 마 애. 내가 오죽했음 여길 왔겠니. 남편이란 놈이 말

꼬리 잡는다고 집 다 날렸어. 흑흑…."

"어머, 형부가? 착한 사람이었잖아?"

"나도 착한 거 하나로 그놈 믿었던 건데. 친구따라 경마장 다녀오더니 사람이 변했어. 그러니 영희야, 니가 언니 좀 도와줘."

"언니, 나도 무슨 말인진 알겠는데, 언니도 알다시피 나 아가씨 생활 잘 못 해서 겨우 마담 생활 시작한 거잖아."

사실 영희 말이 틀린 건 아니었다. 유마담이 현역 마담으로 있을 때 데리고 있던 영희는 늘 대기실 반장이었으니까. 그러다가 유마담이 그만둘 때 아가씨들의 지지를 받은 영희가 마담으로 데뷔한 것이다. 그러니 영희의 입장에서 '마담' 자리는 목숨을 걸고 지켜야 하는 자리나 다름없었다.

"언니, 이젠 나도 좀 살아봐야지. 미안해…."

한때 자기가 주가를 올리던 업소에서마저 내몰린 유마담은 좌절했다. 아예 집 근처에 있는 미인촌이나 비즈니스 클럽 아가씨로 나갈까 하다가도 거울에 비친 모습을 보니 용기가 나질 않는다.

유흥업소에서 아가씨나 마담 생활을 한 여자들은 보통 여자들보다 빨리 늙는 편이다. 그도 그럴 것이 매일같이 진한 화장에 독한 양주를 마셔가며 낮과 밤이 뒤바뀐 생활을 이골이 나도록 해 왔으니 몸이 성할 수가 없는 것이다. 유마담만 해도 이제 나이 사십을 조금 넘겼건만 눈가에 주름이 자글자글한 것이 한 오십은 넘어 보이는 것이다.

그러나 웬수 같은 남편은 그렇다 치고, 하루가 다르게 무력

무럭 자라나는 아이들을 보니 도저히 포기할 수가 없다. 이리 뛰고 저리 뛰고 백방으로 알아보던 유마담은 결국 아가씨들을 모을 수 있었다. 전에 다니던 미용실에서 다른 업소에 있는 아가씨들을 소개해 준 것이다. 그러나 이젠 퇴물이나 다름없는 유마담에게 아가씨들을 소개시켜 주는 데는 그만한 이유가 있었으니, 바로 '빚'에 걸려 있는 아가씨들이었다.

"한 명은 삼백만 원이고 한 명은 오백 정도가 된데. 언니 나가는 업소에서 마이킹(구좌) 땡겨서 쟤네 빚 갚아주고 언니가 데려가."

룸살롱에서 한 달에 수백만 원씩을 벌어 가는 아가씨들은 명품이다 뭐다 해서 씀씀이가 크다. 따라서 거의가 카드빚을 지고 있다. 아가씨들을 데려오기 위해서는 마담이 그녀들의 빚을 일단 갚아주어야 하는데, 그러기 위해 마담들에게도 어느 정도 여유 자금이 필요한 것이다. 그러나 여유 자금이 없는 마담들이 있을 수 있으니, 그녀들이 쓰는 것이 바로 업주로부터 받은 마이킹(구좌)인 것이다.

한때 유마담이 잘 나갈 때야 마이킹 몇 천 정도야 문제가 아니었다. 업소 사장들이 서로 모셔 가려고 쟁탈전을 벌이기도 했던 때였으니까. 그러나 지금은 어림없는 일이었다.

"사정이 정 그렇다면 한 오백까진 빌려줄 수 있어. 대신 월급 받는 대로 오십이고 백이고 갚는 것으로 하지."

서로 저녁을 사겠다느니 술을 사겠다느니 하던 간부와 업주들이 이젠 완전 찬밥 취급을 하는 것이었다.

'아. 세상이란 게 이런 거구나….'

그러나 유마담에겐 신세 한탄할 시간조차 없었다. 빚 갚아주고 데려온 아가씨 둘에 대기실 반장 아가씨들을 겨우겨우 모아 가까스로 다섯 명을 맞춘 뒤 유마담은 바로 구좌 장사를 시작했다. 한때 자기 밑에 있던 애들이 이젠 열 명이 넘는 아가씨를 거느린 어엿한 마담이 되었는데, 자신은 이제 겨우 다섯 명이라니. 분통 터지는 일이었지만 도리가 없었다.

하지만 유마담의 시련은 여기에서 끝나지 않았으니, 우연히 아가씨들의 얘기를 엿들은 유마담은 또 한 번 좌절하고 말았다.

"우리가 더블 뛰면 마담언니라도 땜방을 해야 하는데 우리 유언니는 나이가 있어서…."

"그러게 말야. 손님들이 엄마 데려왔냐고 한다니까!"

"다른 언니들은 아직 팔팔하니까 테이블 들어가서 노래도 부르고 술도 한잔씩 하면서 땜방 해주는데 우리 언니는 뭐야."

"솔직히 몇 백쯤이야 다른 마담언니한테라도 손 빌리면 되는 건데. 우리가 유언니한테 매달릴 이유가 뭐야? 혜영아, 우리 차라리 다른 언니한테 가자."

그렇게 해서 그나마 있던 아가씨들조차 하나둘 떨어져 나가기 시작했다. 그러나 사정이 그렇다고 해서 물러설 수는 없었다. 유마담이 본격적으로 일을 시작한 이래, 남편은 더더욱 도박에 빠져들기 시작했기 때문이다.

사실 주위를 둘러보면 여자의 경제력에 기대 사는 남자들을 심심찮게 볼 수 있다. 부인이 일반 직장에 다닐 경우에는 남자들도 함께 돈을 벌기 마련이지만, 여자가 미용실이나 동대문 옷장사, 카페 마담 등으로 (일반 직장인에 비해) 짭짤한 수익을 올리는 경우 백수 생활을 하는 남자들이 꽤 있는 것이다. 부인이 벌어오는 돈만으로도 먹고 살 만해지면 이런 남자들은 일정한 직업을 가지기보다는 낚시나 골프·여행 등 나름대로 풍류를 즐기며 살아가는 것이다. 그러나 이런 경우는 그나마 나은 편이니, 사실 유마담의 남편처럼 도박에만 안 빠져준다면 오히려 감사한 것이다. 놀러다니는 것도 지겨워진 남편이 카드다 경마다 경륜이다 해서 도박에 빠지게 되면 그때부턴 부인이 아무리 벌어온들 '밑 빠진 독에 물 붓기'인 것이다. 유마담의 경우처럼 말이다.

이혼을 생각하지 않은 것은 아니었다. 생각만 해도 지긋지긋한 남편의 빚으로부터 헤어날 수만 있다면 백 번이고 천 번이고 이혼을 했을 것이다. 그러나 아직 어린아이들을 생각하니 이혼할 엄두가 나질 않는다. 달리 방법이 없었다. 무슨 일을 해서라도 자신이 돈을 버는 수밖에.

유마담은 다시 한 번 굳게 마음을 먹고 남대문에 위치한 D커피숍을 향했다. D커피숍은 한때 '나가요 걸'들의 아지트로 호황을 누리던 곳이었다. 새벽에 일이 끝난 아가씨들이 홀복을 사러 남대문에 오면 항상 들렀다 가는 '참새 방앗간'이 바로 이 곳이었다. 창가에 앉으면 남대문 시장이 한눈에 내려다보이는 이 곳은 그 시절 커피숍치고는 대단한 인기를 누리던 커피숍이었다.

유마담도 한창 잘 나가던 시절에는 자주 D커피숍에 들르곤 하였다. 물론 다른 아가씨들처럼 수다를 떨 목적으로 온 것은 아니었다.

‘저 아가씨는 옷 장사군.’

‘재는 분명 지방에서 지금 막 올라온 애야.’

‘옆에 종이가방으로 보아 재는 선수구나.’

유마담은 노련한 안목으로 아가씨들을 물색하다가 가끔 눈에 띄는 아가씨가 있으면 명함을 내밀곤 했다.

“아, 언니가 이 곳 마담이세요? 그래요. 꼭 한 번 전화 드릴게요.”

유마담이 한때 20명의 아가씨를 거느리기까지, 그 뒤에는 이런 보이지 않는 노력과 수고가 있었던 것이다.

그뿐만이 아니었다. 세상에 입소문만큼 무섭고 빠른 건 없다고, 유마담이 전성기를 누릴 때에는 가만히 있어도 저절로 홍보가 되기도 하였다. 유마담이 데리고 있는 아가씨들이 이 곳 D커피숍에 와서는 다른 업소 아가씨들에게 마담언니 자랑을 하는 것이다.

“야, 우린 아무리 못 봐도 평균 두 개야. 어떤 때는 세 테이블도 보고그래. 너네도 우리 언니한테 와.”

한푼이라도 더 벌 수 있다면 매정하게 돌아서는 아가씨들의 특성상 유마담을 향한 아가씨들의 발길이 끊이질 않았던 것이다. 유마담은 당연히 유명해질 수밖에 없었다.

D커피숍에 앉아 있노라니 화려했던 지난날이 유마담의 머릿속을 주마등처럼 스치고 지나간다. 그렇게 한참을 추억하던 유마담. 그러나 이내 ‘내가 지금 이럴 때가 아니지’ 싶어 얼른 정신을 차리고 탐색을 시작한다. 그러곤 쓸 만하다 싶은 아가

씨들에게로 가 명함을 내밀었다.

그런데 이게 웬걸. 테이블에 앉은 두 아가씨가 유마담을 마치 서울역 포주마냥 힐끔힐끔 쳐다보는 것이 아닌가.

"알았어요. 나중에 전화 줄게요."

아가씨들의 의심 가득한 눈초리를 등에 꽂으며 자리로 돌아온 유마담. 다시 새로운 아가씨들을 물색하던 중, 그만 보지 말아야 할 것을 보고 말았다.

자신이 방금 명함을 건네준 한 아가씨가 휴대폰 통화를 하며 명함에 메모를 하더니 전화를 끊고는 구겨 버리는 것이었다. 그런가 하면 나머지 한 명은 명함을 둘둘 말아 귀를 몇 번 후비고는 휴지통에 던져 버리고 만다.

이 광경을 지켜볼 수밖에 없는 유마담. 그 씁쓸함을 이루 다 말할 수가 없었다.

'아, 이럴 수가. 내 신세가 이렇게 변하다니….'

그러나 현실은 현실이었다. 늙고 초라해진 유마담은 화려한 추억이 깃들인 D커피숍을 나와 다시 룸살롱으로 향했다. 손님에게 치이고, 아가씨들에게 치이고, 또 후배 마담들에게 치여가며 오늘 하루도 한바탕 전쟁을 치르기 위해. 무엇보다 자신을 '엄마'라고 부르는 아이들을 위해서….

룸살롱으로 간 시골 처녀(이마담 이야기)

　이마담은 한 마디로 말해 내세울 것이 아무것도 없는 여자다. 약간 통통한 몸매에 그저 그런 얼굴, 학교도 여고 졸업이 다인 평범하기 그지없는 여자다. 어디 그뿐인가. 룸살롱은커녕 고등학교를 졸업할 때까지 술 한번 입에 안 대보았을 듯한 순진한 시골 처녀이기도 하다. 그런 그녀가 오늘날의 그 도도한 '이마담'이 되기까지. 지금부터 이마담의 '상경기'를 살짝 공개할까 한다.

　학교를 졸업한 후 서울에서 일자리를 구할 생각으로 무작정 상경한 이수현(가명). 친구집과 친척집을 전전하며 일할 곳을 알아보던 중 그녀는 모 생활 정보지의 하단 광고를 보게 되었다. '월수 2백 보장'이라는 문구에 눈이 휘둥그래진 그녀.
　전화를 한 뒤 그녀가 찾아간 곳은 단란주점이었다. 아니, 노래방을 개조해 단란주점처럼 만든 곳이었으니, 정식 단란주점이라기보다는 오늘날의 노래 클럽에 가깝다고 해야 할 것이다. 아무튼 그 곳은 술을 팔면서 암암리에 아가씨들이 손님들

술시중을 들기도 하는 곳이었다.

당시 이 마담은, 비록 시골에서 막 올라온 티는 났을망정 통통하고 덩치도 있는 편이며 나이도 좀 있어 보였다. 여하튼 그렇게 빠지는 타입은 아니었다. 업주의 입장에선 꽤 탐이 나는 아가씨는 아니었지만 그래도 밑져야 본전이었다.

"한번 해 볼 테야?"

가뜩이나 친척집에서 눈칫밥을 먹고 살던 이마담은 그렇게 해서 단란주점으로 출근을 하게 되었다. 빼어난 외모는 아니었지만 붙임성 있는 성격이었던 이수현. 그녀가 들어온 후 얼마 안 있어 여러 명의 아가씨들이 연달아 들어오게 되었고, 업주는 그녀에게 새로운 제안을 했다.

"애들도 좀 들어왔고 하니 넌 그냥 마담이나 한번 해 봐."

"어머, 제가 그런 걸 어떻게 해요?"

"괜찮아. 여기가 룸살롱도 아니고 뭐. 그냥 애들 관리하는 건데 뭐."

이수현이 '마담'의 이름을 다는 첫순간이었다. 그렇게 해서 이수현은 얼마간 단란주점의 '이마담'으로 일을 했다.

그리고 얼마 안 있어 단란주점이 문을 닫게 되었을 때, 업주는 자신과 함께 나이트에서 일을 해 보지 않겠느냐고 제안을 해 왔다. 딱히 할 일이 없었던 이마담은 흔쾌히 승낙을 했고, 단란주점에서 나이트로 무대를 옮겨 다시 '마담'일을 시작했다.

그렇게 자리를 잡아가고 있을 즈음이었다. 하루는 고향에서 경희와 미경이·현이가 찾아왔다. 이들 셋은 이수현의 고향 후배로 무얼 하든 늘 셋이서 함께 하는 '삼인방'이었다.

"수현 언니, 서울서 성공했다며? 우리도 좀 도와주라. 맨날 시골서 농협이라고 다녀봐야 거기서 거기구…."

농협에 다니는 경희가 운을 띄우자 이어 백수 미경이가 거들었다.

"언니 나도 말야. 맨날 집에서 빈둥대니까 엄마가 그럴 거면 시집이나 가래. 지금 내 나이가 몇인데…."

현이는 한술 더 뜬다.

"나는 어떻구. 우리 친척이 수원에서 갈비집 한다고 카운터 보래서 갔는데 맨날 고기나 자르라 그러고. 어휴 정말 속터져서. 언니, 시키는 대로 다 할게. 우리 좀 도와줘."

한참을 망설이던 이마담. 비록 어린 나이에 '마담'이 되는 기회를 잡았다고는 하나 아는 사람 하나 없는 객지 생활이 외로웠던 것은 사실이다. 자기가 마담으로 있는 나이트에 이들 삼인방을 아가씨로 데리고 있으면 서로에게 좋을 듯싶었다.

"니네 셋 잘 들어둬. 이건 가족이나 남들한텐 절대 비밀이야. 그리고 무척 힘들어. 너희만 잘 하면 한 밑천 잡을 수도 있지만, 한 달도 못 견디고 내려가면 그땐 끝장이야."

"언니, 그런 걱정은 하지도 마. 우리가 그래도 한때 잘 나가던 삼인방 아냐!"

그렇게 해서 삼인방은 이마담의 집에서 기거하며 나이트에서 일을 하기 시작했다. 그러나 말이 나이트지 사실은 스무 개 남짓 되는 룸을 가진 업소였다. 홀보다는 룸에 들어가는 사람들이 더 많은 '기형적인(?)' 나이트였다.

삼인방은 나이트에서 일을 시작하기가 무섭게 인기를 얻기

시작했다. 사실 이수연에게는 호박 세 개가 넝쿨째 굴러들어
온 것이나 마찬가지였다. 170센티미터가 넘는 늘씬한 키에
미성년 딱지를 뗀 지 얼마 안 된 싱싱한 영계들이다 보니 이
들 삼인방은 예약 손님만 받기에도 하룻밤이 모자란 것이다.
　삼인방이 이렇게 나이트의 명물이 되다보니 이수현 마담의
봄값도 자연히 오르기 시작했다. 그리고 '이마담과 삼인방'에
관한 소문을 들은 한 룸살롱에서 이들에게 스카웃 제의를 하
기에 이르렀다. 업주를 잘 만나 어린 나이에 단란주점 마담이
된 이수현은 이번엔 삼인방의 도움으로 정통 룸살롱의 마담이
될 수 있는 기회가 생긴 것이다. 이마담은 삼인방을 살살 꼬
드겼다.
　"너희들도 알다시피 요즘 나이트는 사양길이야. 어차피 돈
벌자고 하는 짓인데, 우리 이번엔 진짜 룸다운 룸에서 한번
일해 볼까?"
　"그래! 우리 그러자. 난 한 2년 돈 번 다음에 커피숍 하나
차리고 싶어."
　겁 없는 현이가 말했다. 그러자 옆에 있던 경희는,
　"야 이년아, 어디 돈이 그냥 들어오냐? 언니, 룸살롱에서는
2차를 가야 한다던데. 그럼 우리도 그런 거 해야 하잖아."
　경희의 말이 끝나기가 무섭게 미경이가 쏘아댔다.
　"야! 넌 전번에 2차 한 번 갔다 왔잖아! 이제와서 웬 오리발
이야?"
　미경이의 말은 사실이었다. '절대로 2차는 없다'는 조건으로
일을 시작했건만, 경희가 가장 먼저 그 약속을 어기고 만 것

이다. 딱 한 번 경희는 이마담 몰래 더블 팁을 받고는 지명 손님을 따라나간 적이 있었다. 물론 밥하고 커피만 마신다는 조건이었다.

그러나 접대부 아가씨에게 더블 팁을 주고는 밥하고 커피만 먹여 돌려보낼 남자가 어디 그렇게 흔하겠는가. 온갖 수작으로 경희의 혼을 쏙 빼놓은 남자는 경희를 홍대 카페로 데려가 새벽까지 술을 마셨다.

술에 취한 것인지 아니면 그 남자가 경희의 잔에 수면제라도 탄 것인지, 아무튼 정신을 차리고 보니 경희는 벌거벗은 채 웬 모텔 침대에 누워 있었고, 테이블에는 십만 원짜리 수표 두 장이 놓여 있었다고 한다.

경희의 고백으로 인해 삼인방이 했던 '2차에 관한 약속'은 더 이상 유효하지 않게 되었다. 그리고 그들 삼인방이 룸살롱에 나가지 못할 이유도 없게 되었다.

룸에서도 이들 삼인방은 여전히 명물로 자리잡았다. 옷 입는 것이나 손님들 대하는 것도 이젠 이력이 붙어 점점 세련돼지다 보니 더욱 그 진가를 발휘하게 된 것이다. 삼인방은 워낙 인기가 좋다 보니 대기실에 앉아 있는 법이 없었다.

출근을 늦게 한다 해도 먼저 출근한 아가씨들을 제치고 바로 룸으로 직행하곤 했다. 2시간 30분 정도 한 테이블을 보고 나오면, 다른 아가씨들은 그때서야 첫 테이블을 보곤 하는 식이었다.

진주 같은 아가씨들을 데리고 있는 이마담의 주가 역시 하늘 높은 줄 모르고 치솟았다. 자신보다 훨씬 오랜 경륜을 가

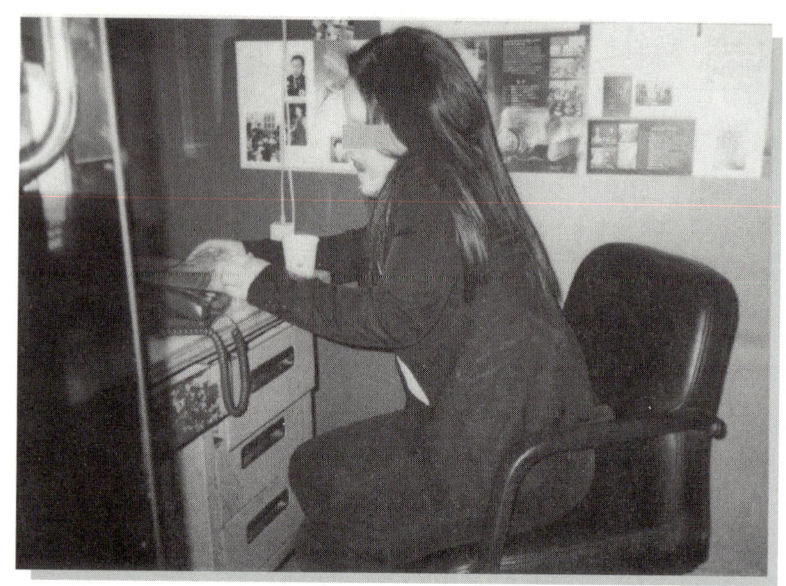

고객에게 전화 PR을 하는 실장

진 마담들을 제치고 간부와 업주의 사랑을 독차지하기에 이르렀다.

돌이켜보면 내세울 것 하나 없는 시골 처녀였던 이수현. 그러나 사람을 잘 만나 어린 나이에 '마담'으로 직행했고, 나이트를 거쳐 이젠 룸살롱의 '스타 마담'이 된 것이다. 여느 마담들과는 달리 아가씨 생활을 거치지 않았으니 아가씨와 마담의 고충을 이해할 리 없었고, 오늘에 이르기까지 큰 장애물도 없이 탄탄대로만을 걸어왔으니, 이수연 그녀에겐 무서울 것이 없었다.

그녀를 둘러싼 환경은 그녀를 변하게 만들었다. 착하고 순박한 시골 아가씨였던 이수연은 건방지고 도도한 '이마담'으로 차츰 바뀌어 갔다.

자기 아가씨들이 들어간 테이블이 늦게 끝난다든지, 손님들이 아가씨들에게 폭탄주를 돌린다든지 할 때면 한 번도 그냥 넘어가는 법이 없었다. 꼭 현관 데스크에 가서는 마치 누구라도 들으라는 듯,

"에이 시팔, 박부장 손님들 다 진상들이야. 다음부터는 짤없을 줄 알아!"

하고 소리를 치는 것이었다.

가끔 테이블의 손님들이 신고식을 요구하기라도 할 때면 더 심한 히스테리를 부렸다.

룸을 찾는 손님들 중에는 종종 '신고식'을 원하는 사람들이 있다. 미아리에서나 볼 수 있는 별의별 희한한 쇼를 기대하면서 억지를 부리는 것이다. 그러면 마담들이 '여기는 미아리가 아니다' 하고 정중히 얘기를 하고 아가씨들이 대충 속옷을 보여준다든지 하는 등의 애교로 좋게 마무리를 짓는 것이 보통이다.

그러나 이마담은 뭐가 그렇게 수틀리는지 꼭 간부를 찾아 한바탕 유난을 떤다.

"뭐 저런 손님이 있어요? 박부장 손님인데 애들한테 이상한 짓거리를 시키잖아요!"

등으로 시작해 여하튼 굳이 하지 않고도 넘어갈 수 있는 말들을 모조리 내뱉고야 마는 것이다. 그런가 하면 또 욕심은 얼마나 많은지 도무지 동료들의 입장은 생각해 줄 줄을 모른다. 다른 마담들이 순번으로 한 테이블을 받고 자신은 (삼인방

때문에) 지명으로 세 테이블을 받은 상황에서도 한 테이블이라도 더 받기 위해 눈에 불을 켜는 것이다. 물론 아무리 이마담이 시기와 사람을 잘 만나 일찍 출세했다고 해도 그녀가 1백 퍼센트 운으로만 성공한 것은 아닐 것이다. 운도 운이지만 남들이 모르는 노력과 수고도 분명 있었을 거라 본다. 또한 얼마 전에는 그 농안 번 논으로 시골 부모님들이 계실 십도한 채 지어주었다니 기특하지 않을 수 없다.

그러나 자신과 같은 처지인 동료 마담들을 무시한 채 자기 욕심만 채울 때라든지, 업주의 관심을 등에 업고 주위 사람들에게 함부로 대할 때면 씁쓸해지는 것이 사실이다.

이 곳 룸살롱도 엄연한 사회가 아니던가. 그녀가 오늘 이 자리에 오르기까지는 여러 사람의 도움이 있었다는 것을 왜 깨닫지 못하는 것인지. 또한 오르막길이 있으면 언젠가는 내리막길도 나온다는 당연한 이치를 왜 생각하지 못하는 것인지.

가난하고 볼품없었던 시골 처녀가 잘 나가는 룸살롱의 대마담으로 성공하기까지의 눈부신 도약을 이야기할 때면 같은 업소 사람으로서 자랑스럽기도 하지만, 한편으론 마음 한 구석이 허전해지는 것이 사실이다.

'자기야'에 관한 오해

　얼마 전 한 톱스타 부부의 파경 기사가 각 스포츠 신문의 일면을 장식한 적이 있었다. 성격 차이로 인해 깊어진 갈등에 더해 남편의 외도가 직접적인 원인이 되었다고 한다. 강남에서 룸살롱을 경영하는 마담과 남편이 이메일과 핸드폰 문자 메시지를 통해 서로를 '여보, 자기'라고 부르는 사이라는 것이다. 이 기사를 읽은 일반인이라면 '남자가 바람을 핀 세 맞긴 맞구나' 하고 아마 십중 팔구 남편을 욕했을 듯싶다.

　그러나 유흥업에 몸담고 있는 나의 입장에서 본다면, 그리고 룸살롱을 자주 이용하는 단골 손님이라면 그 남편과 룸살롱 마담의 관계를 그렇게 섣불리 의심하진 않았을 것이다. 그 두 남녀가 실제로 내연의 관계인지, 아니면 그들 주장대로 순수한 손님과 고객 사이인지는 물론 나 역시 장담할 수 없다. 다만 한 가지, 서로를 '여보, 자기'라고 부른 것 하나만을 가지고 그들을 내연의 관계인 것으로 몰아가서는 안 된다는 것이다.

　뜨겁게 사랑하는 연인이나 한 이불을 덮고 자는 부부 사이에서의 '여보, 자기'는 서로에 대한 사랑과 애정이 끈끈히 묻어나는 호칭이다. 그러나 이 곳 유흥업소에서 남자 손님과 여종업원 간에 통용되는 '여보, 자기'는 친밀함을 나타내기 위한 호칭일 뿐 그 이상도 그 이하도 아니다.

일반인의 입장에서는 잘 이해가 가지 않을지도 모르겠다. 그러나 이것 한 가지는 기억해 달라. 룸살롱은 빡빡한 회사 업무에 시달린 남자들이 '즐기러' 오는 공간이다. 물론 손님을 '부장님', '사장님' 등의 호칭을 붙여 부를 수도 있고, 손님 역시 '마담', '피디' 등으로 호칭을 붙일 수 있다. 그러나 처음에 서로 익숙하지 않을 때는 이렇게 격식을 갖추어 부르다가도, 단골 손님으로 자주 드나들게 되면 대개는 '오빠', '자기' 등으로 바뀌는 것이 보통이다.

격식을 갖추어야 하는 중요한 접대의 자리가 아닌 이상, 남자 손님들 역시 '여보', '자기' 등의 호칭을 좋아한다. 룸살롱 마담이라는 여자가 1년이 지나건 2년이 지나건 늘 변함없이 '박부장님', '김상무님' 등으로 꼬박꼬박 격식을 갖춘다고 생각해 보라. 아마 남자들이 먼저 발길을 끊을 것이다. '무슨 술집이 이래?'

결론적으로 말하자면, 룸살롱 마담들 혹은 아가씨들이 사용하는 '여보', '자기'라는 호칭은 '애정 표현'보다는 '고객 관리'에 가깝다는 것이다. 심지어 이들 룸살롱 여종업원들은 한 업소에서 일하는 동료 직원들이나 간부·업주에게까지 이런 호칭을 사용하기도 한다. 여기서 그로 인한 에피소드를 하나 소개할까 한다.

내가 있는 업소의 사장은 얼마 전까지만 해도 우리랑 같이 구좌 웨이터를 했던 사람이다. 지금은 '업주'의 자리에 있지만 한때 함께 일한 경험이 있는지라 직원들과도 스스럼 없이 지내곤 했었다.

그러던 어느 날 저녁 미팅 시간이었다[룸살롱에서의 저녁 미팅, 즉 '석회(夕會)'는 일반 직장의 '조회(朝會)'에 해당된다]. 미팅룸으로 들어온 사장의 안색이 좋질 않다. 심기가 편치 않아 보이는 것이 무슨 일이라도 생긴 듯하다. 직원들 앞에서 한참을 묵묵히 있던 사장이 하는 말이,

"어이 신 피디. 장난하는 것은 좋은데 말야. 이건 좀 너무 한 것 아냐?"

하는 것이다. 신마담을 비롯한 직원들 모두 눈이 휘둥그래져서 물었다.

"왜요? 무슨 일 있었어요?"

"사실은 말야…."

얼마 전의 일이었다. 화근은 신마담이 보낸 한 건의 문자 메시지에 있었다.

룸살롱 직원들이 하루 일과를 마감하는 시간은 대략 새벽 3~4시 정도다. 일이 끝나면 간단하게 해장국으로 배를 채우거나 가볍게 술 한잔 하는 것이 보통으로, 평균 취침 시간은 5시부터 9시 사이가 된다.

사건(?)이 있던 그 날, 사장은 일찍 귀가한 상태였고, 나머지 룸살롱 직원들은 평소처럼 4시경 마감을 한 뒤 함께 해장국을 먹으러 간 모양이었다. 그렇게 해서 한 6시 정도 되었을까, 신마담이 사장의 휴대폰에 문자 메시지를 보낸 것이다.

'자기야 뭐해? 나 지금 해장국 먹으러 왔어.'

평소에 사장과 각별히 친한 사이였던 신마담은 사모님과도 언니 동생처럼 알고 지내는 사이였다. 따라서 아무 생각 없이 장난삼아 문자를 보내본 것이다. 그런데 아침 일찍 잠을 깬 사장의 와이프가 우연히 그 문자 메시지를 보게 된 것이다.

"당신 좀 일어나 봐! 대체 이년이 누구야!"

그렇게 한바탕 난리를 치르게 된 것이었다.

"어휴. 언니(사모님)도 참. 나랑 잘 아는 사이면서 뭘 그런데요?"

머쓱해진 신마담이 말했다.

"야 임마. 우리 마누라가 이 문자 메시지 보낸 사람이 넌지 딴 사람인지 어떻게 알아? 게다가 요즘 계열사 오픈 때문에 가뜩이나 늦게 들어가는 일이 많았다구. 그리고 여자란 조그만 일에도 민감한 법이잖아."

그런가 하면 이런 '마담들의 넉살'에 나 역시 크게 한 번 홍역을 치른 적이 있었다.

언제인가 부부 동반으로 직원 모임에 갔을 때의 일이다. 위에서도 말했듯이 술집 마담들은 넉살이 좋다. 워낙 남자들 사이에서 치여 지내다 보니 성격도 좀 걸걸하고 진한 농담도 곧잘 하고 하는 편이다.

내가 아내를 데리고 마담들 앞에 가서 인사를 하는데, 한 마담이 나에게 한다는 소리가,

"오빠! 얼른 끝내고 올라와. 먼저 가 있을게."

하는 것이 아닌가. 게다가 당시 모임 장소는 세종 호텔 2층

에 위치한 행사장이었다.

그 마담은 평소에 나와 친하게 지내던 마담으로 백 퍼센트 농담으로 그런 것이었다. 처음으로 데려간 아내가 옆에 있었기에 조금 찜찜한 구석은 있었지만, 오히려 반응을 하면 더 이상하게 보일 것 같아서 나는 그냥 웃고 지나갔다.

그런데 한 몇 개월 정도 지나서였다. 하루는 아내가 대뜸 한다는 말이,

"그런 데 있는 사람들은 다 그래? 그때 그 말 한 여자 누구야?"

하는 것이었다.

아내는 내가 강원도 설악산에서 기념품 가게를 운영할 때 만난 여자다. 옆 가게에서 경리를 보던 그녀는 내가 서울로

올라오자 나 하나만을 믿고 무작정 따라 올라온 정말 순수하고 착한 시골 아가씨다. 서울에 와 본 것도 그때 나를 따라온 것이 처음이었다. 하루에

두 번 다니는 버스를 놓치면 그 먼 거리를 걸어서 가야 하는 강원도 첩첩산중에서 술집이 뭔지도 모르고 자란, 그런 이슬 같은 여자인 것이다.

그런데 처음으로 남편을 따라나간 자리에서 웬 낯선 여자가

대뜸 자기 남편을 보고는 '오빠'라고 부르지를 않나, 위층은 호텔 룸인데 '먼저 가 있을 테니 올라오라'고 하지를 않나, 아무리 남편 직장 동료라지만 상식적으로 이해가 가질 않는 것이었다.

사실 내 아내의 반응이 비정상적인 것은 아니라고 생각한다. 처음 보는 여자가 자신의 남편에게 그런 말을 했을 때 이상하게 생각하지 않을 여자가 어디 있겠는가. 아무리 농담이라도 말이다.

아무튼 마음 여린 나의 아내는 그 일이 있은 후 몇 개월간 노심 초사를 해 왔던 것이다. 섣불리 물어보지도 못하겠고, 그렇다고 잊자니 잊혀지지도 않고, 그렇게 혼자서 끙끙 앓아 왔던 것이다. 그 동안 혼자서 얼마나 힘들었을까. 지금도 생각해보 면 아내에게 미안하기 그지없는 일이다.

때론 도에 지나칠 정도로 농담을 해대는 마담들에게도 문제는 있다. 아내와 버젓이 함께 있을 시간에 문자를 보내고, 심지어 아내를 처음 데리고 온 사람에게 농담을 하는 것은 농담이라고 하기엔 좀 과한 것이다. 상대방 남자는 그렇다 치고, 같은 여자로서 그 아내에 대한 예의가 아닌 것이다.

다만 한 가지 얘기하고 싶은 것은, 마담들의 그런 행동을 그냥 '허물없는 친밀함의 표현' 정도로 생각해 달라는 것이다. 이해까진 바라지 않으니 말이다. 고객 관리 차원에서, 혹은 그저 장난으로 건넨 말 한 마디나 한 통의 메일, 문자 메시지 등으로 인해 소중한 가정에 금이 가는 일은 절대 없어야 할 테니 말이다.

우리들의 웨이터

　‘웨이터’란 사실 참으로 광범위한 단어다. 청와대 귀빈실에서 국빈들에게 서빙하는 공무원급 웨이터들에서부터 인류 대학 호텔경영학과를 나온 고급 호텔의 웨이터들, 조그마한 카페에서 사장과 ‘형 동생’ 해가며 일하는 평범한 웨이터들까지.

　그러나 이런 수십 종류의 웨이터들 가운데 가장 많은 주목을 받고 또 사람들의 입에 가장 많이 오르내리는 웨이터는 아마 ‘룸살롱의 웨이터’들이 아닐까 싶다. 일단 ‘웨이터’라 하면 빨간 조끼에 검은 나비 넥타이를 맨 룸살롱 웨이터들을 떠올리는 것이 보통이니 말이다.

　그런데 ‘룸살롱 웨이터’들이라고 해서 모두 같은 것은 아니다. 그전에는 통틀어 모두 ‘웨이터’라고 했지만, 지금은 ‘보조 웨이터’와 ‘구좌 웨이터’로 나누어 부른다. 전자는 손님들에게 서빙을 하는 웨이터이고, 후자는 손님을 상대로 자기 장사를 하는 웨이터다. ‘구좌 웨이터’는 손님의 술시중을 직접 들지는 않는다. 다만 자기 손님이 찾아오면 가서 인사를 하고 손님과 이야기를 나누는 것으로 접대를 한다.

생각해 보면 또 '룸살롱 웨이터'처럼 편견이 많은 직업도 없는 것 같다. 단지 밤에 유흥업소에서 일한다는 이유 하나만으로 사람들은 '웨이터'를 폭력과 술·여자·도박 등과 연관지으며 곱지 않은 시선으로 본다.

얼마 전, 모 재벌 그룹의 사장으로 있던 분이 퇴직 후 웨이터로 돌변해 화제가 된 적이 있었다.

'어떻게 모 그룹 사장까지 지내신 분이 웨이터를…?'

웨이터가 된 사장님을 신기하게 바라보는 사람들의 의식 속에는 '웨이터에 대한 고정 관념'이 있었던 것이다. 그렇게 많이 배우고 돈도 많이 번 사람은 웨이터를 하면 안 된다는 식이다. 웨이터를 하나의 '평생 직업'으로 보기보다는 벼랑 끝에 다다른 사람들의 마지못한 선택 정도로 보는 것이다.

그런가 하면 룸살롱에 자주 드나드는 사람들조차 이들 웨이터들에 대해 부정적인 생각을 가지고 있기도 하다. 사업상 접대를 위해 한두 군데의 룸살롱과 서너 명의 룸살롱 웨이터들의 이름을 알고 있어야만 '진정한 비즈니스맨'이라 생각하면서도, 한편으로는 이를 철저히 숨기려 하

는 것이 보통이다.

즉, 친구들과 술을 마시러 갈 때나, 바이어와 접대 차 갈 때를 위해 평소에 한두 명의 웨이터쯤은 알아두고 싶어한다. 술자리에서 무언가 단골 대접을 받아야만 위신도 서고 남자로서의 체면도 서기 때문이다. 그러나 그 외의 사람들, 이를테면 공식석상이나 가족들 앞에서는 절대 입을 함구하고 고개를 젓는 것이 보통이다.

일반 사람들은 물론 단골 손님의 시각까지 이러한 형편이다 보니 유흥업계에 종사하는 사람들 역시 자신의 직업을 숨기려 든다. 업무 중에야 자신의 명함을 돌리며 홍보를 하지만, 동창회·향우회를 비롯한 사적인 자리에서는 자기 직업을 밝히지 않게 되는 것이다. 죄인 아닌 죄인이 되어 자꾸 숨으려 하는 것이다.

술집 출입을 제 집 드나들 듯하면서 정작 술집과 그 곳에서 일하는 사람들에게는 부정적인 시선을 보내는 사람들. 그들의 이중성과 고정 관념에 유흥업소 웨이터들은 '있어도 없는 존재', '알아도 모르는 존재', 마치 '그림자 같은 존재'가 되고 있는 것이다.

한때 내가 일하던 업소에는 나이 60이 넘도록 유흥업소 웨이터 생활을 하시는 분들이 서너 명 계셨다. 그분들은 평생을 웨이터로 일하면서 자신의 직업을 조금도 부끄럽게 생각하지 않았고, 그 돈으로 자식들 대학 교육까지 시켰다. 손자까지 본 나이에도 여전히 현역 웨이터로 일하시던 분들. 그분들이야말로 우리 웨이터계의 인간 문화재요, 산 증인인 것이다.

전해 들은 바에 의하면, 그분들 중 한 분은 나이 70이 다 되도록 바로 얼마 전까지도 현역 웨이터로 생활을 하셨다고 하니, 그분 앞에 절로 머리가 숙여지는 것이 사실이다.

이분들을 비롯해 수많은 웨이터들이 자신의 소신을 갖고 스스로 웨이터의 길을 택해 성공적인 삶을 살아가고 있음을 사람들은 알지 못한다. 전체의 30퍼센트에 달하는 수많은 웨이터들이 대학까지 졸업해 그 누구보다도 떳떳하게 웨이터로서 살고 있다는 것 역시 알지 못한다.

내가 지금부터 할 이야기들은 스타에서 '진상'에 이르는 다양한 웨이터들의 이야기, 더불어 웨이터들의 '진실'에 관한 것이다.

웨이터 수난 시대

　지금으로부터 20여 년 전, 내가 나이트에서 첫 웨이터 생활을 시작할 시절만 해도 웨이터가 되기 위해서는 보증금이 필요했다. 당시에 백만 원 정도였으니, 그 시절엔 꽤나 큰돈이었다.

　업주가 웨이터들에게 보증금을 받는 이유는 사인(외상) 손님들 때문이었다. 룸살롱이나 나이트나 모두 자기 장사를 하는 웨이터들이다 보니 자기 손님이 먹은 술값에 대해서는 각 웨이터가 책임을 져야 한다.

　손님이 술값을 바로 계산해 주면 상관이 없지만, 혹 사인 처리를 할 경우, 그 보증금으로 일단 술값을 계산하는 것이다. 따라서 사인을 주더라도 자신의 보증금 한도 내에서 주어야 했고, 만약 금액이 오버되면 그 다음 날부터는 바로 (술을 받을 수 있는) 전표 배급이 정지되곤 했다.

　요즘과는 달리 당시에는 하루 장사를 하면 그 다음 날 바로바로 입금을 시켜야 했다. 다시 말해, 오늘의 매출액 100퍼센트를 내일 입금시키는 식이다. 그런데 만약 사인 액수가 자신

의 보증금을 초과하기라도 해서 입금을 시키지 못하면 그때부
터는 전표를 받을 수 없으니 자연히 손님도 받을 수 없게 되
는 것이다. 따라서 웨이터들은 어떻게든 돈을 마련해 심지어
딸라(고리)를 내어서라도 입금을 시키고 영업을 해야만 했다.
　하지만 주대가 싼 나이트의 특성상 사인 금액이 웨이터의
보증금을 넘는 경우는 거의 없었다. 그리 큰 금액이 아니다
보니 바로바로 현금으로 계산하는 손님들이 대부분이었고, 혹
사인으로 처리한다 해도 보증금에 비할 만한 액수는 아니기
때문이었다.
　그러나 나이트가 몰락하고 룸살롱이 자리를 잡기 시작하면
서 웨이터들의 고달픈 생활은 시작되었다. 즉, '외상'이 늘었다
는 것이다.
　앞에서도 말했듯이 나이트에서야 맥주 3병에 과일 안주 해

서 기본을 먹어봐야 몇 만 원 되지 않는다. 그러나 룸살롱은 그렇지가 않다. 양주를 먹다보니 수십에서 수백을 호가하며 자연적으로 외상 손님이 늘어난 것이다. 또한 뜨내기(순번) 손님이 많은 나이트와 달리 룸살롱의 손님들은 거의가 '지명 손님'이라는 것도 사인 손님을 늘리는 데에 한몫을 했다.

"우리가 어디 한두 번 볼 사인가?"

하며 어깨를 한 번 치면 그만인 것이다. 사실 룸살롱에서 뜨내기 손님은 10~20퍼센트에 지나지 않는다. 나머지는 다 사인이 가능한 '지명 손님'이다.

그런데 이런 사인 손님들의 공통점은 결제를 늦게 해준다는 것과 결제시에는 항상 디스카운트를 요구한다는 것이다. '디스카운트' 얘기는 앞에서 얘기한 바 있으니 여기선 생략하기로 하자.

손님이 술을 마시고 간 다음 날 바로 웨이터가 결제를 하러 간다면 그 손님은 그 업소를 다시는 찾지 않는다. 적어도 한 달 정도는 기다린 후에 돈을 받으러 가야 한다는 것이다. 따라서 웨이터가 자기 장사를 하기 위해서는 (외상값을 받기까지의 공백을 메우기 위해) 최소한 자기 돈 1천만 원 정도는 가지고 있어야 하는 것이다.

그러나 그렇다고 해서 모든 룸살롱 웨이터들이 처음에 1천만 원이란 액수를 가지고 시작하는 것은 아니다. 돈 한푼 없는 사람도 웨이터가 될 수 있으니, 룸살롱 업주에게 '여유 자금'이 많아야 하는 이유가 바로 여기에 있다.

업주가 자기 장사를 하는 마담이나 웨이터들에게 '빌려주는

식'으로 돈을 융통해 주면, 웨이터는 그 돈으로 영업을 하는 것이다. 그 개념이 바로 '구좌 제도'이다. 나이트 시절의 '보증금'제가 사라지고, '구좌'제도가 생긴 이유가 바로 그것이다. 기껏해야 몇 백에 불과할 웨이터의 보증금으로는 룸살롱 외상 손님들의 술값을 더 이상 감당할 수 없게 되었기 때문이다.

따라서 업주는 웨이터나 마담을 영입할 때 흔히 말하는 '마이킹' 즉 '구좌'라고 해서 대개는 1~2천 정도를, 능력 있는 사람의 경우는 몇 억 대까지 빌려준다. 그럼 웨이터들은 그 자본을 바탕으로 장사를 해 돈을 불린 후 매달 적금식으로 갚거나, 아니면 업소를 나갈 때 한꺼번에 갚아야 하는 것이다.

'보증금제'가 '구좌제'로 바뀌면서 결산일에도 변화가 왔다. 매출액이 적은 나이트에서는 하루의 매출액을 다음 날 바로 입금하는 것이 가능했지만, 하루 매출액이 몇 천대를 호가하는 룸에서는 이것이 불가능하다. 룸살롱의 결산일은 앞에서도 말했듯이 매달 5일이 보통이다. 그 날이 되면 일단 판매 금액 100퍼센트를 다 막는(입금하는)것이 '원칙'이다.

그런데 이렇게 따지면 세상에 '진상'이 되는 웨이터들은 없을 듯싶다. 열심히 장사를 해서 자기 몫 챙기고 업주가 빌려준 돈은 갚아 버리면 다일 듯하니 말이다. 그러나 오늘 하루도 수많은 웨이터들이 진상으로 전락하고 있으니, 거기에는 여러 가지 요인들이 있다.

사인을 해간 손님들이 돈을 아주 늦게, 그것도 깎아서 갚는다 해도 일단 갚기만 하면 그나마 다행인 것이다. 비록 웨이터에게 떨어지는 것은 없지만 적어도 손해는 보지 않으니 말

이다(가끔은 손해를 볼 때도 있다).

그러나 외상을 받으러 찾아가 봤더니 부도가 나 있다든지, 연락처를 바꾼 채 잠적을 했다든지 하면 그때부터 일이 꼬이기 시작하는 것이다. 실제로 룸살롱에서는 번듯한 명함을 건네주었는데, 막상 찾아가보면 임대 사무실 한 구석에 전화받는 아가씨만 있다든지, 무슨 사장이네 회장이네 해서 집을 찾아가보면 노모가 다 쓰러져 가는 단칸방을 지키고 있다든지 하는 예가 부지기수다. 어떨 때는 돈을 받으러 갔다가 오히려 돈 몇 푼을 내어주고 오는 일도 있으니, 그러면 손님이 사인으로 먹은 수백만 원어치 술값은 고스란히 웨이터의 몫이 되는 것이다.

가끔은 돈이 있으면서도 고의적으로 갚지 않으려는 '악덕 손

님'들도 있다. 사인지가 몇 장 쌓이다 보면 엄청난 금액이 된
다. '한번 갚아볼까' 하고 계산을 해 보면 거의 차 한 대 값이
나올 때도 있다. 좋다고 술을 마실 때는 언제고, 막상 돈을
내려니 아까운 생각이 드는 것이다.

'지난번에 내 사무실로 전화를 했을 때 영 싸가지가 없었어.
괘씸하니 이제부터 다른 데로 가야지.'

결국엔 괜한 꼬투리나 생트집을 잡아 단골집을 바꾼다든지
하여 그 웨이터와의 대면을 어떻게든 피해 보려 하는 것이다.

그리고 이런 손님이 하나둘 늘다 보면 한 달 매출액을 입금
하는 것은 물론이고, 자신의 구좌를 갚아나가는 것도 힘에 부
치게 되는 것이다.

그런가 하면 웨이터들 중에 먼저 근무했던 업소에 빚을 지
고 온 이들이 많다는 것도 문제다. 가령, A라는 업소에 구좌
2천만 원을 받고 왔다고 치자. 다달이 돈 백만 원이라도 적금
식으로 찍으면 다행인데, 대부분은 사인 때문에 그렇게 하질
못한다. 그런 데다 사인 손님까지 늘어 빚이 늘어나면 이들은
업소를 옮겨야 한다.

그러나 업소를 나오기 위해서는 자신의 구좌를 지불해야 하
는데, 그럴 능력이 없다. 그러면 그는 다른 업소에서 일해 갚
겠다는 조건으로 나오거나, 혹은 그를 데려갈 업소에서 그 빚
을 갚아주고 데려오기도 한다. 새로운 업소로 옮긴다 해도,
먼젓번 업소에서 진 빚은 갚을 때까지 언제까지고 따라다닌
다. 아니 다른 업소로 갈 때에는 50퍼센트 정도 상향 조정되
어 팔려 가는 것이 보통이다. 이를테면 처음 2천만 원이던

구좌가 옮길 때는 3천~4천만 원이 되는 것이다. 이렇게 악순환은 계속되는 것이다.

새로운 업소에서 일을 시작하게 된 웨이터는 그때부터 '삼중고'를 져야 한다. 매달 자신의 매출액과 새로운 업주로부터 받은 구좌 금액, 이전 업주에게 빚 진 구좌 금액, 이렇게 세 항목을 모두 챙겨야 하는 것이다. 이런 악조건에서 사인 손님마저 늘어나면 그땐 대부분의 웨이터들이 견뎌내지를 못한다. '야반 도주'라는 최후의 방법을 택하는 것이 보통이다.

그러나 이렇게 어쩔 도리가 없어 숨어 버리는 사람들은 차라리 나은 편이다. 처음부터 아예 흑심을 품고 들어오는 사람들도 상당수다. 들어오는 즉시 (선불)구좌를 끊어준다는 점을 악용해 돈을 받아 하루 정도 일을 하고는 도망을 가 버리는 것이다.

그런가 하면 처음에는 굳은 의지로 들어왔는데, 구좌로 현금 몇 천만 원을 만지고 나자 흑심을 품어 버리는 사람들도 있다.

'이 돈을 전 업소에 갖다주고 빚을 갚고 나면 영업 밑천이 없어지는 건데. 또 어떻게 장사를 하라고… 에라, 이 돈으로 새로운 거나 해 보자.'

이때 손해를 보는 것은 두 업주들이다. '빚을 갚는다'는 조건으로 내보낸 예전 업주와 그 웨이터를 인수한 새로운 업주들의 애꿎은 돈만 날아가는 것이다. 혹 기소를 해서 잡아오는 수도 있지만, 무일푼인 채 잡혀오는 것이 대부분이기 때문에 이 역시 도리가 없다. 왜냐 하면 그들이 교도소에 들어가 몸으로 때운다 한들 업주한테 돌아오는 것은 아무것도 없기 때문이다.

괘씸한 생각에 누구라도 시켜 한 대 때려주기라고 하면 속이 시원할 것 같지만, 이 역시 일이 잘못되면 돈을 배로 물어줘야 하는 신세가 되고 마니 참는 수밖에 없는 것이다. 장사하라고 대준 영업 자금 떼어먹고 도망간 놈인데, 손이라도 댔다가는 오히려 돈을 더 주어야 하는 상황이니 업주로서는 그저 암담할 뿐인 것이다.

어디 그뿐인가. 믿었던 도끼에 발등 찍히는 일도 심심찮게 일어난다. 하도 손님이 많아 스타 대접을 받던 웨이터가 어느 날 갑자기 연락이 두절되는 일도 있다.

구좌를 끊어 처음에는 순조롭게 일을 시작했는데, 외상지 한 장쯤이야 하던 것이 두 장이 되고 석 장이 되더니, 결국엔 감당할 수 없게 되어 버린 것이다. 사실 '사인'이라는 것은 절대 만만히 볼 것이 못 된다. 한 장이 백만 원이 넘고, 두 장이면 몇 백이 되니 장수가 아닌 '금액'을 봐야 하는 것이다.

매출 실적이 좋고 찾아오는 손님이 많으니 업주로부터 대접은 받는데, 막상 수중에 들어오는 돈은 없고, 속 빈 강정이요, 빛 좋은 개살구였던 것이다. 결제하는 날(매달 5일)이 돌아오면 비싼 사채를 빌려 급한 대로 막았다가 결국 이자와 빚이 눈덩이처럼 불어나자 잠적을 하고 만 것이다. 그것도 모르고 '저런 웨이터 몇 명만 있으면 금방 큰돈을 벌 수 있겠구나' 하고 내심 기대를 했던 업주는 그야말로 '닭 쫓던 개 지붕 쳐다보는 꼴'이 된 것이다.

그러나 이 모든 잘못을 웨이터의 탓으로만 돌릴 수는 없다. 처음부터 고의적으로 사기를 치는 몇몇을 제외하고는 모두가 '한번 잘 살아볼 생각'으로 발버둥을 치다 좌절하고 마는 것이 아닌가. 밤에는 술 취한 사람들 비위 맞춰가며 영업을 하고, 낮에는 길거리에서 홍보를 하며, 결산일이 다

가오면 백방으로 뛰어다니면서 수금을 하건만, 정작 들어오는 돈이 없어 끝내 잠적하고 마는 이들이 바로 '웨이터'들이다.

룸살롱의 매출 금액만을 보는 사람들은 이런 웨이터들의 수난을 알지 못한다. 술값(순수 주대)의 20-40퍼센트에 해당하는 봉사료를 받건만, 15~25퍼센트를 받는 나이트 웨이터보다 수입이 더 못 할 때도 있는 것이 바로 '룸살롱 웨이터'인 것이다.

앞에서 얘기한 '보조 웨이터'들의 경우, 기본 월급은 몇 십만 이 원 안 되지만, 여기에 팁이 더 해지다 보니 하루 평균 십만 원 정도는 만진다. 강남은 이십만 원 정도를 벌기도 한다. 심부름을 도맡아 하니, 몸은 좀 힘들지 모르지만 그래도 빚은 없다.

수백만 원짜리 담당 테이블이 진상이 나도(사인 처리된 뒤 결제를 받지 못해도) 보조 웨이터와는 전혀 관계가 없는 것이다.

그러나 구좌 웨이터들은 수백만 원짜리 자기 손님을 받는다
해도 그 돈은 자기 돈이 아닌 셈이다.

그런가 하면 가끔은 아가씨의 봉사료를 손님이 아닌 웨이터
가 물어주어야 하는 경우도 있다. 예를 들어 한 아가씨가 그
날 아침까지 술을 마시고는 몸이 안 좋은 상태로 출근을 해
테이블에 들어갔다고 가정해 보자. 마침 중요한 접대의 자리
였는데, 아가씨의 접대가 시원치 않자 기분이 상한 손님이 한
시간도 못 있어 자리에서 일어난다. 기분이 언짢으니 계산 역
시 제대로 할 리가 없다.

"에이, 술맛 버렸다. 오늘 술값은 사인이다. 그리고 아가씨
들 것은 없어!"

웨이터가 아가씨를 대신해 사과를 해야 하는 처지니 주지
않겠다는 아가씨들 봉사료를 감히 요구할 수는 없다. 그러나
아가씨가 룸에 들어가 있는 시간이 30분을 넘겼다면 아가씨
역시 기본 봉사료를 받아야 한다. 그것이 규정이다.

주지 않겠다는 손님과 받아야 하는 아가씨. 그럼 8~9만 원
에 해당하는 아가씨의 봉사료는 과연 누가 주어야 하는가? 바
로 웨이터다. 구좌 웨이터의 개인 돈으로 아가씨 봉사료를 주
어야 하는 것이다.

또한 룸살롱에는 업소마다 이른바 '쥐잡기'나 '쌍룡 작전' 등
이 시행되는 날이 있다. 아까 얘기했듯이 구좌 웨이터들에게
는 순수 주대의 약 30퍼센트에 해당하는 금액이 돌아가는데,
그 외에 인센티브가 붙는 수가 있다. 업소가 정한 금액을 달
성하면 보너스를 주는 것이다. 따라서 웨이터들은 보너스를

받기 위해, 아니면 매출액만이라도 채우기 위해 ‘날’을 정하는 것이다.

날짜를 정해 ‘쥐잡기’ 등의 타이틀을 달고 나면, 그 날만큼은 전직원이 의무적으로 손님을 불러야 하는 것이다. 단골 손님에게 전화를 해 술 한두 병을 서비스한다고 하든지, 술은 무료로 줄 테니 팁만 가져오라고 해서 손님을 모은다.

정 안 되면 친구나 진상 손님이라도 부른다. 만약 그 날 자기 손님을 부르지 못하면 그에 해당하는 벌금이 부과되기 때문이다. 업소마다 차이가 있지만 벌금은 몇 십만 원 정도이다.

물론 웨이터들 중에도 경마나 도박에 손을 대 스스로 몰락의 길을 걷는 이들이 있긴 하지만, 손님의 ‘사인지’로 인해 추락하는 웨이터들이 대부분이다. 한 달 매출의 절반 이상이 현금 아닌 ‘사인’으로 처리되기에, 실제로 한 달에 천오백만 원의 매출을 올리는 웨이터의 실제 매출액은 삼천오백만 원이 넘는다. 나머지 이천 만원은 어떻게 해서든 능력껏 받아내야 하는 ‘외상’에 불과한 것이다.

액수 단위가 큰 만큼 위험 부담도 큰 것이다. 현재 사대문 안에 위치한 룸의 개수는 약 40~50여 개다. 물론 실제적으로는 더 많지만, 사람들의 입에 오르내리는 인증된(?) 곳만 따지면 대충 이런 숫자가 나온다. 그런데 이들 업소의 구좌 웨이터들의 대부분이 적게는 1천만 원에서 많게는 억대의 빚을 지고 있다.

손님을 유치해 장사를 하고, 결산일에 맞춰 술값을 받으러 다니고, 또 어떻게든 돈을 융통해 구좌를 막는 웨이터들의 생

활은 하루하루가 전쟁이요, 그야말로 007작전을 방불케 하는 것이다.

현재 룸살롱을 이용하는, 그리고 장차 룸살롱을 출입하게 될 남성들에게 감히 부탁하고 싶은 것이 있다. 자신들이 먹은 술값을 웨이터에게 떠넘겨 웨이터를 죄인 아닌 죄인으로 만드는 일만은 제발 하지 말아 달라는 것이다.

룸쌀롱에 관한 몇가지 진실들
룸쌀롱에 관한 몇가지 진실들

　내가 나의 첫번째 책 《소설 웨이터》를 출간하고 나서의 일이다. 룸살롱 웨이터가 책을 냈다는 사실 때문에 한 때 방송사와 신문사 등 각 언론매체들의 관심이 나에게 쏠리던 때가 있었다.

　그런데 하루는 나와 인터뷰를 약속한 한 신문 기자가 찾아와서는 조심스럽게 한다는 얘기가,

　"저… 이런 곳에는 조폭들이나 깡패들이 많이 있죠?"

　하는 것이었다. 너무나 어이가 없는 질문이었다.

　"그런 것 절대로 없습니다. 혹 변두리나 지방 쪽에는 건달들과 연관을 맺은 룸살롱이 있을지 모르겠지만, 설사 그렇다 한들 그들이 업소에 나오는 일은 절대 없습니다."

　그러나 이러한 나의 해명(?)에도 불구하고 기자는 오히려 반문을 했다.

　"그럼 영화 속에서 그려지는 모습들은 뭔가요? 아무런 관련이 없는데, 한결같이 룸살롱과 조직 폭력배들을 연관지을 리 있겠습니까?"

사실, 나는 그전에도 이런 질문을 받은 적이 여러 번 있었다. 언론계통에 있는 기자들이나 방송작가들이 나를 인터뷰할 때면 빠지지 않고 나오는 질문 중 하나가 바로 '룸살롱과 조폭'에 관한 것이었다. 룸살롱을 비롯한 유흥업소에서는 항상 조직적인 폭력이 난무하는 것으로 생각하고 있는 것이다.

심지어 어떤 이는 '유흥업소 경력 20년'이라는 나의 프로필을 보고, '이 사람도 혹시 조폭과 연계된 사람은 아닐까' 하는 생각에 나를 만나기까지 고심을 많이 했었다고도 한다.

참으로 어처구니없는 현상이요, 유흥업소 종사자로서 섭섭한 일이 아닐 수 없다.

각종 언론과 방송 매체가 유흥업소를 탈선의 장소로 찍어두고 심심하면 때리는 것, 그리고 각 시민 단체에서 마치 연례행사마냥 걸핏하면 들고일어나는 것까지는 그냥 넘어간다고 치자. 그러나 '조폭 영화'를 제작하는 사람들만큼은 정말 이해하고 싶지가 않다.

그러한 폭력물에 룸살롱과 같은 유흥업소가 안 나오면 안

된다는 법이라도 있는 건지, 왜 그렇게 단골 메뉴로 룸살롱을 찍어대는 것인지 정말 납득이 안 간다.

영화의 흥행을 위해서라 할지 모르겠지만, 그들이 그렇게 사실을 왜곡해 '흥(興)'을 찾는 순간 유흥업을 통해 생계를 유지하는 사람들은 편견에 멍들어 '망(亡)'해 갈 수도 있다는 사실을 왜 모르는 것인지.

나는 20여 년간 유흥업소에 몸담아 왔지만, 내가 그런 조직적인 폭력을 두 눈으로 목격한 일은 단 한 번도 없다. 물론 술을 파는 곳이다 보니 술에 취한 손님들 사이에 싸움이 이는 경우는 종종 있다. 피치 못하게 말리던 웨이터들까지 끼여들게 되는 경우도 있다. 그러나 룸살롱이 조직들의 아지트가 되어 무시무시한 폭력이 일어난다든지, 건달들이 동원된다든지 하는 일은 단 한 차례도 없었다는 얘기다. 내가 룸살롱에서 접한 '폭력'이래봤자 기껏해야 다음과 같은 일이 고작이다.

내가 나이트에서 근무하던 시절이었다. 모 여가수가 무대에서 노래를 부르고 있었는데, 한 손님이 술에 취한 나머지 그 여가수에게 다가가 술잔을 뿌렸다. 그리고 그 바람에 소량의 맥주가 가수의 옷에 묻었다.

술에 취한 손님들 앞에서 노래를 부르다 보면 사실 이런 일 정도는 그리 특별한 사건도 아니다. 경력이 좀 있는 베테랑 가수라면, 손님이 과일을 집어던진다 해도,

"어머나~ 이왕이면 맛 좋은 걸로 주시던가, 아니면 돈이나 던져 주시지. 호호호~"

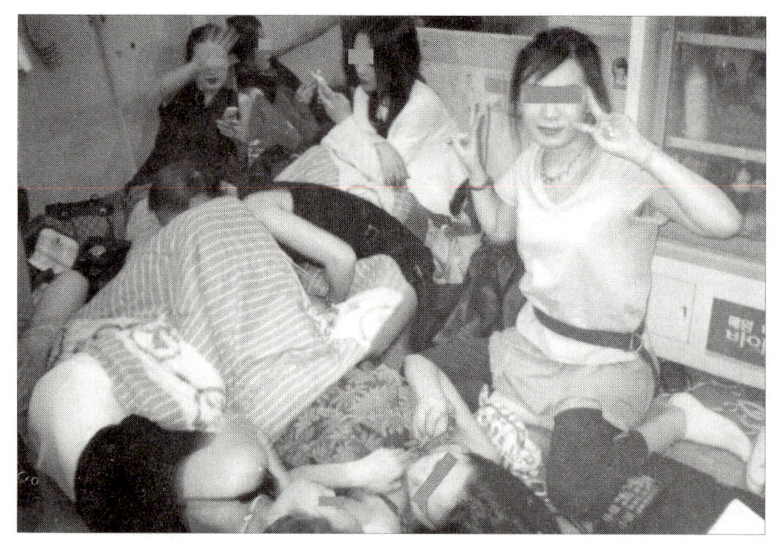

아가씨 대기실

하고 재치 있게 넘어가기 마련이다.

그러나 안타깝게도 그 여가수는 베테랑이 아니었던 모양이다. 노래를 부르다 말고는 그 손님을 향해 눈을 부릅뜨더니 그냥 들어가 버리는 것이었다. 가수의 갑작스런 퇴장으로 인해 분위기는 이미 깨진 상태였고, 술에 취해 앞뒤 못 가리는 손님들이 이곳 저곳에서 쌍소리를 해댔다. 이때 사고를 수습하기 위해 매니저가 앞으로 나왔는데, 한 손님이 술에 취해 매니저에게 욕을 퍼붓기 시작했다.

"니가 뭔데 나서서 지랄이야, 이 개새끼야!"

이번에는 또 다른 손님이 앞으로 나가더니 다짜고짜 매니저에게 주먹을 날리는 것이다. 사태가 점점 심각해지자 옆에 있던 웨이터들이 나서서 손님을 말리기 시작했다.

그러자 이번에는 아까 그 손님의 일행이 모두 나와 웨이터들을 두들겨패는 것이 아닌가. 처음에는 "왜 그러세요?" 하고 한두 대 맞아주던 웨이터들도 점점 폭력이 심해지자 손님들에게 반격을 하기 시작했고, 그렇게 해서 싸움이 일어났던 것이다.

그런데 혹 이를 가지고 꼬투리를 잡는 사람이 있을지 모르겠다. 아무 죄도 없는 웨이터들이 무작정 맞고 있을 수만은 없어 몇 차례 반격을 한 것을 가지고,

"어머나, 어떻게 저럴 수가. 저 웨이터들 혹시 조폭에 있는 애들 아니야?"

하고 수선을 떤다. 마치 같은 '사랑'이라도 내가 하면 로맨스요, 남이 하면 불륜인 것과 같은 이치다.

내가 보아온 바로는 그래도 이 사건이 가장 큰 싸움에 속할 것 같다. 20년간 대형 유흥업소에서만 일해 온 나로서도 이보다 더 큰 싸움은 본 적이 없으니까 말이다. 그러나 사실 이는 술에 취한 사람들이 있는 곳에서는 흔하게 일어나는 다툼이 아닌가.

다시 한 번 말하거니와, 룸살롱이나 나이트는 조직 폭력배들의 놀이터가 아니다. 또한 그 곳에서 일하는 종업원들 역시 깡패나 건달들이 아니다. 오히려 아무리 화나는 일이 있어도 손님에게는 절대 손찌검을 할 수 없도록 철저히 교육을 받으며 묵묵히 서빙을 하는 평범하고 근실한 사람들일 뿐이다.

영업부 '깍두기들'

　신촌에 가면 '여성'을 동반하지 않으면 들어갈 수 없는 술집이 있다. 제아무리 비싼 것을 시킨다 해도 일행 중 여자가 없다면 발조차 들여놓을 수가 없는 것이다. 물론 여성들로만 이루어진 손님은 '대환영'이고 말이다.

　술집 주인이 이러한 규칙을 만든 이유는 간단했다. 남자들끼리만 모여 술을 마시면 절제가 안 되어 술주정도 잦고 그만큼 싸움도 많이 일어난다는 것이다. 그러나 일행 중 단 한 명이라도 여자가 있으면 아무래도 조심을 하게 되고 술자리가 훨씬 깔끔해진다는 것이다. 또한 하루 종일 죽치고 앉아 죽도록 마시는 것이 아니라, 적당히 마시고 얼른 일어나기 때문에 영업에도 도움이 된다는 것이다.

　맞는 말이다. 남자들로만 이루어진 술자리는 무절제해지기 쉽다. '오늘은 마시고 죽자'느니, '사나이 우정으로 끝까지 가자'느니 하며 잔이 부서져라 건배를 하고 입에 말술을 털어 넣는 것이 바로 한국 남자들이다. 이런 이들은 또한 '곱게 취하는 법'이 없다. 이렇게 정신을 잃도록 마시고 나면 정말 눈에 뵈는 것이 없는 건지, 조그마한 일에도 괜히 시비를 걸거나, 애꿎은 종업원들을 가지고 꼬투리를 잡는 것이 예사다.

남자들만의 성역인 룸살롱 역시 예외는 아니다. 물론 룸살롱 손님 모두가 그렇다는 것은 아니지만, 여자 일행 없이 남자들끼리만 술을 마시는 자리다 보니 술자리가 거칠어지는 일이 있다는 것이다. 그래서 생겨난 것이 바로 룸살롱의 사고 처리반 '영업부 직원'들이다.

일반인들은 '영업부 직원'의 개념을 잘 모른다. 그나마 룸살롱에 제법 드나든다 하는 손님들이 어깨 너머로 들은 소리를 가지고 제법 아는 체를 할 뿐이다.

"아, 그게 뭐냐 하면요. 그 '어깨'들인가 뭔가 하는… 그냥 건달 정도로만 알고 있으면 돼요."

건장한 체구에 검은 양복을 갖춰 입고, 깍두기 머리를 하고 다녀, 흔히 '깍두기'라 불리는 영업부 직원들. 결론부터 얘기하자면 그들은 깡패나 건달이 아니다. 이들이 하는 일은 그저 술에 취한 손님들을 다루는 일일 뿐이다.

그러나 술 취한 손님이 아무리 행패를 부린다 한들, 이들은 절대 손님에게 손을 대지 않는다. 오히려 맞으면 맞았지 절대 때리지는 않는다. '오른 뺨을 맞으면 왼 뺨마저 내밀도록' 평소에 간부와 업주들로부터 철저히 교육을 받는 것이다. 간혹 끝내 성질을 죽이지 못해 손이 올라가고 마는 초보 '깍두기'들도 있지만, 이럴 경우 톡톡히 주의를 받게 된다.

이들이 하는 '사고 처리'란 사실 겁을 주는 것에 지나지 않는다. 혹 룸살롱이나 나이트와 같은 유흥업소에서 술 취한 손님들 간에 싸움이 일어났다고 치자.

사건을 진압하기 위해 매번 경찰을 부를 수는 없는 노릇이다. 또한 경찰을 부른다고 해서 일이 매끄럽게 해결되는 것도 아니다. 가만히 있다가도 경찰이 왔다 하면 180도 돌변하는 것이 주정꾼들의 습성이기 때문이다.

몇 대 맞고서 쥐 죽은 듯 있던 사람도 경찰이 나타나면 마치 지원군이라도 얻은 듯 기세 등등한 모습으로 한바탕 난리를 피운다. 상대방을 때린 사람 역시 경찰이 오면 적반하장이 되어 버린다. 자신의 폭력을 어떻게든 정당화시켜 볼 생각인지 경찰을 붙잡고 늘어져, 이런 놈들을 가만히 내버려두어선 안 된다느니, 국민의 세금 받아먹으며 대체 경찰은 뭘 하는 거냐 느니 하며 발악을 하는 것이다.

이런 술주정꾼들에게는 '영업부 어깨'들만한 약이 없다. 대기하고 있던 어깨들이 나타나,

"아니, 그만하라니깐! 자꾸 왜들 이러는 거야! 정말 한번 해보자는 거야 뭐야!"

하며 큰 소리 한 번 치면 대부분의 주정꾼들은 바로 꼬리를 내린다. 강력반 형사가 출동한 것보다 더 빠르고 깨끗하게 진압이 되는 것이다. 룸살롱에 '영업부 깍두기'들이 있는 이유는 바로 이 때문이다.

그런가 하면 요즈음의 영업부 깍두기들은 점점 설 자리를 잃어가고 있는 것이 사실이다. 한 10년 전만 해도 나이트·룸살롱을 비롯한 유흥업소에 가면 어김없이 이들이 포진해 있었다. 아니, 아예 입구에서부터 지키고 서 있었다.

그러던 것이 한 5~6년 전부터인가. 영업시간이 되면 업소 아닌 다른 곳에서 대기하고 있다가 필요할 때만 나타나 '사고 처리'를 하는 식이 되었다. 아예 업소 출입조차 못하게 하는 곳도 있었으니, 이유인즉 이런 '어깨'들이 왔다갔다 하면 위화감이 조성돼 손님이 줄어든다는 것이었다. 그래서 그런지 요즘의 영업부 깍두기들은 그리 크지 않은 체구를 가진 이들이 많다.

스타와 진상(웨이터의 처절한 갈림길)

그 동안 나는 수많은 웨이터들이 처음 시작할 때는 희망찬 포부를 가지고 이 일에 종사했다가 점점 다시 예전의 자신으로 다시 돌아가는 것을 많이 보아왔다.

많은 웨이터들은 처음 들어올 때의 포부와는 달리 하루 이틀 지나면서 자기 손님이 오지 않을 때의 초조 불안으로 처음 꿈에 부풀었던 자기의 설계는 서서히 사라져 버리는 것이다.

내가 처음 시작할 때의 20년 전에는, 웨이터라는 직업은 거의가 구좌을 걸어놓고 일정액의 보증금을 입금시킨 상태에서 영업을 시작했던 것이다. 웨이터란 오늘날까지 그 업소를 그만둘 때는 퇴직금이 없는 것이 공통된 점이다. 그러다 보니 전에나 지금이나 업주는 많은 노심 초사, 걱정을 하게 되는 것이다. 혹 영업을 하다가 야반 도주라도 하면 그 동안의 영업 실적금은 누구한테 받을 것인가. 그래서 보증금 제도가 성행되었던 것이다.

그러나 요즘 대부분의 업소들은 나이트라는 개념에서 룸으로 변모하다 보니 우선 첫째가 고객들에게 외상을 풀어야 하는 장사를 해야만 된다. 그래서 룸은 절반 이상이 외상 손님들이다. 그러다 보니 자연적으로 일부 웨이터들은 영업 자금 밑천이 있어야 한다. 아니면 현금 장사를 해야 하는데, 이 역시 쉬운 일이 아니다. 단골 고객이 어느 날 느닷없이 와서 술을 마시고 외상을 한다는 데 거절하기도 역시 난처한 입장이다. 단골 고객이니 할 수 없이 구좌를 트는 수밖에 없다. 여기서 구좌란 손님과 웨이터 간의 이해 관계인 셈이다. 즉, 서로 믿고 외상을 주고받는 것이다. 업주 사장과는 아무 관계가 없다.

그래서 요즘은 모든 룸살롱에서 웨이터를 영입할 때 거금의 옵션을 주고 데려오는데, 보통 월 매출 1500만 원대의 웨이터라면 2~3천만 원의 스카웃 옵션을 지불하고 데려오는 것이다. 월매출이란 순수 술값만이 해당되는 금액이다. 즉, 이 금액은 아가씨 봉사료·밴드·룸비 등이 포함되지 않은 것으로서, 즉 주대 외의 모든 금액은 포함되지 않은 금액을 말한다.

그러니 어떻게 보면 1500만 원이라는 금액은 손님에게 받는 금액은 1.5배 이상이 되니까 실제 웨이터가 손님들에게 받는 금액은 약 3천만 원에서, 때에 따라서는 4천만 원 가까이 되는 금액이 되는 것이다. 이런 금액을 웨이터가 결산 막는 날(5일)에 막으려면 아무래도 부담이 가지 않을 수 없다. 그러다 보니 업주는 일정한 영업 밑천을 선불로 빌려주게 되고, 이렇게 업주에게 빌려오는 마이킹 구좌는 그 곳을 그만둘 때는 꼭 갚아야 한다.

전에 주 6일 근무할 때는 그나마 다행이었지만, 요즘은 주

5일 근무라서 1주일에 한 4~5일 영업하는 것을 그나마 목요일은 그런 대로 영업이 되지만, 금요일은 대부분의 손님들이 다음날이 휴일이므로 거의 야외로 빠지게 되어 룸살롱 영업도 되지 않는다.

그러다 보니 자연적으로 주 4일 영업할 때가 많은 것이다. 그러나 어쩌다가 금요일날 비바람이라도 불거나 날씨가 좋지 않으면 어느 정도 손님이 드는 날이다. 그래서 이런 악조건 속에서 웨이터들 구좌가 살아남기란 여간 힘들지 않은 것이다.

처음 핸섬하고 깔끔한 복장의 웨이터 제복을 입고 일할 때는 대부분의 웨이터들은 꿈에 부풀어서 들뜬 마음으로 시작을 한다. 그러나 그 들뜬 마음만큼이나 손님이 오느냐 하면 그렇치가 않은 것이다. 그러다 보니 자연적으로 자기와의 싸움에서 스러져 가고, 서서히 자신의 기대에 저버리는 것이다. 한번 힘들게 되면 다시 딛고 일고서기란 여간 힘든 것이 아니다.

이런 상황이 연출되다 보니 대부분의 업소에서는 거의 80프로는 진상 아닌 진상이 되고, 나머지 십프로는 성공, 나머지 십프로는 제자리걸음이다. 앞으로 남는 것이 약 5백만 원의 수당이 있다 해도 실제로 현재 당면한 과제는 업소에 오기 전에 구좌 마이킹 금액이 수천만 원대라서 웨이터 자신으로서는 빚을 지고 있는 것이다.

그러나 대부분의 업소 직원들은 이런 빚은 안중에 두지 않는다. 우선은 현재에 있는 것만이 자기들에게 해당되는 줄 알고 있는 것이다.

나는 그 동안 수많은 진상의 웨이터도 보아왔지만, 그 중에 일부 대성한 사람도 보았다. 한 예로써 어느 웨이터의 성공 사례을 지금부터 소개할까 한다.

약 10년 전의 일이다. 나와 함께 순번 대기를 하고 있는데, 어느 날 이 친구는 뭔가를 고심하고 있는 듯한 모습이었다.

대부분의 웨이터들은 자기 순번 차례 지명으로 부르지 않고서 들어오는 손님들은 고유 번호로써 순번에 해당되는 웨이터가 손님을 맞이하도록 한다. 그 날도 이 친구는 뭔가 생각하는 듯 고개를 갸우뚱하더니,

"저기 윤대리, 나는 말야 아무래도 이젠 이 생활 걷어야 할 것 같아. 뭔가 희망이 보일 것 같으면서도 잘 안 된단 말이야."

그러는 것이다. 나는 옆에 있다가,

"아니, 이 사람아, 그렇다구 무슨 좋은 일이라도 있는 거야?"

하고 물었다. 그랬더니 이 친구 조심스럽게 입을 여는 것이,

"사실 말이야, 우리가 월말에 구좌 막을 때 말이야. 가끔씩 들어오는 사채업자에게 빌려쓰는 돈 있지. 그 돈이 너무 아까운 것 같아. 일수를 쓰면 몰라도 말이야. 구좌 막기 위해서 며칠 쓰는 것을 가지고 거의 고리 대금 10프로 이상을 주고 쓰니…."

즉, 일수 백만 원을 쓸 때는 대부분 하루에 만 원을 내야 한다. 즉, 1주일 쓰면 7만 원을 주는 것이다. 대부분의 웨이터들이 매일매일 현금이야 많이 만지지만, 실제로 자기 통장에 현금을 몇 십이나 몇 백만 원씩 넣어놓고 영업하는 웨이터는 드물었던 것이다.

그러다 보니 자연히 급박한 사항에서는 비싼 줄 알면서도 일수돈을 써야만 했다. 이런 돈 역시 아무나 주는 것이 아니다. 보기에 신용이나 됨됨이를 보고서 주는 것이다. 즉, 어느 정도 손님도 좀 있어야 하고, 개인 신용 상태, 이를테면 돈을 빌리면 제때에 갚아줘야만 하는 것이다. 그런 사람만을 골라서 빌려준다.

그는 바로 그런 사체업을 하고 싶다는 것이었다.

"이 사람아, 그거 아무나 하는 게 아니야. 돈도 있어야 하구 또한 모험심도 있어야 해. 혹 만에 하나 도주라도 하면 그것을 해결할 수 있는 그런 용기도 필요한데, 만약에 누가 자네 돈을 쓰고 야반 도주해 버리면 그놈을 잡으러 다녀야 하는데 자네가 무슨 재주로 잡으러 다닌단 말이야."

나는 핀잔을 주듯이 말했다. 그랬더니 이 친구는,

"아, 그 정도는 감수를 해야지. 그러니 신용 좋은 친구만 주면 될 거 아냐."

그러는 것이다. 벌써 이 친구는 그 동안에 일수놀이하는 것을 사전에 많은 고민을 해 왔던 것이다. 몇날 며칠을 고민끝에 주위 사람에게 타진해 보는 것이다.

"그럼 자네 일수할 돈은 있는 거야?"

하고 내가 물었다.

"아, 그거야, 지금 한 오백 하구 시골에서 한 천만 원 빌려서 이천만 원 정도 가지구 해 볼려구."

그러는 것이다. 하기야 그 당시에는 이천만 원도 큰돈이었다. 10년 전 일이니까 말이다. 나는 잠깐 고민하다가,

"그래, 어차피 웨이터 해서 성공하기 힘들면 한번 해 봐. 그런데 모험은 뒤따를 거야."

하고 말했다. 그랬더니 이 친구는,

"그 정도는 감수해야지 남의 돈을 버는 것인데… 그나저나 여기 나이트 클럽에서 신용 있거나 아니면 손님도 있구 현재 일수 쓰는 사람 있으면 누구인지 좀 가르쳐 줘."

하고 말했다.

그 당시 이 친구는 시내 모 호텔 나이트에서 근무를 하다가 호텔 측에서 나이트를 패쇄한다는 연락을 받고 계약 마무리가 거의 다 돼서 내가 근무하는 P나이트로 온 것이다.

여기로 올 때는 이 친구를 비롯해서 여러 명이 왔다. 다른 사람들은 그런 대로 순번 손님과 지명으로 근무를 하고 있었지만, 호텔 정통 나이트 클럽에서 성인 나이트로 오다보니 조금은 그들에게는 서먹한 점도 있었다. 그러다 보니 자연 내가

그 곳의 터줏대감 비슷하고, 그래도 손님 많은 웨이터이니 나
에게 의사를 타진해 본 것이다.

　나는 잠시 망설이다가,

　"그래, 그럼 자네가 한다고 하니 한번 해 봐. 요즘 외부에서
일수하는 사람도 신촌이나 그 외 몇 군데에서 하는데, 많은
돈을 벌었다구 하니 한번 해보게"

　하고 말했다. 이 친구 역시 그러니 이 가게에서 일수 쓰는
친구 좀 부탁하는 것이다. 내가 알고 있는 보조장 하고 보조
총무, 그리고 김삿갓·곰·왕서방 등의 이름을 대주었다.

　"그런데 왕서방은 말이야, 아마도 일수가 많이 밀린 것 같은
데, 손님은 많지만 노름 도박 때문에 잘 찍지 못하는 것 같
아."

　하고 힌트도 주었다

　그렇게 해서 얼마 동안은 일을 하더니 점차적으로 다른 업

소와 그 외의 사람들을 통해서 지역구를 넓혀나갔고, 어느 날 업소을 그만두었다.

이렇게 해서 이 친구는 웨이터 생활을 접고 웨이터들에게 사채 일수를 시작한 것이다. 그 후 이 친구는 자기가 돈을 만지면서 그야말로 발로 뛰는 일을 한 것이다. 남들이 놀 때도 그는 어느 장소 어디든지 달려갔다.

급전이나 아니면 구좌 정리하는 날이면 대부분의 웨이터들은 일단의 현금이나 수표 등이 필요로 할 때이다. 게다가 진상 웨이터들은 이런 사채도 빌려쓰기 힘든 입장이다. 그러다 보니 때에 따라서는 일부 직원에게 아예 보증을 서달라고 하늘 경우도 생기는 것이다.

이 친구는 웨이터 위주로 일수를 하다가 가끔 웨이터들이 진상 나는 것을 겪어 보니 오히려 아가씨들이 괜찮을 것 같다고 생각하여, 이번엔 아가씨들에게 주로 일수로 빌려주었다.

그런데 아가씨들 역시 그들만의 스타와 진상이 구분되는 것이다. 하루에 한두 개라도 꾸준히 들어가고 씀씀이도 헤프지 않은 아가씨는 그나마 다행히 일수가 밀리지 않지만, 씀씀이가 헤프거나, 카드나 고스톱 같은 노름을 좋아하는 아가씨들은 대부분 진상이 되는 것이다.

그러다 보니 이번에는 이런 진상 아가씨들의 방 보증금 제도를 고안했다. 당시 대부분의 유흥업소 아가씨들은 한두 명이 월세방을 빌려서 같이 썼다. 한때는 시내에 근접한 곳, 즉 이태원이나 한남동·역삼동·논현동 같은 곳에서 유흥업소 아가씨들이 원룸에서 많이 기거하고 있었다.

또 이대 입구 대흥동이나 신당동·건대 입구·홍대 입구 등
에도 많이 있었으나, 요즘은 오피스텔이나 아니면 리모델링한
곳으로 많이 모인다.

당시는 보증금 천만 원에 월세 30만 원 하는 곳이 유행일
때이다. 지금도 간혹 있지만, 그때는 대부분의 아가씨들이 일
수방을 많이 활용하고 있었다. 그러다 보니 사채업자는 일수
방 보증금을 대주고 계약을 자기 앞으로 한 다음 월세만 아가
씨가 내는 것이다. 그러니 보증금을 떼일 염려는 거의 없는
것이다.

이렇게 해서 이 친구는 조금씩 영역을 넓혀 나가는 것이었
다. 그러다가 가끔씩은 일반인들에게까지 돈을 빌려주었다.

그런데 수많은 사채업자들이 유흥업소에 드나들었지만 이 친구가 다른 업자와 조금 다른 점은 자기 돈을 쓰든 안 쓰든 웬만한 웨이터의 애경사에는 빠지지 않고 꼭 참석하는 것이었다. 힘들게 번 돈이었지만 그래도 봉투 하나 내미는 것이다.

그러니 자연히 일수를 안 쓰던 웨이터들도 갑자기 돈이 필요로 하면 이 친구에게 전화를 했고, 그러면 바로 1시간 안에 가져오는 것이다. 그런가 하면 밀리지 않고 일수를 잘 불입하면, 나중에는 한두 개 덤으로 보너스까지 주었다.

이런 방법으로 점차 돈을 늘려갔는데, 자기 돈이 아무리 많이 늘더라도 도박이나 유흥에는 절대 아랑곳하지 않았다.

요즘 대기업 회장들의 자서전이나 회고록을 보면 반드시 공통된 점이 하나 있는데, 바로 절약 정신은 어김없이 빠지지 않는 것을 볼 수 있다.

이렇게 해서 이 친구는 주위의 모든 웨이터들뿐 아니라, 지방의 먼 곳까지도 피치 못해 참석하지 못하면 봉투라도 건네는 것이었다. 그러던 어느 날 느닷없이 이 친구가 말했다.

"저기 말이야, 윤대리. 혹시 영업 끝나구서 혹 술 한잔 더 할 손님이나 아니면 직원들 술 마실 일 있으면 우리 가게 한번 놀러오소."

"뭐, 가게? 아니 이 사람아, 가게는 무슨 가게?"

"아 그게 말이야, 사실은 내가 얼마 전에 일수를 빌려줬는데 이태원의 자그마한 카페거든. 이 주인이 처음에 몇 백만 원 가져가더니 그 후에 다시 서너 번 더 돈을 썼거든. 그런데 아 글쎄, 요즘은 통 입금이 안 되잖아. 자기도 이제는 한계가 왔다는 거야. 그런데다가 요즘 심야 영업 안 하는 데가 어디 있어? 그런데 범죄와의 전쟁이다 어쩌구 하니 자기는 주위의 눈치 보랴 영업하랴 모험하기가 이제는 너무 늙었다는 거야. 그래서 일수 찍기도 힘들다는 거야. 할 수 없이 울며 겨자 먹기로 내가 그 가게를 인수했어. 그러니 자네 혹 영업 끝나구서 주위에 술 마실 사람 있으면 데려오게. 내가 봉사료는 20프로 맞추어 줄 테니 말야.”

하는 것이다. 사실 이런 말이 있다. 고기도 먹어본 사람이 맛을 안다고, 술도 마시는 사람이 마시는 것이다. 업소 직원 중에서도 보통 20~30프로는 주당들이 있다. 자기도 술장사를 하면서 웬만한 돈만 있으면 다른 술집에 가서 번 돈 다 날리는 그런 웨이터들이 예나 지금이나 많은 것이다. 게다가 어쩌다가 웨이터도 단골 손님들을 접대할 때도 있는데, 웨이터와 손님과의 끈끈한 유대 관계가 있다보니 간혹 그런 좌석이 필요하기도 하다. 그럴 때 이용해 달라는 것이었다.

또 당시는 손님들이 너무 늦게 와서 술을 마시고 있는데, 일단 12시 20분까지는 홀 안에 있는 손님이 다 나가야 하는 그런 상황이었다. 그 당시에는 대부분 주위의 파출소나 경찰서의 눈밖에 나면 가끔씩 순찰조가 들이닥친다. 주위단속이면 그나마 어떻게 해보지만, 합동 단속이면 빼도 박도 못 하는 것이다.

그러다 보니 12시가 되면 홀 안은 밝은 조명이 꺼지고 모든 손님들에게 계산서를 갖다주며, 간부들은 입구에서 큰 소리로 빨리 빼라고 난리를 치는 것이다. 그러다 보니 일부 업소들은 밖에는 불이 새지 않게 하고서 안에서는 대부분이 영업을 할 때이다. 그러나 이것도 규모가 어느 정도여지 대형 업장은 노하우와 모험이 뒤따른다.

그런 상황에서 이 친구가 인수한 카페는 아담하고 안전했던 것이다. 이런 지하 카페이니 지상층보다는 빛이 새는 것도 안전하고, 다만 문방 보는 사람들이 출입하는 손님들의 동태만 살피면 되는 것이다. 그때는 늘 방범이나 경찰들이 순찰하면서 당시의 모든 음식점이나 식당도 심야 영업이 힘들던 때였다.

그때는 참으로 단속을 하는 경관과의 시비도 무척 많았다. 일부 업주는 자기네를 단속하면 저기 저쪽은 왜 단속을 안 하냐고 오히려 같은 업주들끼리 고발을 하고 신고를 하는 해프닝도 빈번했다.

이렇게 힘들었던 심야 영업 시간대에 이 친구는 그나마 그 가게를 적시에 잘 맞춘 것이다. 자기 주위의 안면 있는 웨이터들에게는 이런저런 특별 봉사료를 주어서 어차피 마실 술이라면 자기 가게에 와서 마시도록 하여, 점차 손님들을 유치한 것이다.

이렇게 한두 가게씩 더 영업장을 늘리면서 술손님들과 사채 쓰는 고객들이 늘어났고 점차 확장되었다. 불과 한 5년 만에 자기의 자리를 잡게 된 것이다. 그 후에 이 친구는 도산 일보 직전의 시내 대형 업소를 인수해서 자기만의 독특한 경영 수법으로 이끌어나갔다. 그는 비즈니스라는 단서를 붙여서 저렴한 주대와 저렴한 봉사료로 승부를 걸었다.

결과적으로 이 친구의 크나큰 용기와 연때가 잘 맞은 결과였다. 이 친구는 성공한 오늘날까지 주위의 모든 웨이터나 마담들, 그리고 주위 사람들의 애경사에 쫓아다니면서 바삐 움직이고 있다. 이렇게 부지런히 움직이다 보니 자연적으로 이 친구에게 관심이 가더라는 것이다.

고로 스타란 그냥 스타가 아니다. 감나무 밑에서 기다리다가, 아니면 우연히 복권이라도 한 장 산 것이 행운으로 스타가 되는 경우는 몇 십만 분의 일이다. 그러므로 스타란 뭔가 다르게 움직인다는 것을 우리는 업소뿐만 아니라 사회 모든 부문에서 볼 수 있을 것이다.

이 친구는 자그마한 카페 운영에서도 뭔가 독특한 운영 방침이 있었다. 즉, 모든 사람들에게 인센티브를 주는 것이다.

웨이터가 손님을 데려왔건, 아니면 자기가 술 한잔 하려고 친구나 동료를 데리고 왔든 간에 웨이터 특유의 인센티브인 봉사료를 주거나, 술값을 깎아주거나, 아니면 손님에게도 계산에 할인을 해 주는 것이었다.

참으로 기특하고 놀라운 자기만의 독특한 경영 방침이었다. 그러니 다른 업소보다 뭔가 독특한 경영 방침이 있는 그 곳을 오고가는 사람들이 소문과 소문을 잇고 문전 성시를 이루었다.

이렇게 스타와 진상에게는 뭔가는 다른 독특한 내면적인 것이 있다. 나는 그 동안 많은 웨이터들이 포부와 희망 속에서 시작하다가 중도에 좌절하는 경우을 많이 보아왔다. 성공한 이들은 한결같이 영업 방침이 특색 있는 경우라는 것이다.

그래서 성공한 자와 실패한 자의 갈림길은 분명 다르다. 물론 얼마 전에 IMF 때는 본의 아니게 연쇄적으로 부도가 난 사람들도 있기는 하지만, 그 외의 안전했던 사람들은 대부분 사업 운영 방침이 다른 사람보다 뭔가 달랐던 사람들이었다고 보면 된다.

웨이터계에서 스타와 진상 — 이 분명한 양극 현상은 엄연한 비극적 현실이기도 하다.

우리의 술 전통주

　우리나라 사람들은 술 중에서도 특히 독한 위스키를 좋아하는데, 그만큼 일반인들의 술소비가 고급화되어 가고 있는 추세라고 보여진다.

　정녕 그렇다면 우리나라의 수많은 첨단 과학이나 IT산업도 부가가치가 높겠지만, 내가 느끼는 바로는 국산 양주 산업도 그에 못지않은 부가가치가 있지 않을까 한다.

　특히 나의 경험에 비추어 보면 수년 동안 많은 사람들로부터 들어온 얘기는 우리나라에서 생산된 술, 즉 국산주를 마시면 그 이튿날 뒷머리가 아프다고 한다. 특히 전통주를 마시면 그렇다는 소리를 많이 들었다. 그런데 고급 위스키를 마시면 그렇지 않다는 것이다.

　그러나 이런 사람들이 한두 잔 입맛에 적셔본 위스키를 가지고 정녕 위스키의 맛을 알고 그러는지 모르겠다.

　이것은 나의 경험에 의한 것인데, 대부분의 애주가들은 술을 마실 때 그 분위기에 많은 편승을 두는 것 같다. 그것은 마실 때의 분위기, 즉 그야말로 그 날의 컨디션에 따라 다른 것 같다. 이를테면 기분이 좋아 마신 다음날에는 컨디션도 좋지만, 왠지 좋지 않은 컨디션일 때는 대부분이 다음날 뒷끝이 개운하지가 않다는 것이다.

그렇다면 우선 시급한 일은 우리나라 사람들의 술 마시는 분위기부터 쇄신하여야 할 것이다. 그리고 훗날 우리의 2세들에게도 우리만의 전통 순수 국산 위스키(양주)를 제조하여 보급할 수 있는 양산 체제을 구축하여야 할 것이다.

세계에서 위스키를 가장 사랑하는 민족임에도 불구하고 정부 차원에서 앞으로의 부가가치가 많은 이런 국산 위스키 양산에 대해선 별로 신통치 않은 생각인가 보다.

금주니 뭐니 그래도 민주주의 국가에서 "내 돈 가지고 내가 마신다는데 누가 뭐라는 거야!" 그런 생각인지 몰라도, 아무튼 그나마 현재 모 대학에서 집념에 의하여서 20년 동안 전통 위스키 개발을 하신다는 교수님 한 분을 나는 직접 만나본 적이 있다.

그분의 말씀에 의하면 한국인들만큼 술을 사랑하고 좋아하는 민족이 없다고 한다. 특히 애국심이나 단합, 이런 것에는 세계 제1일이지만, 국산 위스키 개발이나 세계인의 기호에 맞는 술 개발에는 아직 등한시하고 있다는 지적이다.

그분은 국산 술로서, 일반인들이 즐기는 소주야말로 아직 외면당한 것은 아니고, 또한 그나마 요즘은 일부 국민들이 전통주를 사랑하는 것을 보자 안도감을 느낀다고 말씀하셨다.

남들이 외면하는 어느 한 귀퉁이에서 묵묵히 연구 개발하는 그 교수님의 전통 위스키가 과연 어느 시기에 출시될는지 나는 국민의 한 사람으로서 많은 기대를 가지고 있다.

그런데 우리나라 사람들은 술을 마시거나, 아니면 자기 하는 일이 마땅치가 않을 때는 술좌석에 같이 어울린 사람들에게, 또는 상대에게 전화를 할 때에도 그렇게 변화 무쌍할 수가 없다. 즉, 평상시에는 아주 부드럽게 대화를 하다가도 언제 그랬냐는 듯이 양은냄비같이 상태가 바뀌어 금방 싸우고 부수고 하는 것을 많이 보아 왔다.

그런 장면을 볼 때마다 왜 즐거운 술좌석에서 분위기를 망치는지 이해가 안 간다. 이제 선진국 대열이 끼느니 하는 시점에서 우리나라 사람들의 음주 습관도 많이 개선되어야 할 것으로 본다.

지금 사대문 안에서 나이트클럽이 하나 둘 자취를 감추고 있다. 서울 시내 거주자의 한 사람으로서 참으로 섭섭하고 답답하다.

고급 술 위스키(양주)만을 얼마나 선호하는지, 서민들이나 일반인들이 부담 없이 즐길 수 있는 맥주가 기본인 나이트클럽조차 대부분 사라지게 되고, 그 자리에는 룸살롱이 들어서게 만든 것이다.

물론 변두리에는 나이트가 성행하고 있지만, 도심지 사대문 안에는 거의 사라져 버렸다. 그런데 그나마 명맥을 유지하는 곳이 있으니, 다름아닌 을지로의 P라는 나이트와 종로의 한 업소, 그리고 그 밖의 한두 군데가 전부다.

요즈음 나는 월드컵 4강 신화를 이룩한 나라의 수도인 서울과 세계 위스키 소비 1~2위을 자랑한다는 서울 한복판에 나이트클럽이 사양길에 접어든 것이 못내 아쉬울 뿐이다

나의 바람이지만, 도심지에도 샐러리맨들이 한 주의 피로를 풀 수 있고 부담없이 즐길 수 있는 그런 업소들이 많이 생겨났으면 한다.

스타 웨이터와 진상 웨이터라는 차이가 있다. 그리고 오너 역시 전문 노하우의 업주가 있는가 하면, 순간적인 자기만의 독선으로 뭉쳐 있는 업주가 있다. 이들은 상당한 차이가 있는 것이다. 같은 영업을 하는 오너라도 자기가 웨이터 생활할 때와 간부 생활할 때, 그리고 오너인 사장 자리에 있을 때의 위치 선정을 자기 나름대로의 판단을 잘 해야 할 것이다.

나는 그 동안 수십 명의 사장님을 모셔 봤지만, 대부분은 뭔가를 연구하고 절약하면서 업소를 운영하고 있었다. 절약이란 어떻게 안 쓰는 것이 중요한 것이 아니라, 어떻게 잘 쓰는가가 더욱 중요하다.

즉, 현재 유흥업에 종사하는 수백만의 사람들에게는 대부분이 얼마를 버는가, 연봉이 얼마며 수입이 얼마인가가 중요한 것이 아니고, 현재 남아 있는 현금이 얼마인가가 가장 중요하다. 월 수백만 원을 벌면 뭐하는가. 현재 남아 있는 돈이 얼마 있느냐가 관건이요, 이것이 성공의 판가름이다.

왕년에는 손님도 많고 그 집에서 제일 잘 나가는 스타였다면 어느 정도 재산이 축척되어서 유흥업에 알맞은 사업체라든지 자기 몸집에 맞게, 그리고 자기만의 노하우와 연대 속에서 운영

하는 사람들은 그나마 자기 집이라도 문패 달고 있지만, 대다수의 몸집 부풀리기한 사람들은 상당수가 아직도 사채와 빚에 쪼들리고 있는 실정이다.

이들에게 머리 숙여지는 것은, 그들이 유흥업에서 번 돈을 그나마 다른 곳에 활용하는 것이 아니라, 그것을 다시 이 분야에 활용하는 것만으로도 유흥업의 종사자로서 고마울 뿐이다.

그러나 그렇지 못한 사람들도 있다. 그들 역시 한 시절에는 밤낮으로 잠조차 제대로 못 자면서 모은 조그마한 재산이지만, 순간적인 급한 성격에, 아니면 독불장군 같은 자기만의 노하우 속에서 그 동안 모은 재산을 몽땅 잃어버리는 일도 있다. 나는 가끔 옆에서 이런 모습을 보면 참으로 답답하다. 얼마나 고생해서 번 돈인데, 그것을 한 1년 만에 다 날리다니 참으로 안되었구나 하는 마음이 뼛속 깊숙이 스며드는 것이다.

나의 경험에 의하면 오너는 무력으로 운영하는게 아니라 경영 노하우를 가지고 논리적으로 운영해야 한다는 것이다. 예전의 구구주먹식의 운영으로는 현재 유흥업에 종사하는 대부분의 고학력자들을 수용 할 수 없기 때문이다.

열심히 벌어 모은 돈이라면 욕심 부리지 말고 다시 우리나라 음주 산업의 역군으로서 살아간다면 역시 애국자가 아닐까.

Epilogue 에필로그

　내가 이 책에서 이런 이야기를 낱낱이 말하는 것조차 사실은 조심스럽다. 왜냐 하면 유흥업에서 성공한 사람들의 대부분은 될 수 있으면 얼굴을 드러내려고 하지 않는다.

　그것은 국민 모두가 공감하는 세금의 문제인 듯하다. 사실 건방진 소리인 줄 모르나, 대한민국이라는 나라에서 가장 무서운 곳이 바로 국세청이다. 물론 그 위에 검사가 있다지만, 이는 내가 느끼기로는 국세청보다 한 단계 아래인 듯싶다. 다시 말해서 유흥업소나 모든 기업들도 가장 예의주시하는 곳이 바로 국세청이다.

　사실 어느 날 대기업이 세금 포탈이니 세금이 어쩌구, 탈세가 어쩌구 하다 보면 그 기업은 증시에서 한 방에 주가 하락하여 그 다음은 공중 분해, 아니면 부도니 화의 신청이니 하는 뉴스가 나온다.

　그렇다면 무엇 때문에 유흥업소 종사자들은 성공을 해도 남들같이 떳떳이 고개를 들 수 없는 것이 유독 다른 업종보다 많은 것인가? 그리고 대한민국이라는 우리 나라에서 사업을 하는 사람들치고 정정 당당하게 청와대에 고개 들고서 자기 재산 공개하는 사람들이 과연 몇이나 될 것인가?

교육 사업을 하는 사람들조차도 떳떳하게 고개를 들 사람은 과연 얼마나 될까? 우리 사회에서 편법 없이 과연 그런 재산 축적을 했을 것인가?

우리 나라의 조세 과정을 보면 거의 모든 사람들이 어딘가는 한두 가지는 캥기고 잘못된 점이 있다라는 것이다. 아무리 영세 상인들의 세금 부과라 할지언정 우리 세법대로 하면, 그 달의 매출에 몇 프로가 세액이라면 그 세액대로 정확히 세금 납부하는 사람이 정녕 얼마나 되겠는가?

아마도 거의 있을 수 없는 일일 것이다. 그래서 한때는 날아가는 새도 떨어뜨린다는 중앙정보부가 있듯이, 지금은 아마도 국세청이 특별 감사를 하면 그 기업은 거의 과반수는 갈대로 간 기업이다 하고 느끼는 것이다.

나는 이 책을 출간할 때만 해도 유흥업소에서 노력과 고생 속에서 성공한 사람 한두 명을 거론하고 싶었다. 그것은 돈을 어떻게 벌었든 간에 그들만의 노하우로써 얻은 성공 전략을 이런 기회를 통해서 많은 웨이터나 업소 종사자들에게 본보기라도 되었으면 하는 바람에서였다.

그러나 그분들이나 주위에서 일하는 사람들은 한결같이 혹 만에 하나라도 국세청에서 들고일어나면 어쩌느냐는 우려의 말을 건넸다.

그러나 나의 좁은 소견인 줄 모르나 대한민국의 모든 국책 사업이든 일반 사업이든 간에 정의에 의거한 세금 부과를 하고 성공한 사람이 과연 얼마나 될 것이냐 싶다. 사실 냉정하게 따지면 우리 유흥업처럼 아무 하자 없이 정말로 정확한 세금을 부과하는 곳도 없을 것이다.

이것이 우리 사회요, 우리 대한민국의 법인 것이다. 그래서 나는 전 권 책을 쓸 때도 성공한 웨이터의 사업 수완이나 그들만의 경영 노하우를 꼭 소개하고 싶었다. 그러나 쓰기 전에 주위의 사람들에게 조언을 한 결과, 과연 그 후의 파장을 어떻게 책임지느냐고 걱정했다.

물론 성공과 좌절, 그리고 실패는 오르막과 내르막의 이치이다. 어떤곳 어느 사업도 마찬가지이다. 그러나 유흥업은 인원과 그 업종의 비율을 비교해 볼 때 다른 사업보다 성공한 퍼센트가 적다는 것이다. 대한민국에서 모든 단체를 통틀어 아마도 유흥업이나 서비스업에서 근무하는 사람들이 가장 많지 않을까 싶다.

전국에 걸쳐서 수백만 명이 이 일에 종사하는 것이니 말이다. 삼성전자 직원이 몇 만이고, 전국적으로 전자업계 직원들의 수가 어쩌고 해도 과연 유흥 서비스업에 종사하는 사람들의 인원수만큼 되겠는가!

이렇게 많은 사람들이 종사하는 업계를 정부에서는 그냥 불 보듯이 쳐다보는 듯한 느낌이 든다. 즉, 유흥업에 종사하면 다 편법으로 돈을 버는 사람, 그런 곳에 근무하면 다 그렇고 그런 사람이다 하는 식으로 생각하는 것 같다.

그러나 분명한 것은 유흥업소만큼은 몇 년 전부터 카드깡이 거의 사라지고, 아가씨들(나가요 걸)에게까지 원천 징수의 세금을 부과하면서, 유흥주점이라는 업소는 거의 완벽한 세액을 정부에 보고하고 또 내고 있다.

내가 이 책을 쓰는 동기도 우리 국민들이 유흥업소의 실상에 대해 과연 얼마나 알고 이해하느냐 하는 점에서 기인됐다. 일반 단란주점이나 카페 같은 업소에서 잘못해도 통틀어서 유흥업소가 잘못이라고 간주한다. 내가 이 책을 쓰게 된 동기가 바로 그 점이다.

게다가 아직도 유흥업에 종사한다면 다들 이상하게 쳐다본다. 누구의 아버지나 엄마가 이런 일에 종사한다면 왠지 고개를 뒤로 돌린다든지 한다. 사실 내가 많은 언론에 출연도 했지만, 출연하는 과정에서도 모 방송에서는 특별 프로로 1시간짜리 대형 프로를 만들려고 해서 나에게 컨셉을 부탁해 직접 방송국에 가서 준비도 했다.

그런데 일부 방송사에서는 과연 웨이터, 유흥업에 종사한 사람의 이야기가 적합한 것인가를 놓고 많이 고민한 것 같다.

그런데 대부분 그들의 공통적인 질문은 혹 유흥업소에는 흔히 조폭이나 건달들이 있는데, 이런 프로가 나갔을 때 자기들에게 혹 항의가 오지 않을까 걱정하는 것이었다.

이렇게 모든 사람들이나, 특히 언론에서도 아직까지 유흥 문화에 대해 뭔가 잘못 알고 있는 듯싶다. 실제로 수백만의 서비스 유흥업에 종사하는 사람들 속에 깡패나 건달이나 흔히 말하는 조직의 사람들은 아마도 0.1프로도 안 된다는 것이다.

나의 경험에 의하면 오히려 한때 그런 쪽에서 있었던 사람들이 이런 곳에 와서 일하는 것을 보면 오히려 여기에서 더 많은 침착함과 성실함으로 묻혀 생활하는 것이다.

내가 서울의 사대문안에 15년 가까이 생활하면서 우리 업계에서 집단 깡패의 싸움이나, 아니면 그로 인한 불상사는 거의 보지 못했다. 간혹 이해 타산 관계로 서로의 자그마한 타툼이 있기는 하나, 이 역시 비교를 하면 빙산의 일각이요, 아무것도 아니라는 것이다.

이쯤해서 나의 경험담을 하나 소개하려 한다. 우리 나라에서 유흥업 종사자들에 대한 인식을 볼 수 있는 답변이다.

내가 나이트 근무 시절에 손님들끼리 싸워서 경찰서에서 조서받는 과정에서 진술자로서 옆에 따라간 적이 있었다. 평상시 일반 검은 정장에다가 명찰을 달고 근무했지만, 경찰서로 갈 때는 명찰을 떼고서 갔다.

한참 쌍방을 조서하는 과정에서 담당 형사는 "예예" 라든가, "아, 그랬군요" 하면서 인간적인 면이 있었다.

그런데 조금 있다가 손님이,

"아, 글쎄, 이 웨이터가 분명히 봤다니깐요."

그러니까 형사는 나를 쳐다보더니,

"그럼, 이 사람은 웨이터란 말이죠?"

하더니 금방 태도가 달라지는 것이었다. 형사는, "어이, 친구가 담당 웨이터야?"

"어이 야 임마, 너 똑바로 대답 안 해? 이 자식이 정말 한번 혼이 나야 하나?"

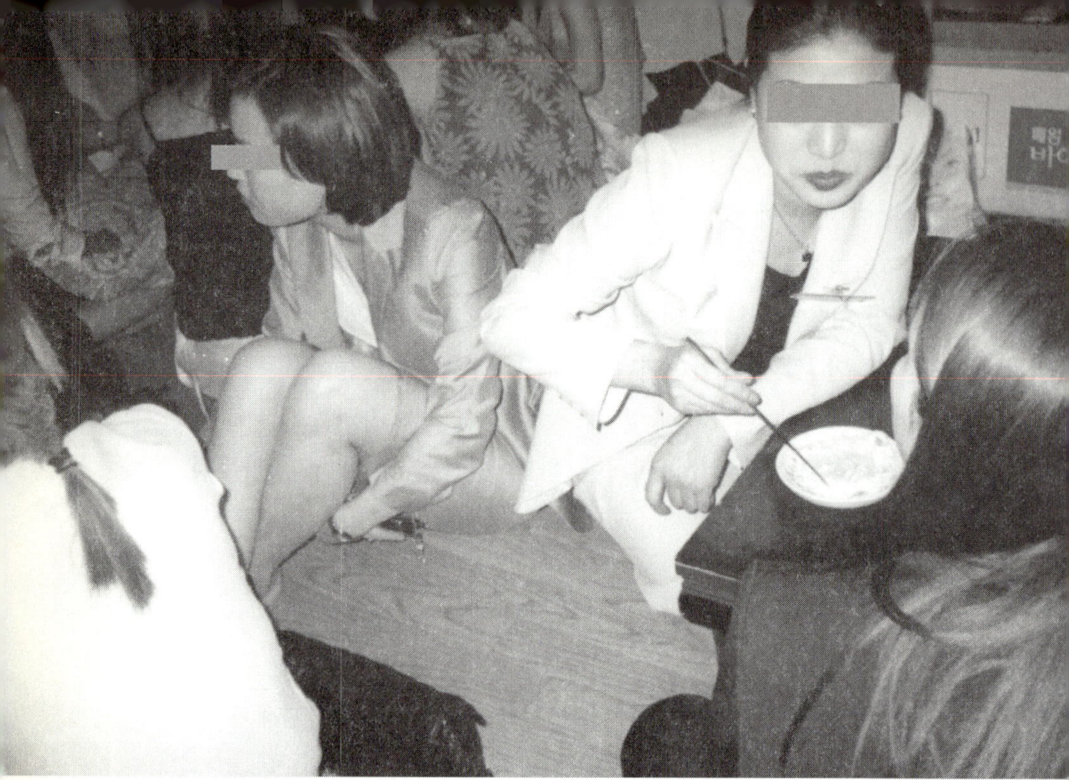

하면서 금방 돌변한 그 형사의 질문에 나는 한동안 어리벙
벙하고, 뭔가 형평성이 없다는 것을 느꼈다. 손님은 오히려
어린 20대 중반의 직장인들이요, 나는 그보다 훨씬 나이가 많
았으며, 그뿐만 아니라 싸운 사람은 손님들이지 나는 담당이
다 보니 그냥 따라온 것뿐인데도 말이다.

이렇게 유흥업소 직원이라면 뭔가 달리 보는 사회다. 그런데
내가 알기로 유흥업에 종사하는 웨이터보다도 업소 아가씨들
은 오히려 3배 가까이 되는 인원이다.

그러니 대략 한 해 수십만 명의 아가씨들 중에서 아마도 수
백 명은 매년 그들만의 보금자리로 갈 것이다. 즉, 아름다운
파라다이스 희망에 부풀어서 결혼 생활로 들어갈 것이다.

그런 사람들이 전직이 업소 선수 생활 아가씨요 하고서 시

집을 갈 것인가? 절대로 그런 사람은 아마도 없을 것이다. 참으로 아이러니컬한 얘기다.

업소 종사자 수백만의 인원을 보면 한 집 건너 한두 명은 이곳에 종사한 사람이 있다고 보면 된다. 이것은 누누이 이 책을 통해서 이야기하는 바이다.

그런데 그런 이들이 친구이든 형제이든 간에 오히려 유흥업 종사자들에게 오히려 신세를 지는 사람들이 많다는 점이다. 아니, 일반 기업의 직원이나 임원진이라면 그들의 수첩에 어김없이 유흥업소의 직원 이름이 서너 개는 적혀 있다고 보면 된다.

사업을 하는 사람이나 정부 고관 관리에서부터 국회의원들에 이르기까지 유흥업에 근무하는 사장이나 간부 웨이터·마담, 아니면 그 곳의 아가씨 전화 번호는 한두 개는 갖고 있다.

우리 사회에서는 유흥 문화 아니면 향응 제공 비즈니스 등 모든 분야에서 접대라는 대명사가 붙는다. 그러니 유흥업소의 직원 휴대 번호는 필요악이라 할 수 있다.

이런 메모가 나쁘다는 것이 아니라, 분명한 것은 우리 사회에서는 어떻게 보면 출세나 비즈니스에서 꼭 필요한 부분이 바로 유흥 문화를 얼마나 일사천리로 융통할 수 있냐에 달린 것이라 해도 과언이 아닐 것이다. 이 역시 분명한 현실이다.

　실례로 어느 업소의 좀 잘 나간다는 업주는 우리 주변의 권력이나 재력가들과의 골프 모임도 있고 해외 원정 모임도 갖는 걸로 알고 있다. 그러나 그들에게는 철저한 비밀과 그들만의 노하우로써 그분들과의 친분을 쌓는다.

　얼마 전에 경기도 일원의 러브 호텔이나 그 주변의 돈이 될 만한 업소의 원주인은 대부분 재계나 정계·법조계에 있는 사람이라는 보도를 접했다. 모 신문 기자가 발이 부르트도록 뒷조사를 해서 보도한 것이다.

　거기 취재된 사람들은 한결같이 냉정히 따지면 편법이요, 해서는 안 될 일이지만, 사회가 그렇고 현실이 그러니 할 수 없지 않느냐는 식이었다.

　다시 말하지만 지금의 유흥업소란 예전의 유흥업소가 아니다. 지금은 업소에서 종사하는 사람들도 대부분 고학력자들이고, 그들 역시 일반인들과 다름없는 사회의 한 구성원이다. 나는 이 분야가 그들만의 떳떳한 직장의 한 부분이 되기를 바라는 마음으로 지금까지 이 책을 집필하게 된 것이다.

　이 책을 읽어주신 독자들에게 깊이 감사하며, 유흥업계를 올바로 알고 이해하고, 술문화에 대한 올바른 지침서가 되길 바란다.

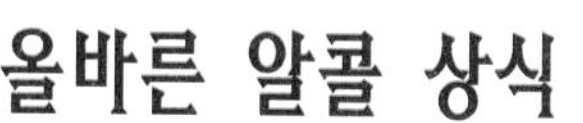

올바른 알콜 상식

한국음주문화연구센터
조성기

술의 영향

사실 우리 사회에 알코올 문제는 상당히 심각하다. 우리 주변을 둘러보면 본인이 직접 일으키든 다른 사람으로부터 피해를 입든 간에 알코올 문제를 전혀 경험하지 않은 사람을 찾기는 어려울 것이다. "가족과 친척의 범위 내에서 알코올중독자가 있습니까?"라는 조사에 네 집 건너 하나 꼴은 그렇다는 응답이었다.

적당히 마신 술은 마음을 즐겁게 하고, 인간관계의 윤활유 역할을 하며, 건강도 주는 등 효용성이 있다. 그런데 얼마나 마시는 것이 적당한 것인가? 아주 어려운 질문이다. 그러면 문제를 발생시키는 음주 수준은 얼마만큼인가? 대답이 천차만별일 것이다. 어떤 경우에는 1, 2병을 마셔도 문제가 되지 않았는데 1, 2잔만 마셔도 문제를 일으키는 사람들을 볼 수 있으니 대답이 쉽지 않다. 술을 많이 마신 사람이 심장질환이나

암과 무관하게 오래 산 사례도 수없이 많다. 100세 이상 장수자 중에 70%가 음주자라는 통계까지 있다.

술은 기호품이므로, '마신다'와 '마시지 않는다'의 선택은 미성년자를 제외하고는 개인의 자유로운 선택 사항이다. 그러나 불건전한 음주가 지속되면 개인적으로나 사회적으로 피해를 낳게 될 가능성이 크다. 개인의 선택이 사회의 짐이 되고 있는 것이다. 적정 음주를 하여 알코올 문제를 막아야 할 이유가 분명히 있다.

술에 대한 상식

적정 음주량을 알려면 먼저 술에 대해 잘 알아야 한다. 잘 알지 못하면 개인적으로 수긍하지 않게 되므로 인식 변화를 기대할 수 없기 때문이다. 술에 대한 정확한 상식을 통해 인식, 태도, 행동의 변화를 유도하자는 것이다.

술의 정의

우리가 마시는 술은 에틸 알코올(에탄올, C2H5OH로도 알려져 있다)이다. 에틸 알코올은 약리학적으로는 중독성을 갖는 약물이다. 이 약리작용은 도취감을 주고, 습관성의 원인이 된다. 한편 술은 음식으로도 정의된다. 적정하게 마시면 건강을 개선시켜 주고 수명을 연장해 주기도 하는 물질이다.

순수 알코올의 양

술 1잔은 술 1잔이다. 1캔의 맥주, 1잔의 소주, 1잔의 양주가 함유하고 있는 알코올의 양은 모두 거의 같다. 술을 마시면 맥주를 마시든 소주를 마시든 상관없이 반응시간을 늦추고 판단력을 흐리게 할 것이다.

실제로 마실 때 잔에 가득 붓지 않으므로 계량해 보면 소주 1병은 7잔, 양주 1병은 18잔, 와인 1병은 6잔 정도가 나온다. 〈표 1〉을 보면, 어떤 술이든 1잔을 마시면 비슷한 양의 순수 알코올을 섭취하는 것이 됨을 알 수 있다. 와인 1잔이 소주 1잔과 순 알코올의 양에서 비슷하다는 것을 아는 사람은

드물다

〈표 1〉 주종별 순 알코올의 계산			
	맥주	소주	양주	와인
1병의 양	355ml	360ml	750ml	750ml
알코올 농도	3%~6%	24%~25%	40%~50%	10%~12%
잔수	1캔	7잔	20잔	6잔
1잔(캔)당 평균 순 알코올 양	14	13	15	15

알코올의 대사작용

첫째, 먼저 위장에서 흡수된다. 그리고 혈액에 들어가 몇 분 내에 전신으로 구석구석 퍼진다. 위 속에 음식물이 있으면 흡수가 늦어진다. 둘째, 주된 작용은 뇌에서 이루어진다. 알코올은 뇌의 조절장치를 마비시킨다. 다량의 음주는 사망으로 이끈다. 셋째, 술은 주로 간장에서 분해된다. 술은 카본디옥사이드(나중에 호흡으로 배출된다)와 물을 남기고 1시간에 약 7g씩 분해된다. 호흡이나 소변이나 땀으로도 배출되지만 그 양이 적다. 대사의 산물인 아세트알데히드는 독성이 강하므로 취할 때 머리를 아프게 하고, 숙취 증상의 원인이 된다.

혈중 알코올 농도(%)와 취하는 상태

술을 마시면 처음에는 행복해지지만 더 마시게 되면 흥분하

고, 혼란스러워지며, 많이 마시면 무감각해지고, 결국에는 혼
수상태에 빠지게 된다. 그러나 얼마를 마시고 어떠한 상태에
이르게 되는가에는 개인차가 있다. 예를 들어 체중이 덜 나가
는 사람이나 여성은 보다 빠르게 알코올의 취한 상태가 나타
날 수 있다.

잔수	경과 시간							
	1	2	3	4	5	6	7	8
1	0.013	0.000	0.000	0.000	0.000	0.000	0.000	0.000
2	0.042	0.026	0.010	0.000	0.000	0.000	0.000	0.000
3	0.071	0.055	0.039	0.023	0.007	0.000	0.000	0.000
4	0.099	0.083	0.067	0.051	0.035	0.090	0.033	0.000
5	0.128	0.112	0.096	0.080	0.064	0.048	0.032	0.016
6	0.157	0.141	0.125	0.109	0.093	0.077	0.061	0.045
7	0.186	0.170	0.154	0.138	0.122	0.106	0.090	0.074
8	0.215	0.199	0.183	0.167	0.151	0.135	0.119	0.103
9	0.244	0.228	0.212	0.196	0.180	0.164	0.148	0.132
10	0.272	0.256	0.240	0.224	0.208	0.192	0.176	0.160

〈표 2〉 혈중 알코올 농도(%)

체중 68Kg 기준

　그러므로 자신만의 음주법을 알아야 한다. 한 잔의 술로 녹
초가 되어 버리는 사람도 있으며, 말술을 마시고도 태연한 사
람도 있기 때문이다.

　또한 한국인의 20~30%는 소량으로도 얼굴이 빨갛게 되는
사람들이다. 이 홍조형은 천성적으로 아세트알데히드를 잘 분
해하지 못하므로 많이 마시면 불쾌한 증상이 나타나게 된다.

그러한 사람의 경우 음주량과 취한 상태는 평균적인 사람과 다를 것이다.

술을 계속해서 마시면 점점 알코올에 강해진다. 일정한 혈중 알코올 농도에 대해 뇌세포의 감수성이 차츰 저하하고, 간장에서의 알코올 처리능력이 증가하기 때문이다. 그러므로 술이 늘었다고 해서 계속 많이 마시면 문제는 점차 더 커질 뿐이다.

<표 3> 음주량과 음주 상태

마신양	혈중 알코올 농도(%)	취한 상태
2잔	0.02~0.04	기분이 상쾌해짐, 피부가 빨갛게 됨, 쾌활해짐, 판단력이 조금 흐려짐
3잔~5잔	0.05~0.10	얼큰히 취한 기분, 압박에서 탈피하여 정신이완, 체온상승, 맥박이 빨라짐
6잔~7잔	0.11~0.15	마음이 관대해짐, 상당히 큰 소리를 냄, 화를 자주 냄, 서면 휘청거림
8잔~14잔	0.16~0.30	갈지자 걸음, 같은 말을 반복해서 함, 호흡이 빨라짐, 매스꺼움을 느낌
15잔~20잔	0.31~0.40	똑바로 서지 못함, 같은 말을 반복해서 함, 말할 때 갈피를 잡지 못함
21잔 이상	0.41~0.50	흔들어도 일어나지 않음, 대소변을 무의식 중에 함, 호흡을 천천히 깊게 함

65Kg의 건강한 성인남자 기준이며, 맥주의 경우 캔을 기준으로 함.